魔法科高中的劣等生
12
雙七篇
The irregular at magic high school
佐島 勤
Tsutomu Sato
illustration／石田可奈
Kana Ishida
illustrator assistant／ジミー・ストーン、末永康子

『給我離開姊姊！你這個搭訕哥！』
「有幸和深雪學姊這樣的人就讀同一所學校……我好感動！」
七草泉美
今年就讀魔法科高中的「新生」。是七草真由美的妹妹，香澄的雙胞胎妹妹。個性成熟穩重。
七草香澄
今年就讀魔法科高中的「新生」。是七草真由美的妹妹，泉美的雙胞胎姊姊。個性活潑開朗。

「你這個雜草沒資格說我！」
七寶琢磨
擔任今年「新生」總代表的一科生。有力的魔法師家系「師補十八家」之一「七寶家」的長子。
「不滿被我這麼說？」
司波達也
司波兄妹中的哥哥。就讀國立魔法大學附設第一高中二年E班。進入新設立的魔工科。達觀一切。是妹妹深雪的「守護者」。

『…………哼。』
十文字克人
前任社團聯盟總長。現在升學至魔法大學。「十師族」之一十文字家的長子。達也形容為「如同巨巖般的人物」。
「雖然畢業典禮結束還不到一個月……不過達也學弟，我總覺得認不出你了。」
七草真由美
前任學生會長。現在就讀魔法大學一年級。十師族七草家的長女。身材嬌小卻凹凸有致，在遠距離精密魔法領域，被稱為十年只出一人的英才。擁有令異性著迷的小惡魔個性。

「喔……七寶想找碴，七草就會奉陪是吧？」
「是啊，我會奉陪到底。把你修理到再也不敢找七草的碴。」

「不能在這個距離下敗北！」
十三束鋼
就讀於二年E班。別名「Range Zero」（射程距離零）。併用魔法的空手格鬥術「魔法格鬥武術」的高手。

「是，深雪姊姊。」
「哥哥，好適合您……」
司波深雪
司波兄妹中的妹妹。就讀二年A班，以首席身分就讀魔法科高中的高材生，是別名「花冠」的一科生。擅長領域為「冷卻魔法」，唯一的可愛缺點就是「重度的戀兄情結」。
櫻井水波
今年就讀魔法科高中的「新生」。立場是達也與深雪的表妹。深雪的守護者候選人。

背負某項缺陷的劣等生哥哥。
一切完美無瑕的優等生妹妹。
這對兄妹就讀魔法科高中之後，

風波不斷的每一天就此揭開序幕——

魔法科高中的劣等生 12

The irregular at magic high school

雙七篇

佐島 勤
Tsutomu Sato

illustration
石田可奈
Kana Ishida

Kadokawa Fantastic Novels

Character
登場角色介紹

司波達也

就讀於二年E班。
進入新設立的魔工科。
達觀一切。
妹妹深雪的「守護者」。

司波深雪

就讀於二年A班。達也的妹妹。
去年以首席成績入學的優等生。
擅長冷卻魔法。溺愛哥哥。

西城雷歐赫特

就讀於二年F班，達也的朋友。
二科生。擅長硬化魔法。
個性開朗。

千葉艾莉卡

就讀於二年F班，達也的朋友。
二科生。可愛的闖禍大王。

柴田美月

就讀於二年E班。
今年也和達也同班。
罹患靈子放射光過敏症。
有點少根筋的認真少女。

吉田幹比古

就讀於二年B班。今年起成為一科生。
出自古式魔法的名門。
從小就認識艾莉卡。

光井穗香

就讀於二年A班，深雪的同班同學。
擅長光波振動系魔法。
一旦擅自認定後就頗為一意孤行。

北山 雫

就讀於二年A班，深雪的同班同學。
擅長振動與加速系魔法。
情緒起伏鮮少展露於言表。

里美 昴

就讀於二年D班。
宛如美少年的少女。
個性開朗隨和。

英美・艾米莉雅・格爾迪・明智

就讀於二年B班，
隔代混血兒。
平常被稱為「艾咪」。
名門格爾迪家的子女。

櫻小路紅葉

就讀於二年B班，
昴與艾咪的朋友。
便服是哥德蘿莉風格。
喜歡主題樂園。

森崎 駿

就讀於二年A班，
深雪的同班同學。
擅長高速操作CAD。
身為一科生的自尊強烈。

十三束 鋼

就讀於二年E班。
別名「Range Zero」（射程距離零）。
「魔法格鬥武術」的高手。

七草真由美

畢業生。前任第一高中學生會會長。
現在升學至魔法大學。
擁有令異性著迷的
小惡魔個性。

中条 梓

三年級。繼真由美之後的
學生會會長。
生性膽小，
個性畏首畏尾。

市原鈴音

畢業生。前任學生會會計。
冷靜沉著的智慧型人物。
真由美的左右手。

服部刑部少丞範藏

三年級。前任學生會副會長。
繼克人之後的社團聯盟總長。

渡邊摩利

畢業生。前任風紀委員會委員長。
為真由美的好友，
各方面傾向好戰。

十文字克人

畢業生。前任社團聯盟總長。
現在升學至魔法大學。
達也形容為「如同巨巖般的人物」。

辰巳鋼太郎

畢業生。前任風紀委員。個性豪爽。

澤木 碧

三年級。風紀委員。
對女性化的名字耿耿於懷。

關本 勳

畢業生。前任風紀委員會成員。
論文競賽校內審查第二名。
犯下間諜行為。

五十里 啟

三年級。學生會會計。
魔法理論的成績
為全學年第一。
千代田花音的未婚夫。

桐原武明

三年級。劍術社成員。
關東劍術大賽
國中組冠軍。

千代田花音

三年級。繼摩利之後的
風紀委員長。
五十里啟的未婚妻。

壬生紗耶香

三年級。劍道社成員。
劍道大賽國中女子組
全國亞軍。

七草香澄

今年就讀魔法科高中的「新生」。
是七草真由美的妹妹，
泉美的雙胞胎姊姊。
個性活潑開朗。

七寶琢磨

擔任今年「新生」總代表的學生。
一科生。有力的魔法師家系
「師補十八家」之一
「七寶家」的長子。

七草泉美

今年就讀魔法科高中的「新生」。
是七草真由美的妹妹，
香澄的雙胞胎妹妹。
個性成熟穩重。

隅守賢人

就讀於一年G班的白種人少年。
父母從USNA歸化日本。

櫻井水波

今年就讀魔法科高中的「新生」。
立場是達也與深雪的表妹。
深雪的守護者候選人。

一条將輝

第三高中的二年級學生。
參加九校戰。「十師族」
一条家的下任當家。

平河小春

畢業生。在去年以工程師身分
參加九校戰。
主動放棄參加論文競賽。

平河千秋

就讀於二年E班。
敵視達也。

吉祥寺真紅郎

第三高中的二年級學生。
參加九校戰。
以「始源喬治」的
別名眾所皆知。

一条剛毅

將輝的父親。
十師族一条家現任當家。

安宿怜美

第一高中的保健醫生。
穩重溫柔的笑容
大受男學生歡迎。

一条美登里

將輝的母親。
個性溫和，廚藝高明。

廿樂計夫

擅長魔法幾何學。
論文競賽的負責人。

珍妮佛・史密斯

歸化日本的白種人。
達也的班級與
魔法工學課程的指導教師。

一条 茜

一条家長女，將輝的妹妹。
今年就讀當地的名門私立中學。
心儀真紅郎。

小野 遙

第一高中的
綜合輔導老師。
生性容易被欺負，
卻有不為人知的另一面。

一条瑠璃

一条家次女，將輝的妹妹。
我行我素，行事可靠。

九重八雲

擅長古式魔法「忍術」。
達也的體術師父。

九島 烈

被譽為世界最強
魔法師之一的人物。
眾人尊稱為「宗師」。

風間玄信

陸軍101旅
獨立魔裝大隊隊長。
階級為少校。

千葉壽和

千葉艾莉卡的大哥，
警察省國家公務員。
乍看之下像是
遊手好閒的人。

真田繁留

陸軍101旅
獨立魔裝大隊幹部。
階級為上尉。

千葉修次

千葉艾莉卡的二哥，
摩利的男友。
具備千刃流劍術免許皆傳資格。
別名「千葉的麒麟兒」。

柳 連

陸軍101旅
獨立魔裝大隊幹部。
階級為上尉。

安娜・羅瑟・鹿取

艾莉卡的母親。日德混血兒，
曾是艾莉卡的父親——
千葉家當家的「小妾」。

山中幸典

陸軍101旅獨立魔裝大隊幹部。
少校軍醫。一級治癒魔法師。

稻垣

警察省的巡查部長。千葉壽和的部下。

藤林響子

擔任風間副官的女性軍官。
階級為少尉。

鈴

森崎拯救的少女。
全名是「孫美鈴」。
香港國際犯罪組織
「無頭龍」的新領袖。

陳祥山

大亞聯軍特殊作戰部隊隊長。
為人心狠手辣。

周公瑾

安排呂與陳來到日本的
俊美青年。
在中華街活動的神祕人物。

呂剛虎

大亞聯軍特殊作戰部隊的
王牌魔法師。別名「食人虎」。

四葉真夜

達也與深雪的姨母。
深夜的雙胞胎妹妹。
四葉家現任當家。

司波深夜

達也與深雪的母親。已故。
唯一擅長精神構造干涉魔法的
魔法師。

葉山

服侍真夜的高齡管家。

櫻井穗波

深夜的「守護者」。已故。
受到基因操作，強化魔法
天分而成的調整體魔法師
「櫻」系列第一代。

黑羽貢

司波深夜、四葉真夜的表弟。
亞夜子、文彌的父親。

黑羽亞夜子

達也與深雪的從表妹。
和弟弟文彌是雙胞胎。

司波小百合

達也與深雪的後母。
厭惡兩人。

黑羽文彌

四葉下任當家候選人。
達也與深雪的從表弟。
和姊姊亞夜子是雙胞胎。

北山 潮

雫的父親。企業界的大人物。
商業假名是北方潮。

北山紅音

雫的母親。
曾以振動系魔法聞名的
A級魔法師。

小和村真紀

實力足以在著名電影獎
入圍最佳女主角的女星。
不只是美貌，
演技也得到認同。

北山 航

雫的弟弟。小學六年級。
非常仰慕姊姊。
目標是成為魔工技師。

牛山

FLT的CAD開發第三課主任。
受到達也的信任。

七草弘一

真由美的父親，七草家當家。
也是超一流的魔法師。

安潔莉娜・庫都・希爾茲

USNA魔法師部隊「STARS」的總隊長。
階級是少校。暱稱是莉娜。
也是戰略級魔法師「十三使徒」之一。

瓦吉妮雅・巴藍斯

USNA統合參謀總部情報部內部監察局第一副局長。
階級是上校。來到日本支援莉娜。

希兒薇雅・瑪裘利・法斯特

USNA魔法師部隊「STARS」的行星級魔法師。階級是准尉。
暱稱是希兒薇，姓氏來自軍用代號「第一水星」。
在日本執行作戰時，擔任希利鄔斯少校的輔佐。

班哲明・卡諾普斯

USNA魔法師部隊「STARS」第二把交椅。
階級是少校。希利鄔斯少校不在時的
代理總隊長。

米卡艾拉・弘格

USNA派到日本的間諜
（正職是國防總署的魔法研究人員）。
暱稱是米亞。

亞弗列德・佛瑪浩特

USNA魔法師部隊「STARS」的一等星魔法師。
階級是中尉。暱稱是弗列迪。

克蕾雅

獵人Q——沒能成為「STARS」的
魔法師部隊「STARDUST」的女兵。
Q意味著追蹤部隊的第17順位。

查爾斯・沙立文

USNA魔法師部隊「STARS」的衛星級魔法師。
別名「第二魔星」。

瑞琪兒

獵人R——沒能成為「STARS」的
魔法師部隊「STARDUST」的女兵。
R意味著追蹤部隊的第18順位。

雷蒙德・S・克拉克

雫留學的USNA柏克萊某高中的同學。
是名動不動就主動對雫示好的白人少年。

琵庫希

魔法科高中擁有的家事輔助機器人。
正式名稱是3H（Humanoid Home Helper：
人型家事輔助機械）P94型。

Glossary
用語解說

魔法科高中

國立魔法大學附設高中的通稱，全國總共設立九所學校。
其中的第一至第三高中，每學年招收兩百名學生，
並且分為一科生與二科生。

花冠、雜草

第一高中用來形容一科生與二科生階級差異的隱語。
一科生制服的左胸口繡著以八枚花瓣組成的徽章，
不過二科生制服沒有。

一科生的徽章

CAD

簡化魔法發動程序的裝置，
內部儲存使用魔法所需的程式。
分成特化型與泛用型，外型也是各有不同。

司波達也的CAD

司波深雪的CAD

Four Leaves Technology〔FLT〕

國內一家CAD製造公司。
原本該公司製造的魔法工學零件比成品有名，
但在開發「銀式」之後，
搖身一變成為知名的CAD製造公司。

托拉斯・西爾弗

短短一年就讓特化型CAD的軟體技術進步十年，
而為人所稱頌的天才技師。

Eidos〔個別情報體〕

原為希臘哲學用語。在現代魔法學，個別情報體指的是
「伴隨事物現象而來的情報」，是「事象」曾經存在於
「世界」的記錄，也可以說是「事象」留在「世界」的足跡。
依照現代魔法學的定義，「魔法」就是修改個別情報體，
藉以改寫個別情報體所代表的「事象」的技術。

Idea〔情報體次元〕

原為希臘哲學用語。在現代魔法學，情報體次元指的是「用來記錄個別情報體的平台」。
魔法的原始形態，就是將魔法式輸入這個名為「情報體次元」的平台，
改寫平台裡「個別情報體」的技術。

啟動式

為魔法的設計圖，用來構築魔法的程式。
啟動式的資料檔案，是以壓縮形式儲存在CAD，魔法師輸入想子波展開程式之後，
啟動式會依照資料內容轉換為訊號，並且回傳給魔法師。

想子

位於靈異現象次元的非物質粒子，記錄認知與思考結果的情報元素。
成為現代魔法理論基礎的「個別情報體」，成為現代魔法骨幹的「啟動式」和
「魔法式」技術，都是由想子建構而成。

靈子

位於靈異現象次元的非物質粒子。雖然已經確認其存在，但是形態與功能尚未解析成功。
一般的魔法師，頂多只能「感覺到」活化狀態的靈子。

魔法師

「魔法技能師」的簡稱。能將魔法施展到實用等級的人，統稱為魔法技能師。

魔法式

用來暫時改變伴隨事物現象而來的情報之情報體。由魔法師持有的想子構築而成。

魔法演算領域

構築魔法式的精神領域，也就是魔法資質的主體。該處位於魔法師的潛意識領域，魔法師平常可以意識到魔法演算領域並且使用，卻無法意識到內部的處理過程。對魔法師本人來說，魔法演算領域也堪稱是個黑盒子。

魔法式的輸出程序

❶從CAD接收啟動式，這個步驟稱為「讀取啟動式」。
❷在啟動式加入變數，送入魔法演算領域。
❸依照啟動式與變數構築魔法式。
❹將構築完成的魔法式，傳送到潛意識領域最上層暨意識領域最底層的「基幹」，從意識與潛意識之間的「閘門」輸出到情報體次元。
❺輸出到情報體次元的魔法式，會干涉指定座標的個別情報體進行改寫。

「實用等級」魔法師的標準，是在施展單一系統暨單一工序的魔法時，於半秒內完成這些程序。

魔法的評價基準（魔法力）

構築想子情報體的速度是魔法的處理能力、
構築情報體的規模上限是魔法的容納能力、
魔法式改寫個別情報體的強度是魔法的干涉能力，
這三項能力總稱為魔法力。

始源碼假說

主張「加速、加重、移動、振動、聚合、發散、吸收、釋放」四大系統八大種類的魔法，各自擁有正向與負向共計十六種基礎魔法式，以這十六種魔法式搭配組合，就能構築所有系統魔法的理論。

系統魔法

歸類為四大系統八大種類的魔法。

系統外魔法

並非操作物質現象，而是操作精神現象的魔法統稱。
從使喚靈異存在的神靈魔法、精靈魔法，或是讀心、靈魂出竅、意識操控等，包括的種類琳琅滿目。

十師族

日本最強的魔法師集團。一条、一之倉、一色、二木、二階堂、二瓶、三矢、三日月、四葉、五輪、五頭、五味、六塚、六角、六鄉、六本木、七草、七寶、七夕、七瀨、八代、八朔、八幡、九島、九鬼、九頭見、十文字、十山共二十八個家系，每四年召開一次「十師族甄選會議」，選出的十個家系就稱為「十師族」。

含數家系

如同「十師族」的姓氏有一到十的數字，「百家」之中的主流家系姓氏也有十一以上的數字，例如「『千』代田」、「『五十』里」、「『千』葉」家。
數字大小不代表實力強弱，但姓氏有數字就代表血統純正，可以作為推測魔法師實力的依據之一。

失數家系

亦被簡稱「失數」，是「數字」遭受剝奪的魔法師族群。
昔日魔法師被視為兵器暨實驗樣本的時候，評定為「成功案例」得到數字姓氏的魔法師，要是沒有立下「成功案例」應有的成績，就得接受這樣的烙印。

各式各樣的魔法

● 悲嘆冥河
凍結精神的系統外魔法。凍結的精神無法命令肉體死亡，
中了這個魔法的對象，肉體將會隨著精神的「靜止」而停止、僵硬。
依照觀測，精神與肉體的相互作用，也可能導致部分肉體結晶化。

● 地鳴
以獨立情報體「精靈」為媒介振動地面的古式魔法。

● 術式解散
把建構魔法的魔法式，分解為構造無意義的想子粒子群的魔法。
魔法式作用於伴隨事象而來的情報體，基於這種性質，魔法式的情報結構一定會曝光，無法防止外力進行干涉。

● 術式解體
將想子粒子群壓縮成塊，不經由情報體次元直接射向目標物引爆，摧毀目標物的啟動式或魔法式這種紀錄魔法的想子情報體，屬於無系統魔法。
即使歸類為魔法，但只是一種想子砲彈，結構不包含改變事象的魔法式，因此不受情報強化或領域干涉的影響。此外，砲彈本身的壓力也足以反彈演算干擾的影響。由於完全沒有物理作用力，任何障礙物都無法防堵。

● 地雷原
泥土、岩石、砂子、水泥，不拘任何材質，
總之只要是具備「地面」概念的固體，就能施以強力振動的魔法。

● 地裂
由獨立情報體「精靈」為媒介，以線形壓潰地面，
使地面乍看之下彷彿裂開的魔法。

● 乾冰雹暴
聚集空氣中的二氧化碳製作成乾冰粒，
將凍結過程剩餘的熱能轉換為動能，高速射出乾冰粒的魔法。

● 迅襲雷蛇
在「乾冰雹暴」製造乾冰顆粒時，凝結乾冰氣化產生的水蒸氣，
溶入二氧化碳氣體使其形成高導電霧，再以振動系與釋放系魔法產生摩擦靜電。以溶入碳酸的水霧或水滴為導線，朝對方施展電擊的組合魔法。

● 冰霧神域
振動減速系廣域魔法。冷卻大容積的空氣並操縱其移動，
造成廣範圍的凍結效果。
簡單來說，就像是製造超大冰箱一樣。
發動時產生的白霧，是在空中凍結的冰或乾冰。
但要是提升層級，有時也會混入凝結為液態氮的霧。

● 爆裂
將目標物內部液體氣化的發散系魔法。
如果是生物就是體液氣化導致身體破裂，
如果是以內燃機為動力的機械就是燃料氣化爆炸。
燃料電池也不例外。即使沒有搭載可燃的燃料，無論是電池液、油壓液、冷卻液或潤滑液，世間沒有機械不搭載任何液體，因此只要「爆裂」發動，幾乎所有機械都會毀損而停止運作。

● 亂髮
不是指定角度改變風向，而是為了造成「絆腳」的含糊結果操作氣流，以極接近地面的氣流促使草葉纏住對方雙腳的古式魔法。只能在草長得夠高的原野使用。

魔法劍

使用魔法的戰鬥方式，除了以魔法本身為武器作戰，還有以魔法強化、操作武器的技術。
以魔法配合槍、弓箭等射擊武器的術式為主流，不過在日本，劍技與魔法組合而成的「劍術」也很發達。
現代魔法與古式魔法兩種領域，都開發出堪稱「魔法劍」的專用魔法。

1.高頻刃
高速振動刀身，接觸物體時傳導超越分子結合力的振動，將固體局部液化之後斬斷的魔法。和防止刀身自我毀壞的術式配套使用。

2.壓斬
使劍尖朝揮砍方向的水平兩側產生排斥力，將劍刃接觸的物體像是左右推壓般割斷的魔法。排斥力場細得未滿一公釐，強度卻足以影響光波，因此從正面看劍尖是一條黑線。

3.童子斬
被視為源氏祕劍而相傳至今的古式魔法。遙控兩把刀再加上手上的刀，以三把刀包圍對手並同時砍下的魔法劍技。以同音的「童子斬」隱藏原本「同時斬」的意義。

4.斬鐵
千葉一門的祕劍。不是將刀視為鋼塊或鐵塊，而是定義為「刀」這種單一概念，依循魔法式所設定的刀路而動的移動系統魔法。被定義為單一概念的「刀」如同單分子結晶之刃，不會折斷、彎曲或缺角，將會沿著刀路劈開所有物體。

5.迅雷斬鐵
以專用武裝演算裝置「雷丸」施展的「斬鐵」進化型。將刀與劍士定義為單一集合概念，因此從接觸敵人到出招的一連串動作，都能毫無誤差地高速執行。

6.山怒濤
以全長一八〇公分的大型專用武器「大蛇丸」所施展的千葉一門的祕劍。將己身與刀的慣性減低到極限並高速接近對手，在交鋒瞬間將至今消除的慣性疊加，提升刀身慣性後砍向對方。這股偽造的慣性質量和助跑距離成正比，最高可達十噸。

7.薄翼蜻蜓
將奈米碳管編織為厚度十億分之五公尺的極致薄膜，再以硬化魔法固定為全平面而化為刀刃的魔法。薄翼蜻蜓製成的刀身比任何刀劍或剃刀都要銳利，但術式不支援揮刀動作，因此術士必須具備足夠的刀劍造詣與臂力。

戰略級魔法師——十三使徒

現代魔法是在高度科技之中培育而成，因此能開發強力軍事魔法的國家有限，導致只有少數國家能開發匹敵大規模破壞兵器的戰略級魔法。

不過，開發成功的魔法會提供給同盟國，高度適合使用戰略級魔法的同盟國魔法師，也可能被認證為戰略級魔法師。

在2095年4月，各國認定適合使用戰略級魔法，並且對外公開身分的魔法師共十三名。他們被稱為「十三使徒」，公認是世界軍事平衡的重要因素。

十三使徒的國籍、姓名與戰略級魔法名稱如下所述：

USNA
安吉・希利鄔斯：「重金屬爆散」
艾里歐特・米勒：「利維坦」
羅蘭・巴特：「利維坦」
※其中只有安吉・希利鄔斯任職於STARS。艾里歐特・米勒位於阿拉斯加基地，羅蘭・巴特位於國外的直布羅陀基地，兩人基本上不會出動。

新蘇維埃聯邦
伊果・安德烈維齊・貝佐布拉佐夫：
「水霧炸彈」
列昂尼德・肯德拉切科：
「大地紅軍」
※肯德拉切科年事已高，基本上不會離開黑海基地。

大亞細亞聯盟
劉雲德：「霹靂塔」
※劉雲德已於2095年10月31日的對日戰鬥中戰死。

印度、波斯聯邦
巴拉特・錢德勒・坎恩：
「神焰沉爆」

日本
五輪 澪：「深淵」

巴西
米吉爾・迪亞斯：「同步線性融合」
※魔法式為USNA提供。

英國
威廉・馬克羅德：「臭氧循環」

德國
卡拉・施米特：「臭氧循環」
※臭氧循環的原型，是分裂前的歐盟因應臭氧層破洞而共同研發的魔法。後來由英國完成，依照協定向前歐盟各國公開魔法式。

土耳其
阿里・夏亨：「巴哈姆特」
※魔法式為USNA與日本所共同開發完成，由日本主導提供。

泰國
梭姆・查伊・班納克：「神焰沉爆」
※魔法式為印度、波斯聯邦提供。

The International Situation

2096年現在的世界情勢

以全球寒冷化為直接契機的第三次世界大戰——二十年世界連續戰爭大幅改寫了世界地圖。世界現狀如下所述：

USA合併加拿大以及墨西哥到巴拿馬等各國，組成北美利堅大陸合眾國（USNA）。

俄羅斯再度吸收烏克蘭與白俄羅斯，組成新蘇維埃聯邦（新蘇聯）。

中國征服緬甸北部、越南北部、寮國北部以及朝鮮半島，組成大亞細亞聯盟（大亞聯盟）。

印度與伊朗併吞中亞各國（土庫曼、烏茲別克、塔吉克、阿富汗）以及南亞各國（巴基斯坦、尼泊爾、不丹、孟加拉、斯里蘭卡），組成印度、波斯聯邦。

亞洲阿拉伯其餘國家，分區締結軍事同盟，對抗新蘇聯、大亞聯盟以及印度、波斯聯邦三大國。

澳洲選擇實質鎖國。

歐洲整合失敗，以德國與法國為界分裂為東西兩側。東歐與西歐也沒能各自整合為單一國家，團結力甚至不如戰前。

非洲各國半數完全消滅，倖存的國家也只能勉強維持都市周邊的統治權。

南美除了巴西，都處於地方政府各自為政的小國分立狀態。

The irregular at magic high school

成為現代魔法起點的異能力，是距今的九十七年前，由當時的ＵＳＡ所發現的。從開發魔法技能轉變為開發魔法師、改造人類，則是大約八十年前的事。

在這短短的期間內——不對，實際上是在更短的期間內，僅僅五十年左右，就創造出足以穩定提供值得稱為「魔法師名門」的優秀魔法師「血統」。仔細想想實在令人驚奇。因為這代表人類在短短半世紀，就成功開發名為魔法師的「種族」。

當然，在其背後有著先進國之間激烈的開發競爭。投入其中的科技與經濟資源，足以將這種事情化為可能。能源枯竭問題從前世紀後半，就已經成為對於未來的詛咒，使（先進國的）人們的心靈蒙上陰影。眾人比當初更期待魔法成為解決這個問題的技術，再加上西元二〇三〇年左右，全球寒冷化現象逐漸顯著，糧食也因此隨之不足。後來以食物、資源爭奪戰為導火線的第三次世界大戰，成為了推動魔法師開發的強大動力——其動力強大到甚至忽視了「尊重基本人權」的社會原則。

早在長達二十年的戰亂時代之前，全世界就半公開地進行「人類品種改良」或「人類配種實驗」，比賽開發名為魔法師的種族。「魔法具遺傳性」這個事實，在魔法仍被稱為超能力的時期就已經確定，因此魔法的開發轉為「優良血統」的開發，是當然又必然的結果。

關於人類的品種改良，先進國以高明的手法踐踏了人類的尊嚴。

先進各國率先著手開發人工子宮。

在後進國家，強制令具備天分的男女交配——也就是國家公認的性侵行為四處橫行，但先進國家則是利用複製受精前的卵子，並且使用非外科手術的精子採集法（射精催速劑）來採集精子進行人工授精，以這種「有效率」的方式開發魔法師。先進國裡推崇基因改造的反倒是少數派，所以非基因改造的「試管嬰兒」以這種方式大量「生產」，就是先進國開發魔法師的實際狀況。

幸好（就是因為能夠使用這種字眼，才會被批判「科技發展和人道不相容」吧）從複製卵子誕生的孩子，不知為何悉數早夭。他們鮮少煩惱自己的身世。根據這個國家能夠使用的統計資料來看，他們的平均壽命是七歲。這並不是因為平均壽命下降的最大原因——零歲兒童的死亡頻繁發生，是他們的壽命真的很短。因為最長壽的人死亡時也只有十七歲。而且也不是因為急速老化而去世，而是維持年輕的模樣自然死亡。因為使用原始卵子的調整體一律沒有出現短命的缺陷，所以一般認為問題恐怕在於複製生殖細胞的技術。

不過，成長到三歲就可以測量潛在的魔法天分。藉由他們的犧牲，使得卵子與精子的「正確組合」得以確立。第二世代、第三世代會受到的影響，位於基因圖譜模擬可以解析的領域。再來只須由國家安排相親，讓合適的雙方「自主」聯姻就好。

如此誕生的就是被稱為「現代魔法名門」的家系。最具代表性的就是日本的十師族。

日本的「魔法師名門」，是以全世界最有條理的形式成立。這是因為在先進國之中，日本的文化背景最容易促成這種婚姻關係。

無視於人道的技術開發，最後卻被文化因素影響成果。不曉得該形容為諷刺，還是「人道」在最後展現的骨氣。這方面的審判恐怕得交由歷史決定。

【0】

這座沒有名字的村子，位於靠近前長野縣界線的前山梨縣，群山環繞的狹小盆地中。因為沒有名字，所以也沒有列在地圖上。雖說是「村子」，卻不是視為行政區域的「村」而設置。但也不是在現代化之前就有人群定居形成的自然村莊，只是實際上有人居住的村子。

除了沒有名字，就只是一座平凡的村子。也可以換個方式形容為「除了名字以外一應俱全」。有村公所，有警察局，有消防署，有水有電，道路有確實鋪上柏油，當然也有學校。雖然村裡只有一間應該是國小加國中的一貫校。

從二月時灰暗厚重的雲層中持續降下的雪，將村子染成一片雪白。戶外鴉雀無聲，大概是因為村民們都足不出戶。人影也非常稀少——應該說除了集體前進的十人集團之外，路上沒有其他人影。唯一例外的這群人，正前往村子近郊那間座落於山腳的學校。他們身穿白色雪地迷彩服，背著相同顏色的行囊，背著名為衝鋒槍的自動短槍。

身穿水手服的少女，從二樓教室看著這個危險集團接近。她從座位起身，站在窗邊俯視這群武裝男性。教室裡只有她一人——更正，現在整棟校舍只有她一人。今天不是週末也不是節日，也不是學校放長假。其他學生大概是得知武裝集團接近而去避難了吧，不過這麼一來，就不曉得這名少女為何留在教室了。明明不只學生，連教職員都去避難了，卻只有一名國中少女留下來，照常理來推測，這是不可能的事。

在少女的注視之下，來到校門的男子們取下背上的槍架在腰部高度，沿著圍牆內側朝左右散開。右邊三人，左邊三人。留在正門的四人之中，兩人走到前方架起槍枝，另外兩人在後方放下行囊，從中取出某種物體。

少女從裙子口袋取出細長的薄形機械。她手上的機械，和一百年前將語音通訊為主的情報終端裝置稱為「手機」的時代裡，被歸類為「直式」的精巧型機種相當類似。少女按下數字鍵上方的電源鍵解除休眠狀態，將想子注入這台小型機械。

少女手中的機械，是情報終端裝置形態的ＣＡＤ。她是一名魔法師。

她注視著正前方的四人組，當中後方兩人架起安裝著火箭型物體的步槍瞄準校舍。

同時，少女的手指在ＣＡＤ上舞動，發動魔法。

武裝集團的兩人從背包取出的物體是槍榴彈。外型粗短，而其彈頭比起貫穿力更重視爆炸時飛出的碎片之殺傷力。離開槍口的榴彈描繪平緩的拋物線，飛向少女所在的教室。這種類型的榴彈搭配步槍，有效射程是兩百公尺。校門到校舍的距離頂多只有射程的五分之一，這種距離以槍枝規格來說能確實射達。但榴彈沒有射到少女的教室。

距離少女佇立的窗戶還有十公尺。榴彈在這個距離爆炸。爆發的火焰如同沿著透明牆壁般擴散，反彈回來的爆風捲向武裝集團。暗藏在榴彈中的金屬片灑落在蹲下的男子們身上。威力幾乎盡失的金屬片雖無法傷及他們，卻足以激發敵意與戒心。

前方兩人也放下行囊，將榴彈安裝在槍口。剛才射第一槍的男子也在裝填下一發榴彈。他們都知道剛才的現象是魔法造成的。榴彈爆炸，窗戶玻璃卻連個裂縫都沒有，這是因為在空中形成的護壁至少具備反彈熱能、音波與有形物體的性質。但這些男子也知道，魔法護壁遭受超過容許極限的攻擊就會完全失效。

四顆榴彈同時發射。他們明明看起來沒有相互示意，默契卻非常完美。他們認為即使一顆無法射穿護壁，如果四顆同時爆炸，熱能與衝擊或許能超過魔法護壁的極限使其失效。即使沒有讓魔法失效，反彈的碎片與衝擊波也傷不了他們。這一點已經在剛才實際證明過了。

榴彈再度在空中爆炸。四顆榴彈爆炸的火焰，如同沿著透明牆壁般擴散，這部分和一開始一樣。但這次爆炸的位置不同。

護壁不是在距離校舍十公尺處，而是在距離男性們五公尺處形成。正確來說，是在他們扣下扳機的瞬間，重新設置在五公尺的位置。從極近距離反彈的爆風，以及被爆風捲走的金屬片襲擊男子們。他們雖然戴著護目鏡，但是頭盔下方沒有受到保護的臉部卻裸露在外。他們來不及伸手遮擋，碎片就傷害了臉部。不過，四人早在被爆風震得摔到地面時就已經昏迷了。

少女確認四人倒地不動之後，轉身離開窗邊。她走到教室正中央時，教室後門迅速開啟。少女的手指可以立刻在數字鍵上舞動，是多虧了讓此變為近乎反射動作的訓練所賜。魔法在架著槍的男子即將踏入時發動。男子踏出的腳在半空中撞到透明牆壁，因而失去平衡在原地踏步。

和其差距不到一秒的時間，教室的前門開了起來。但對方同樣落得無法入內的結果。以肩膀撞進來的男子，如同演默劇般貼在透明牆壁上。緊接著，旁邊分隔教室與走廊的毛玻璃發出響亮的破碎聲響。但玻璃碎片沒有掉進教室，全都落在打破玻璃的第三人身上。少女架設的護壁不只封鎖了門，還包括窗戶以及分隔教室與走廊的所有牆面。

少女在擋下暴徒入侵而鬆一口氣的時候察覺不對。她發現的武裝集團是十人小隊，其中四人留在正門，六人分成三人一組左右散開。正門的四人被他們自己的武器害到動彈不得，三人被她的魔法阻擋在走廊上。那麼另外三人在哪裡？

少女身後的窗戶玻璃發出巨響並且粉碎。男子們從樓頂吊繩索下來，猛蹬牆面讓自己成為鐘擺，以擺動的力道踢破窗戶。少女一個轉身撲到地上。雖然裙子大幅掀起，但現在無暇在意。撲倒時在視野一角看見的男子們，一衝進室內就架起了衝鋒槍。槍聲加上黑板旁與最外側置物櫃上的彈孔，證明她的判斷正確。

設立在走廊那一側的護壁消失了。這是因為少女的注意力移向新的入侵者，沒有繼續更新魔法式。剛才演默劇的男子首先翻身入內，接著一人從後門進來，另一人則跨窗衝進教室。如今六人的武裝集團即將包圍少女。

如果是平凡的女國中生，此時早已被嚇到愣住而動彈不得了。了不起就是坐起上半身，以雙手壓抑身體的顫抖，再來也頂多只能隱藏畏懼情緒，英勇地瞪向男子們而已吧。但少女不屬於平凡女國中生的範疇。

少女起身衝向後門。那裡有一人架著槍，但她視若無睹地採取行動。少女朝著槍口正前方衝過來，看來此舉果然也讓男子感到吃驚。男子反應過來時，和少女的距離已經不到兩公尺。

這個距離使用衝鋒槍太近。對方是女國中生，男子即使與她近身格鬥也幾乎不用擔心屈居下風。但他最後選擇以衝鋒槍射擊。

其他五人則是更早就做出了決定。位於教室後門的男子架起衝鋒槍時，另外五人的手指已經放在扳機上了。

五聲槍響，以及晚一步發出的一聲槍響。

下一瞬間響起的慘叫聲共六個。

男子們發出含糊的哀號聲。即使對方是魔法師，用來對付一名少女也明顯威力過強的槍擊，全部被少女製造的反物質護壁反彈而反過來襲擊槍手。

男子們手中的槍，是對付魔法師用的高威力衝鋒步槍。是為了擊破魔法護壁而將穿甲彈火力加強的自動短槍。如此強大的威力原封不動地反彈，就算是縫入高強度碳纖裝甲的防彈服也不管用。男子們被中彈力道震飛，因此流血並陷入了半昏迷狀態，少女則是有些不知所措地俯視這一幕。她困惑於接下來該如何是好。

此時，擴音器響起老人的聲音。

「演習結束。請救護班治療應戰部隊。櫻井小姐請直接回宅邸，夫人有事當面吩咐。」

少女聽到最後一句話，背脊挺得筆直。「我明白了。」即使知道對方聽不見，她依然緊張地以僵硬的語氣如此回應。

◇　◇　◇

這座村子乍看之下是平凡無奇的山村。村中各處散布著如同方形箱子，沒有窗戶的鋼筋水泥平頂建築物，這都是第三次非核世界大戰當時建造的防空避難處地面部分。這種建築物在日本很常見，即使出現在這種深山也不奇怪——但這始終只是表面看起來如此而已。

然而這座村子並非表面所見的山村。整座村子就是一座實驗場。最奉行祕密主義且最惡名昭彰的「死（四）之魔法師工廠」——魔法技能師開發第四研究所。這裡就是該研究所的遺址，也是至今依然進行魔法師改良與淘汰的十師族之一——四葉的大本營。

而這座村子最大的宅邸，就是四葉一族本家的住處。寬敞建地所蓋的數幢住家之中，最大的建築物就是四葉家當家——四葉真夜居住的主屋。

現在，在這幢主屋的其中一個房間裡，一名少女面對真夜，緊張地繃起表情。

她名為櫻井水波，是即將國中畢業的十五歲少女，調整體「櫻」系列的第二代。經過基因改造人工賦予強大魔法力的調整體雙親生下她，使她成為具備強大能力的魔法師。順帶一提，她的父母都已經過世。和父母永別的水波住進四葉本家擔任侍女效力，被教育為將來的守護者。

櫻系列的特徵，在於能製造堅固的反物質耐熱護壁。雖然應用力與多樣性比不上十文字家的「連壁方陣」，但說到單一防壁的性能，水波年僅十五歲所發揮出來的才華，已經逼近了十文字家的水準。

「水波，首先說聲辛苦妳了。妳的成績足以打及格分數了。」

「夫人的稱讚，學藝未精的屬下擔當不起。謝謝夫人。」

真夜友善地搭話，相對的，水波的語氣因緊張而變得很僵硬。這也是在所難免。因為坐在水波面前的女性不只是她的主人，也是君臨日本魔法師頂點的十師族之中特別有力的「四葉家」當家，更是令眾人畏懼地稱為「極東魔王」的當代最強魔法師。

「哎呀，不需要謙虛喔。葉山先生也這麼認為吧？」

至今紋風不動，默默在真夜身後待命的葉山，嚴肅地開口回應詢問。

「雖說允許對方從窗戶入侵這點得扣分，但結果還是將十人全部制服了，屬下覺得可以給及格分數。」

葉山這番話，使得水波睜大雙眼表達驚訝。並不是覺得這樣的評分過於嚴苛。葉山身為管理宅邸所有幫傭的總管家，應該未曾誇獎自己人，卻在這時候對幫傭說出「及格」這種話。就水波所知，這是第一次。而且這番話是對她說的，令她同時感到兩種層面上的驚訝。

「話說回來，水波。」

「是，夫人。」

然而不能只顧著驚訝。四葉家當家叫她這樣的見習侍女前來，絕對不可能只是為了稱讚演習成果。水波不用重新思索也能理解這一點。

「妳也快要國中畢業了，高中有什麼打算？」

「……屬下還沒有決定。」

「是嗎，妳還在煩惱啊。」

說是煩惱，但是否升學並非由她的意願決定。水波是被四葉「買下」的人。即使她說了「我想上高中」，但要是真夜或葉山判斷「沒有這個必要」就不會有下文了。她說的「還沒有決定」

等同於「還沒有接到指示」，水波自己並未感到煩惱。

「那麼水波，我要妳去東京。」

這個命令讓水波感到三成認同與七成意外。水波從一年前就得知自己遲早要負責照顧深雪。但她一直以為是更久之後的事，一直以為是迎接深雪進入本家之後的事。深雪在東京的住家確實比一般建築物大，但終究只是一般民宅的等級。管家入住的話不太自然，且如果這個人是國中剛畢業的孩子，不就更引人起疑嗎？水波如此心想。

她的女主人立刻回答她內心的擔憂。

「妳升學就讀第一高中吧。」

第一高中是指國立魔法大學附設第一高中嗎？這個問題僅停留於水波心裡。命令內容是「到東京升學就讀第一高中」，所以無從以其他方式解釋。

申請書是線上寄出，不用擔心繳交日期，但問題在於第一高中是最難的窄門之一。未曾好好用功應考的自己能合格嗎？水波相當擔心。

「考試的部分，妳不用擔心。」

難道夫人會幫忙安排走後門？老實說，水波心中有這樣的期待。

「距離考試日期還有三週，我會將必要的知識直接寫入妳的腦中。」

但她的想法太天真了。這座村子確實有利用洗腦技術的裝置，可以無視於當事人意志植入記憶。但這種裝置極度耗損精神，考完有可能會躺在床上一星期爬不起來。

「加油吧。考完會讓妳休息一陣子。侍女的工作也從明天開始免除。」

真夜如同看出了水波的不安，溫柔又無情地宣布「妳無路可逃」。

「水波。」

「是，夫人。」

至今讓人覺得像是樂在其中的真夜，表情突然變得正經。水波也跟著主人繃起了表情。

「去深雪身邊吧。從春天開始，深雪就是妳的主人了。」

「遵命。」

這是早已預告過的，她原本應負的使命。即使感到緊張，水波依然抱持堅定決心，接受真夜的命令。

[1]

西元二〇九六年四月五日，星期四。國立魔法大學附設第一高中新年度開學典禮前一天，新生入學典禮的三天前。

司波兄妹的家裡，達也在映出全身的大鏡子前面，露出為難的表情。

達也身旁是掛著如花笑容的妹妹深雪。不對，即使是櫻花，面對如此嬌豔的笑容，或許也會羞愧到縮為花蕾。她的滿面笑容就是會令人感受到此等「魔力」。由於深雪過於亮麗，使得站在她身旁的新同居人——兄妹倆的姨母四葉真夜派來擔任家管員兼見習護衛兼借住房客，三天後將成為第一高中學妹的櫻井水波相形失色。

滿面笑容的深雪，以充滿期待的閃亮眼神，看著站在穿衣鏡前面的哥哥。鏡子旁邊的衣架，掛著昨晚寄給達也的新制服外衣。

「哥哥，請快點穿上新制服讓我看。還是說，您在吊深雪胃口……？」

感覺要是扔著不管，深雪似乎隨時會因為按捺不住而開始扭起身子。達也覺得為了妹妹的心理健康，似乎必須將自己內心的陰霾暫時放在一旁。制服長褲與正裝背心已經穿好，再來只要套上制服外衣。達也認命地抓起制服外衣的衣領。

水波想移動到達也前方幫忙將手穿過衣袖，但同時行動的深雪擋住了她。水波沒有不高興的樣子，退回原本所站的地方。

達也將外衣遞交到妹妹伸出來的手上，接著原地轉身。達也雙手穿過袖子之後，深雪在哥哥背後幫忙把長襬外衣拉到肩頭，整理好輪廓。

達也再度面向鏡子時，深雪在旁注視著哥哥，表情陶醉地按著臉頰，深情地嘆了口氣。

剪裁與配色和至今的第一高中男生制服相同，但有三個細節和以往不同。

八齒齒輪圖樣的徽章，裝飾在達也新制服外衣的左胸與肩頭。刺繡於左胸口袋與兩袖上緣的新徽章，和裝飾一科生制服的八片花瓣徽章大小相同，設計風格也相似。

「哥哥，好適合您……」

對達也本人來說，這套新制服令他困惑的成分依然比較多，但是對深雪來說，她去年一整年每次看到哥哥穿著胸前口袋空白的制服外衣就持續累積的鬱悶情緒，因為新制服的設計而一鼓作氣地消散了。

這枚齒輪徽章，是今年新設立的魔法工學科的象徵。達也去年一整年，無論對內還是對外都累積了不容忽視的亮眼實績，校方判斷繼續將他當成「候補」將有損學校的體面。結果促成學校全新設立了通稱「魔工科」的魔法工學科。

校方當然無法為了達也一個人而修改制度。無論實際緣由如何，新設立的課程不可能專屬於單一學生。

因此，第一高中的學程設計進行了徹底的改革。

入學新生名額一樣固定是一科生一百人，二科生一百人。

改變的是晉升為二年級時的程序。新的二年級學生，可以選擇普通魔法科或魔法工學科的課程。選擇普通魔法科的學生和以往相同，分成四班一科生與三班二科生上課。另一方面，有意就讀魔法工學科並且順利通過三月考試的學生，則是進入新設立一班的魔工科，施教重點是魔法工學技術。

第一高中也以「實驗性地設立新學科」為名目，從大學派遣新的教師前來。剛開始只設立一個班，但要是成效良好，預計將來在入學時就會分成普通魔法科與魔法工學科來招募新生。

此外，設立魔工科還帶來一項附加效果。二科生得以由校方認可轉為一科生，以遞補魔工科的一科生缺額。這部分由二科生實技成績的排名依序選出，而在達也的朋友之中，幹比古就是從這個學年開始轉移到一科。

但知道隱情的人都很清楚，無論表面上如何掩飾，魔工科依然是為達也設立的學科。深雪會為哥哥的「風光英姿」心花怒放，也不是沒有道理。

深雪大概是讓哥哥擺出各種姿勢之後感到滿足了，終於准許達也換裝。達也不免覺得自己被當成換裝娃娃，但他以「深雪果然也有跟普通女生一樣的地方啊」這樣的想法說服自己（順帶一提，新生水波的服裝秀已經在三天前結束）。

「哥哥、水波，一起喝杯茶吧。」

好心情的深雪向同居人說完，便像是隨時會踩起小跳步般進入廚房。看向她背影後，水波難過地看著下方。這也是已經熟悉的光景。大概是因為即使年輕（或許形容成「年幼」更加適當）卻確實植入專業意識的關係，就達也所見，水波是秉持著自豪心態來從事家管員一職（雖然這也是相當失禮的感想）。對於這樣的水波來說，準備茶水的工作被搶，應該是攸關自己存在意義的情況。不過，關於「照顧達也起居」的重要性，深雪似乎也不肯讓步。水波來到這個家的前五天，兩人上演表面和氣實際卻頗為激烈的拉鋸戰。如果達也是內臟偏弱的體質，腸胃或許會出問題。幸好（？）他的身體包括神經與內臟都堅如鋼鐵。

賭上彼此立場的和平鬥爭演變到最後，深雪與水波之間成立了不太明確的協議。

一、打掃與洗衣服由水波負責。

二、用完餐點與茶水的收拾工作由水波負責。

三、達也在家時的餐點由深雪負責。達也不在時由水波來做。

四、達也在家時的茶水由深雪負責。達也不在時由水波準備。

五、達也換裝由深雪幫忙。深雪換裝由水波幫忙。

之所以形容成「不太明確」，是因為深雪與水波至今依然一有機會就想搶得先機。不過就達也所見，兩人目前的關係既和平又良好。

達也和水波的關係，表面上看起來也很良好——不過，將滿十七歲的少年和現年十五歲的少女，短短兩週就完全卸下心防，這樣或許比較有問題。達也像是置身事外般如此心想。

只不過，達也確實想和水波維持隔閡——應該說想要保持一點距離。包括有些下垂的眼角、深褐色的微捲頭髮、細長的濃眉，以及露出笑容時兩頰的酒窩——水波太像穗波了。

櫻井穗波。擔任已故母親守護者的女性。四年前在沖繩保護達也而過世的人。

水波的母親，是和穗波從相同的「母親」採集未受精的卵子進行相同的基因改造，再從相同的「父親」採集精子，受精「製作」而成的魔法因子強化型基因改造人——調整體。雖然並不是「雙胞胎」，卻是和其極為近似的「姊妹」。在遺傳角度上屬於外甥女的水波，五官會神似穗波也可以說是理所當然。

達也當然也明白這種道理。但這種理解無法解決任何問題，也無法成為慰藉。因為達也內心之所以會產生隔閡（類似隔閡的情感），並非因為她的容貌，而是以她的容貌為契機所喚醒的，關於故人的記憶。

對於達也他們兄妹來說，櫻井穗波就像是一家人，是相處起來不會感到拘束，如同姊姊般的女性。深雪每次回想起她，心裡就會充滿哀傷悼念的情緒以及懷念的感覺。但達也的內心是被更加難受的後悔所填滿。即使是成為一家人的回憶，對於達也來說也像是增幅後悔情緒的苦瓜。雖然不是吃不下這種蔬菜，但就是會不由得蹙眉，正是吃到苦瓜的感覺。

──力有未逮──

達也對穗波逝去一事所感到的後悔情緒，可以總括為這四個字。

穗波的死因是衰弱致死，但若達也沒有迎擊入侵沖繩的大亞聯盟艦隊，至少她不會在當時死亡。穗波為了保護達也，硬是連續使用大規模魔法而導致生命磨耗殆盡，這是確切的事實。

但是達也不後悔當時做出那種決定。他不認為當時選擇迎擊是錯的。雖然當時的行動沒有經過深思，是情緒激動造成的結果，但若他沒有在那個時候殲滅大亞聯盟的船艦，事態很可能會更加惡化。這不只是達也自己的想法，防衛大學研究室所進行的戰術模擬也得出了相同結果。

達也的後悔，在於當時的自己需要穗波的助力。

如果是現在的達也，發動質量爆散不用花太多時間準備。學會將「分解」當成設置型領域魔法使用的現在，不用穗波協助就可以打下敵方戰艦的艦砲射擊。

當時的自己，沒有這樣的力量。

每當達也看見水波的容貌，他就會回想起曾經無力的自己。

「哥哥？」

「嗯，我現在過去。」

達也受到思緒囚禁的時間不到三秒。深雪之所以搭話並不是因為時間經過所致，是因為達也散發的氣氛產生了微妙變化才促使她這麼做。

達也回應深雪的呼喚，開始移動。

在後方等待達也行動的水波也隨後跟上。

實質上只有兄妹兩人居住的這個家，光是增加一名同居人，就需要添購或更換各式各樣的東西。餐桌也是其中之一。比原本大一號的新餐桌，桌面是重視設計風格的耐熱高強度玻璃。雖然這麼說，卻比夾板堅固許多，除非以大型雙手鎚猛敲，否則不會破裂。考量到不怕溼氣又不容易沾上難擦的水痕或髒汙，堪稱相當實用——但相對的有點貴。達也坐在這張餐桌前面，接著深雪坐在他前方，水波則坐在深雪旁邊。

深雪不知為何依然穿著圍裙。而水波原本就是穿圍裙。達也心想，和兩名穿圍裙的少女相對而坐，仔細想想是一幅奇妙的光景。

只不過，兩人雖然同樣穿圍裙，風格卻差很多。

水波是單純的長袖高領連身長裙。圍裙也是以厚實布料幾乎完全遮蓋身體正面，以實用性為第一優先的設計。雖然不是十九世紀歐式的「正統」侍女風格，卻明顯受到影響。

相對的，現在明明還是初春，深雪卻穿大膽的露肩迷你連身裙。圍裙也是編織細繩的吊帶款式（不曉得她究竟有幾種圍裙），胸前甚至露出了鎖骨線條。裙子短於膝上十公分，底下當然是裸腿。隔著高透明度的玻璃桌面看得見整齊併攏的雙腿，還看得見大腿相當高的位置。

難道這個妹妹在誘惑──捉弄自己？

不對，在意就輸了。

幸好一旦下定決心就真的不再在意。達也覺得在這方面也可以感謝母親與姨母──深雪應該持相反意見吧。

但兄妹彼此都沒有透露這種想法，各自朝著咖啡杯與茶點餅乾伸手。

「──大後天終於就是入學典禮了。水波，妳很期待吧？」

只有兩人同居時不會發生這種事，但現在只要達也像這樣沒有出現深雪預料中的反應時，深雪會傾向於找水波說話裝傻。

「是，深雪姊姊。我很期待。」

另一方面，水波很聽話地回答。不曉得是沒有察覺深雪的想法，還是即使察覺了卻基於立場而幫不上忙。

「我與深雪當天都得稍微提早上學，水波，妳不介意嗎？」

「達也哥哥，不要緊。請容我陪同。」

順帶一提，「深雪姊姊」與「達也哥哥」是由達也提議，由深雪下令使用的稱呼。

現代的公共交通工具——電動車廂基於其性質，不會有陌生人共乘，也沒有辦法中途上車會合。搭相同車廂的人不是住在一起就是住在附近，至少必須在車站會合。

另一方面，水波基於兼任護衛的職責，不可能選擇和深雪搭不同車廂上學。但是每天早上和陌生人搭相同車廂上學很不自然，會招來無謂的懷疑目光。

兩人為此想出的藉口是「水波是他們兄妹的表妹」。這也是四葉本家的指示，何況兄妹倆的戶籍本來就盡是造假的資料，如今多一個沒有血緣關係的表妹算不了什麼。

問題在於水波使用「深雪大人」、「達也大人」為稱呼。

在這個時代，除了少部分的例外，沒有女高中生會以「某某大人」稱呼大一歲的學長姊。這裡所說的例外是上流階級的子女、服務上流階級家庭的幫傭，或是以某種形式讓自己屬於上流階級家庭的女孩。在魔法師之中，是十師族或是與之同等的家系所使用的稱呼。雖然「某某兄長大人」或「某某姊姊大人」的稱呼方式也很誇張，但比起「某某大人」還算普遍。

其實深雪與達也都希望她以「深雪」與「達也」稱呼就好，不過水波斷然拒絕。即使是「姊姊」與「哥哥」也令水波面有難色，但她也明白必須隱瞞自己的身分，所以最終妥協使用「深雪姊姊」與「達也哥哥」。

至今只有兩人一起過生活的兄妹，目前和意外迎接的新同居人相處得還算順利。

茶會時間的話題，自然地轉移到三天後的入學典禮。

「今年的總代表是男的啊……久違四年嗎？」

「哥哥，是五年。七草學姊前一任會長也是女性。」

兄妹正在討論的是今年新生總代表，也就是今年首席入學學生的話題。如兩人所說，第一高中久違地由男學生擔任總代表。

「因為七草學姊的妹妹們要入學，我一直以為今年也會是女生。」

「是啊……而且水波要是在入學考拿出真本事，應該會成為總代表吧。」

「不，沒有這種事……」

深雪略含消遣的話語，使得水波以面帶僵硬的表情，微微搖了搖頭。事實上，她被本家命令不准太顯眼而保留魔法力，達也也認為她認真應考很可能會成為首席，但水波似乎生性無法輕鬆帶過這種話題。

達也決定在開始洋溢尷尬氣氛之前回到正題。

「記得他的名字是七寶琢磨。這裡的七寶是那個『七寶』吧？」

深雪也不是想為難水波。她立刻遵從哥哥的意圖。

「是的，十八家『七寶』的長子。」

達也腦中浮現的有力魔法師家系圖，和深雪從記憶中的學生會調查檔案抽出的情報，呈現一致的結論。

「沒想到七草和七寶居然成為同一屆的學生。該說是天大的巧合還是深厚的因緣……希望別發生麻煩事。」

達也微微蹙眉，或許是有不祥的預感。

「但我覺得他們稍微鬧點事可以成為障眼法，這樣不錯啊。」

「確實是這樣沒錯。」

深雪的意思是說，如果七寶家長子和七草家雙胞胎起爭執，校方的注意力就會朝向那邊，導致不再有人追究司波兄妹和水波的關係。至少這種人應該會減少。

這個指摘很合理，但他們鬧事將由誰解決？達也想到這裡就開始覺得頭痛。

「話說回來，關於今晚的家庭宴會……」

茶杯與茶點盤都見底，水波覺得該開始收拾餐桌而正要起身的時候，達也伸手制止，突然改變話題。

「我覺得水波還是應該出席。」

達也與深雪今晚受邀參加北山家（也就是雫家）的家庭宴會。水波原本不是留下來看家，而是一起到北山家之後在幫傭待命室等待，但達也表示應該變更這個預定。

「若您如此命令，我會照辦。」

水波的回應以幫傭身分來說很妥當。但她格外冰冷的表情似乎在說「其實沒有什麼意願」。

水波是平常會克制情緒表現的少女，但絕對不是面無表情，因此比起會故意扮出誇張表情的真由美或艾莉卡那樣的少女，她的情感反而容易解讀——不過當然是以達也的觀察力才做得到。

達也沒有興趣強迫別人，也完全沒有下達討厭命令當樂趣的癖好。「因為是命令所以遵從」原本就不是他樂意聽到的回答，而且他平常聽到別人這麼說，反而會想回應「還是算了」，但他剛才的發言並不是臨時想到才說出。

「這樣啊。勞煩妳陪我們一趟吧。」

達也覺得必須作戲補強「表妹」這個謊言才如此提議。所以就算他不甚滿意水波的回應，也不能就此退讓。

「那麼事不宜遲，來挑禮服吧。時間不多了，我也來幫水波挑。」

深雪會拍起雙手，試著以這個提議讓氣氛變得開朗，或許是顧慮到哥哥沒有表現出來的心情也說不定。

絕對不是想看水波大幅亂了分寸的表情——應該是如此。

〔2〕

即使名義上是「家庭宴會」，依然是經濟界大老——北方潮（這是雫父親使用的商業假名）舉辦的宴會，會場既盛大又熱鬧。

只不過，沒有給人擁擠的印象。聚集在這裡的人確實很多，不過——

「果然很寬敞……」

成為會場的北山宅邸，大到令達也率直地為其發出嘆息。

只是他的感想沒有得到同行者的共鳴。深雪只露出恭維笑容附和哥哥這句話，而旁邊的水波則一臉幾乎要露出疑惑神情的樣子。最近經常有機會在軍中或研究所和「庶民」打交道的達也，和身為四葉繼承人（候選人）被養育至今的深雪，以及雖然是幫傭卻從小在四葉本家長大的水波——達也和妹妹她們之間，在這方面培育而成的感覺似乎有所差距。

今天宴會的名目，是慶祝結束USNA短期留學的雫歸國並升上二年級。歸國至今兩週，間隔這麼多天才舉辦宴會的原因，在於雫得拜會各方人物，忙得不可開交。

雫除了「國立魔法大學附設第一高中的優等生」、「優秀魔法師嫩芽」，還有「大企業家千金」的另一面。在社會上甚至得優先處於社長千金的立場。因為「未來的魔法師」的立場（極端來說）只屬於她，但「社長千金」的立場伴隨著對於家族、員工、股東與客戶的責任。

基於這樣的隱情，自家人（？）的宴會被迫延到新學期的前一天。

北山家共有父母、奶奶、雫、弟弟五人。不過雫的父親有五名兄弟姊妹（在足以稱為富豪的富裕階層，這種程度的大家庭並不稀奇），而且因為雫的父親晚婚，堂兄妹幾乎都比雫年長，超過半數已婚，各自帶了家人同行，未婚的人也帶訂婚對象或近期預定訂婚的對象前來。因此即使是自家人的宴會，人數卻增加到這麼多……達也正在聽雫的母親述說這件事。

「潮弟家是從上個世紀經營至今的企業家家系，所以背負了很多忽略不得的枷鎖。」

達也客氣地附和夫人的話語，內心進行不曉得第幾次的嘆息。不知道是基於何種意圖或是哪裡得到青睞，達也還沒有和雫好好打招呼，這位北山夫人——曾經以振動系魔法聞名的A級魔法師北山紅音（舊姓鳴瀨）就逮住達也，一直要他擔任聽眾。順帶一提，他讓深雪與水波逃到雫與穗香身邊。

「說是這麼說，但看那些親戚厚臉皮地將素昧平生的人帶進自家人的宴會，我實在沒有辦法欣賞。只要沒有牽扯到生意，潮弟真的很寵自家人。」

達也心想，話說回來——雫的母親講話似乎挺毒的。

當然，即使是社長夫人，在正當社會也不能在平常就不顧一切地謾罵（在投機的世界就另當別論），真要謾罵應該會挑選時機、地點與對象，但達也再怎麼歪過腦袋或搖晃腦袋去思考，也無法理解夫人為何挑選實際上是初次見面的他當對象。

達也並非第一次和紅音打照面。雫為了轉達她在美國得到的各種情報而邀請達也與深雪前來的那一天，達也有打過招呼。但真的只有打招呼。達也完全不記得有做過什麼事，足以讓自己成為夫人吐露這種真心話的對象。

（不過，「潮弟」是吧……以這些人的社會地位來說，使用這種稱呼真的好嗎？）

達也差不多開始對紅音的牢騷不敢領教了。他以逃避現實的心態暗自吐槽。

達也知道雫雙親的年齡。雫的父親不用說，母親也在現役時代就相當有名，所以能輕易收集到個人資料（雖然這麼說，但在個資受到嚴密防護的現代，一般人不可能做到這種事）。北山夫人雖然稱呼丈夫時加上「弟」，卻不是真的比較年長。故作年輕的潮，與外在符合自身年齡、看來穩重的紅音，光看外表似乎年齡差距不大，但潮實際上比紅音大九歲才對。

（大概是有得到愛情的滋潤吧。）

即使僅只是內心想法，達也依然避免對好友雙親使用「寵」或「被寵」這種字眼。

紅音雙眼中的嚴厲神色消失，大概是宣洩完一輪不滿情緒而滿足了吧。不過她改為投以打量般的視線。對象不是親戚所帶來「素昧平生」的外人，而是達也。

達也面不改色，但他也和凡人一樣會覺得不自在。雖然很想趕快和深雪他們會合，但紅音卻不打算允許他這麼做的樣子。

「話說回來……」

達也還沒有說出「那我告辭」，紅音就先打開話題。即使對同學母親有所顧慮，達也依然覺得這是令他痛悔的失態——其實沒有這麼嚴重，但他就是如此不自在。

不過對紅音來說，接下來才是重頭戲，即使達也想逃走，她也會隨便找理由挽留吧。

「穗香的單相思對象是你嗎？」

雖然是冷不防的暗算，不過達也立刻理解箇中緣由。即使只是事後諸葛，但這是他早已預料到的「口頭攻擊」。

「先不提名稱，但我就是您說的人。」

不過「單相思對象」這個說法，令達也相當抗拒點頭回應「就是如此」。這或許只是無聊的堅持，但這是達也不能讓步的自我主張。

「沒有因此慌張呢，真可靠。」

只是對於紅音來說，這種脫線部分似乎也是加分要素。或許是沒有敷衍話題的做法得到高分吧。紅音對達也露出的笑容，突然從形式上、禮貌上的笑容變為友好的笑容。

「但你為什麼沒有答應？」

即使形容為友好，但或許是「玩賞」的意思。

「雖然比不上你的妹妹，不過穗香很可愛吧？」

大概類似藉著觀看小動物拚命在滾輪上奔跑來享樂的嗜好吧。紅音的眼神像是在期待順利通過第一關的達也開始徘徊不前。

「我覺得很可愛。不只是容貌，個性也是。」

達也這種滿不在乎的態度，大部分是裝的。達也謹慎觀察紅音，不漏掉表情的任何變化，想知道她難以確認是在看向何處的眼神背後，究竟是基於何種企圖在詢問這種事。

「哎呀哎呀……可是這麼一來，我就更不懂了。明明長相、身材與個性都是一等一，你卻拒絕她的表白。」

達也不記得自己提過穗香的身材如何。但這應該是話說太快的語病吧。達也在思考該用何種說法帶過，不過沒有這個必要。

因為紅音先投下了一顆炸彈。

「而且，穗香很有用喔。會忠誠服侍你。」

這句話正可以形容為驚爆發言，是不適合用來消遣女兒同學，過於沉重的一句話。魔法師對魔法師講這種話非常不妥又草率。

如果是「普通」的魔法科高中生，應該不知道紅音在說什麼吧。

如果能理解她的話中含意，又具備十六七歲少年理當具備的感性，應該會難掩不悅吧。

但達也只是面無表情地看向紅音。

紅音的笑容沒有因此打折扣，該說她不愧是大企業家的夫人嗎？

「……原來如此，你知道真相還能露出這種表情。」

不過，她似乎無法避免讓語氣變得有些僵硬。

「我不打算假裝不知道。」

達也的語氣也絕對稱不上友善。無論是基於何種意圖，紅音剛才的發言並非可以說出口的類型。即使是好友的母親，達也依然不覺得有迎合這種說法的必要。

「這樣啊……明知元素家系的能力與利用價值，卻採取不接受也不排斥的態度。」

穗香的血統——元素家系。穗香是四大系統八大種類的現代魔法確立之前，為了重現傳統魔法而開發的原型魔法師後裔。對於擁有強大權力的人來說，這種血統具備龐大的利用價值。達也知道這件事。而紅音正是在指摘這一點。

紅音收起臉上的和善笑容。僵硬的聲音變化為冰冷而強硬的聲音。

「難道說，一切都在計算之中？」

紅音沒有講明主詞與受詞，但達也正確地掌握到對方所說的意思，而且也理解話中隱藏著責備與批判。

「我不認為自己在利用穗香。」

但達也並沒有因此感到畏懼，也沒有因為自己被中傷而動怒反駁。

「不過，你讓她陪同收拾吸血鬼吧？」

紅音或許覺得達也在裝傻。她的語氣開始摻雜著不耐煩的情緒。

「因為也沒有理由排擠她。」

達也確實看出了紅音的變化。即使他會忽略好意，卻不會漏掉敵意。他就是被打造成這樣的人。而且被訓練到即使暴露在多麼強烈的敵意或惡意之中，也能不為所動。

再怎麼試探都無法激怒達也，因此紅音決定改變話題方向。

「……對雫來說，穗香情同姊妹。我們夫妻把那孩子當成自己的女兒。而且雫也很欣賞你。她對你的信賴超過了平凡好友的界線。」

所以妳想說什麼？達也以這樣的目光看向紅音。

「她是雫的母親」這樣的顧慮，已經從達也心中消失。

「所以，我們這邊便調查了關於你的資料，司波達也同學。」

紅音朝達也投以挑釁的眼神。

「雖然不是令人愉快的事情，但我能理解。」

達也以洋溢寬容光輝的雙眼承受對方的挑釁。

「你……究竟是什麼人？即使以北山的……以『企業聯盟』的情報網，居然也查不出你的個人資料（PD）……」

「我想應該是哪裡搞錯了。再說，沒有個人資料根本就無法就讀高中。」

達也的回答很合理。但紅音只覺得是歪理。

「勸你別小看大人。你的ＰＤ確實具備必要最底限的內容，還適度加入多餘的情報與負面評價，不會過於漂亮。要不是從那孩子口中得知你的事，我應該也不會感到懷疑吧。」

「有什麼可疑的地方嗎？」

達也反問時的語氣如同機械，毫無生命感可言。他的態度，彷彿看透紅音並未握有任何有確切情報根據的證據。

「不，沒有。所以才奇怪。」

雫的母親以懊惱的眼神瞪了過來，達也默默回視。沒有什麼好說的——這是他毫不虛假的想法。頂多只抱持逃避心態覺得「她和女兒不一樣，個性很激動」。

「即使只聽那孩子的描述，也知道你具備異才……不對，堪稱鬼才的天分與能力。像這樣當面交談，『你不平凡』的印象也只增不減。你的ＰＤ不可能那麼『平凡』。」

紅音的說法是事實，但也只是臆測。達也不認為需要唯唯諾諾地接受她的臆測。

「ＰＤ始終只是資料，不是當事人自己。」

個人資料是讓他人識別自己的面具。即使這張面具和真面目完全不像，只要「完全不像」的事實沒有被揭發，面具就永遠是自己的長相。

「……你的意思是說，印象不同是理所當然？」

「我是什麼樣的人？如果您詢問姓名或經歷，就和ＰＤ登錄的資料相同。如果您詢問印象，那就如您所見。我自己沒有辦法再進一步說明自己。」

就某方面來說，這是達也的真心話——我是什麼樣的人？能發揮的大規模破壞力勝過現存最強威力的核武，恐怕也可以毀滅世界的自己，究竟是「什麼」？這是經常浮現在他意識之中，無法自答的自問。

但紅音無法接受。

「你想裝傻……？」

雖然她有壓抑音量，但語氣變得相當粗暴。

除了部分例外，上流階級的人都很容易敏銳地感受到，和自己同級以上的對象所展現的情緒變動。宴會主辦者夫人和來賓起口角的樣子，開始引起與會者的注意。

「紅音，冷靜一下。」

雖然是自家人的宴會，但聚集在這裡的不全是「自家人」。想必不樂見旁人看到這種光景。北山潮會連忙過來打圓場，也是理所當然的事情。

紅音似乎沒有察覺自己情緒激動，經過丈夫規勸才露出驚覺不對的表情緘口。

「司波同學，內人失禮了。」

「不，在下才說了各種囂張的話語。畢竟是不成熟年輕人的發言，懇請兩位見諒。」

面對向自己低頭道歉的潮，達也同樣向潮低頭，恭敬地道歉。不過，他說的話語相當咄咄逼人就是了。

幸好潮不在意達也這番像是置身事外的說詞。投向達也與紅音的視線如同退潮般移開，沒有喚來新的緊張氣氛。

「不介意的話，我想先暫時失陪了。」

達也大概覺得這是不錯的契機。他不是向紅音，而是向潮這麼說。

「嗯，說得也是。女兒應該也想和你聊一聊。」

潮大概也覺得紅音需要時間冷靜。達也行禮致意，走向雫等人所在的位置之後，潮也推著紅音移動到牆邊的座位。

「達也同學，對不起。」

走到不用大喊也聽得到的距離時，雫不等達也開口就先低頭致意。

雫抬起頭，缺乏情感的表情中透露出無地自容的羞恥。自己的母親，居然向請來參加自己宴會的同學找碴（就雫看來是如此），即使當事人不是雫，一定也會覺得相當難為情。

「不，我也能理解令堂的心情。來路不明的男性接近女兒，當然會擔心。我不在意，所以雫也別在意了。」

「……嗯，對不起。」

雫之所以沒有反駁，並非因為心情切換得快（當然也不是完全沒有這個因素），而是沉默寡言的個性違反她自己的意志產生作用。明明還想在各方面上向他道歉，卻只能回以短短一句話。這種想法和羞恥心相乘之下，打造出尷尬的表情。

達也在千鈞一髮之際，察覺自己的右手想摸雫的頭。責任明明不在自己卻過於在意而消沉的臉，和深雪不時展露的表情重合，使得他反射性地想以「摸頭」動作應對。

過於卸下心防了。達也僅讓這樣的苦笑留於心中，接著露出微笑搖了搖頭，像是在說「這件事到此為止」。

雫、穗香、水波，以及深雪。身穿華麗禮服的四名少女，在她們的隊伍中有一名身穿不起眼西裝的少年。一般來說會覺得很不自在，但達也沒有這種神經。穗香貼心地找水波聊天，雫不時踩煞車避免踰矩，水波在深雪的協助之下客氣回應。四人以這種模式持續交談，貫徹聽眾之職看著這幅光景的達也，因為後方突然有人搭話而轉身。

「請問，您是司波達也先生吧？」

少年似乎以為達也沒有聽到他說話，對他再度提問。達也回以肯定的答案。

這名嬌小年幼的少年，應該還沒有升上國中吧。達也不需要詢問他的姓名——

「航。」

雫就說出了少年的名字。

「姊姊。對不起，打擾到你們了嗎？」

少年親自說出自己的身分。

「沒有。不過，好好問候一下。」

寡言的雫講這種話聽起來冷漠，但她注視著和自己有年齡差距的弟弟時，眼神很溫柔。

航似乎也明白，便努力做出正經的表情（完全是「故作成熟」的這張表情，實在令人會心一笑），依照姊姊的吩咐，端正行禮致意。

「初次見面，我是北山航。今年就讀小學六年級。」

航整個人面向達也進行自我介紹。他和穗香的關係已經堪稱親密，所以在向初次見面的人問候時沒有面向穗香可說是理所當然。但他沒有看向深雪——似乎是為了避免情緒（激動到）太慌張的樣子。深雪接在達也後面回以問候時，從他微微移開視線、咬緊牙關且全身上下都在使力這點來看，這個推測應該沒錯。

由於明顯看得出來不是被討厭，也不是被無視，所以深雪只覺得航的態度令人會心一笑。但航對「主人」有失禮節的應對，似乎令水波不禁感到不悅。

「航大人，這次很榮幸見到您。小女子名為櫻井水波，是達也哥哥與深雪姊姊的表妹。今後請多關照。」

水波的言行舉止恭敬到無話可說，卻隱約看得見像是客套笑容的那種空虛感。即使不到表面恭敬心實輕蔑的程度，也不免覺得是貌似恭敬的假惺惺禮節。

這時，出面消除四周洋溢的尷尬氣息的人是穗香。

「航，你是不是有事找達也同學？」

但這並非強行轉換話題。航確實從剛才就像是有事想詢問達也。

「啊，是的。」

航的注意力立刻移向穗香，應該不是因為察言觀色，而是稚氣的表現。

「司波先生。」

這裡有兩人姓「司波」，但是一聽稱呼就知道航是在對誰說話，也沒有人刻意打斷話題（包含水波在內）。

「我想請教一件事。」

航盡顯緊張情緒，費了一番工夫才終於在沒有口誤的情況下說出這句話。

「好啊，只要我能回答就沒有問題。」

達也以親切的語氣回應。

「那個，請問……就算不會使用魔法，也可以成為魔工技師嗎？」

問題本身不奇怪，但將來要繼承北山家的孩子提出這個問題就很奇妙。實際上，雫與穗香就一起露出「咦？」的表情。

「不行。魔工技師是指擁有魔法技能的魔法工學技術者。無法使用魔法的技師，就不叫作魔工師。」

但是達也沒有露出困惑神情，也立刻就回答了航的問題。

「這樣啊……」

達也的即時回應沒有令人誤解的餘地，使得航垂頭喪氣。但他現在消沉還過於心急。

「只不過，魔法工學技術者並不是只有魔工師。」

「咦？」

航抬起頭，俯視他的達也露出沉穩笑容。

航的雙眼因感到期待而為之一亮，等待著達也的下一句話。

「即使無法使用魔法，也可以學習魔法工學。」

達也沒有做出刻意賣關子的惡劣行徑。他即使是「惡人」，也不代表他「個性惡劣」——不過這始終只是他自稱而已。
「沒有魔法方面的知覺很難調校ＣＡＤ，但即使無法使用魔法，還是能製作ＣＡＤ。其他蘊含魔法技術的產品也一樣。只要你認真求學，應該能習得有助於姊姊的知識與技術。」
「啊，不，我沒有那種打算……」
即使嘴裡再怎麼否定，但露出這種害羞的表情，反而讓真正的想法表露無遺。
而且他看向達也的雙眼，也從面對陌生大人（高中生在小學生眼中是大人）的警戒與畏懼眼神，轉變為夾雜尊敬與崇拜的眼神。
很遺憾的，大人們無法像孩子那樣抱持純真的態度。
紅音遠眺著跟達也變得相當親近的姊弟，莫名地想嘆氣。
「紅音，妳究竟怎麼了？」
即使潮擔心地向她搭話，紅音也一副忍著不嘆氣的表情，不做回應。她的視線也只在被呼喚時看向丈夫，接著又立刻將視線移回談笑中的孩子們。
「紅音，妳是不欣賞司波達也的哪一點？」
北山潮雖然疼太太，卻不是言聽計從。不，或許他們之間的關係有一部分堪稱妻管嚴，但他們並非有話說不出的關係。

「……潮弟似乎相當看好他呢。」

紅音總算轉頭正視丈夫了。

「我覺得他是頗有前途的年輕人。最重要的是他很優秀。」

潮的回應很率直，換個角度來說就是毫不客氣。

紅音反射性地產生情緒上的反彈，卻沒有歇斯底里地回嘴。

「……他優秀過頭了。」

不過聽得出她的語氣在勉強壓抑情緒，由此可知她的心理狀態遠遠無法形容為平靜。

「而且他知道太多，也明白得太多了。即使是我認識的十師族直系，也沒有讓我覺得必須如此提防。」

紅音終於嘆出了一口氣。她內心的擔憂無法不以嘆息來表達。

「身為魔法師『過度』優秀，並不是一件幸福的事。反倒會成為遠離幸福的原因。幸好雫僅止於『優秀』的範疇，但如果『過度優秀』的魔法師位於她身邊的話，過於強大的力量所招致的不幸，可能會波及到她。」

妻子的這番話，潮無法以說聲「想太多」來一笑置之。

潮沒有一笑置之，而是將手放在妻子肩上。

「如果正如紅音所說，司波達也會招致不幸，這也不是他的責任吧？以責任不在他身上的不確定未來為理由去迴避他，我對這種做法不以為然。如果他因為這份力量招致不幸，而且可能會波及到雫的話，那我們只要去除這個不幸就好。我被稱為『大企業家』可不是浪得虛名，保護家人這點小事我當然辦得到。」

紅音點頭回應潮強勢的話語，沒有反駁。

但她看起來也不像是真的認同。

雖然不確定是否因為具備過於強大的力量，但達也確實有招惹麻煩事的傾向，或者是擁有這種體質。像是現在，麻煩事的種子也悄悄來到和雫的弟弟愉快談笑的達也身邊。

「小雫，好久不見。」

以親密語氣前來搭話的，是看似二十五歲左右的青年。他給人輕浮的印象，但穿著還不錯，至少沒有廉價的感覺。雫只有簡單點頭致意，所以達也不曉得他的名字，不過感覺兩人挺熟的，想必一定是雫的堂哥之一。

不過，雫與航一認出依偎在青年身旁的年輕女性就面露疑惑。從外表看來，她和青年的年紀差不多。雖然容貌與身材都不同凡響，但禮服與飾品都考量到時機與場合，造型不會給人古怪印象。雫與航露出的疑惑表情，顯示這名美女至少不是兩人認識的親戚。

「啊，我今年要和她結婚。」

青年感受到雫與航的視線，有些慌張地說明。

「兩位訂婚了？恭喜。」

「啊，沒有啦，她還不肯收下婚戒就是了。」

雫禮貌性地祝賀，青年像是有點尷尬般地搔了搔頭。

這個青年雖說是北山家的人，卻感覺相當平凡。達也邊如此心想邊看著青年。此時在青年身旁誇耀著自身存在感的美女，隨即察覺達也的視線，向他嫣然一笑。

這次輪到達也面露疑惑了。深雪立刻察覺達也的變化，投以「怎麼了？」的眼神。如果深雪沿著達也的視線發現哥哥正在看誰，應該會氣得柳眉倒豎吧。但美女先一步開口。她搭話的對象不是達也，是今天的主角——雫。

「雫小姐，初次見面。我是小和村真紀，今後請多關照。」

這段簡短的自我介紹，讓達也覺得與其說她個性低調不擅長表現自己，應該說她似乎認為用不著表現，別人也一定都認識她。

如同證實了達也的推理般，繼雫、航之後回以自我介紹的穗香，以有些興奮的聲音，開口詢問真紀：

「請問，小和村小姐，您是那位女星小和村真紀小姐嗎？以《盛夏的流冰》在泛太平洋電影獎入圍最佳女主角的……」

「哎呀，妳看過那部電影？」

小和村真紀掛著高雅的笑容，回應穗香的詢問——還暗藏些許得意的神色。

「果然！我在電影院欣賞過那部作品。非常好看！」

「呵呵，謝謝稱讚。」

達也幾乎不看電影，但聽過《盛夏的流冰》這個片名。記得在去年夏天時造成不少話題。從穗香的態度來看，應該是好看的作品。至少足以令人想進電影院，而不是使用現今成為主流的隨選視訊。

再加上剛才提到入圍國際電影獎，達也推測這位女性一定是知名的女星。想到這裡，達也就對「她」完全失去興趣了。達也原本就對演藝圈沒有興趣，而且要是認識吸引媒體注意的知名藝人，會對達也的立場造成許多負面影響。雖然對不起大為興奮的穗香，但達也希望這位女星早點去拜訪其他賓客。

但很遺憾的，事態朝他不樂見的方向進行。

「如果我認錯人的話，請見諒。」

真紀主動向稍微退在後方的達也與深雪開口說話。她的下一句話語尾稍微上揚，聽起來像是在詢問。

「兩位是司波深雪與司波達也？」

達也與深雪都沒有純真到會將慌張顯露於言表，但內心或多或少都有感到一些意外。

「是的，不過冒昧請教一下，我們之前見過面嗎？」

達也向前一步擋住深雪，阻止想要重新進行自我介紹的妹妹，站在真紀正前方詢問。

真紀的回應，和達也的記憶吻合。

「不，我們是初次見面。」

既然這樣，為什麼？對於達也未說出口的詢問，真紀很乾脆地揭開了謎底。

「他讓我看過九校戰的轉播。因為雫小姐也有參賽。」

不用說，這裡提到的「他」是直到剛才都在身旁的準未婚夫。

「我覺得兩位的模樣非常令人賞心悅目。」

真紀壓低音量，以免正在和自己伴侶交談的雫聽見。應該是不希望自己對深雪的稱讚，被誤解為是在間接貶低雫。達也決定如此解釋。音量降低，使得她得將臉湊過來，這或許也是基於別的意圖，但達也沒有義務配合。

「是嗎？先不提妹妹，敝人覺得自己沒有您說的那麼好。」

達也以「敝人」當成第一人稱，是考量到地點與對象。達也對真紀的態度，比剛才面對雫的父母時更加冷淡。

深雪之所以會在名為禮節的面具之下保持沉默，也是基於和哥哥相同的原因。兄妹倆直覺真紀很可疑。

「你謙虛了。不只是我覺得兩位亮眼喔。我的朋友們全都抱持相同意見。」

真紀說著便列舉數名演員與電影導演，不過很可惜，達也一個都不認識。

「對了！下週有空嗎？不介意的話，我想邀請兩位來我們的招待所。」

真紀以豔麗的笑容邀請達也。一邊以天真表情呈現純潔氣息，一邊暗藏勾人的魅力，如此精湛的演技不負她的年輕女巨星之名。

老實說，達也對此感到有些興趣。乍看和魔法無緣的藝人，想從自己身上得到什麼？達也很在意這一點。他完全不相信「被容貌吸引」這種戲言。小和村真紀眼中的光芒，並不是這種輕佻的東西。

「雖然機會難得，但恕敝人推辭。」

不過，達也的回應是拒絕。雖然語氣恭敬，但聲音中蘊含的意志卻沒有使人誤解或回心轉意的餘地。

「這樣啊……」

真紀的雙眼在瞬間釋放近似憤怒的波動，卻又立刻消失無蹤，這點堪稱了不起。

「那麼，令妹……深雪小姐方便單獨應邀嗎？」

這次她向深雪投以溫柔穩重的微笑。真紀可以依照場合靈活運用散發強烈女人味的笑容，以及感覺不到風騷氣息的笑容。她的演技或許是貨真價實的。

「既然哥哥婉拒，那我也不能單獨叨擾。」

深雪對她的回應，是毫不考慮的「謝絕」。

過於冷漠且毫無妥協餘地的回應，使得真紀表情一愣。在她失去自我步調的這時候，達也微微致意，深雪則是優雅行禮，接著兩人走向擺放食物的餐桌。

至今悄悄觀察達也他們的水波隨後跟上。水波稍稍回頭一看，以凶狠目光目送達也背影的真紀，便連忙移開視線。

和雫交談的（自稱）未婚夫，似乎誤會了真紀湊巧投過來的視線，回到她的身邊。真紀以從容的微笑迎接他，笑容中沒有殘留絲毫生氣或慌張的痕跡。

[3]

一輛外型復古的電動車（那是一九七〇年代後半到一九八〇年代，在國內流行的「超跑」仿製品）停在東京都心的高樓住宅前。

「到這裡就好。謝謝你送我回來。」

真紀打開鷗翼車門，雙腿從低底盤車內移到柏油路面，以電影場景般的瀟灑動作起身，繞過車頭看向駕駛座（雖然這麼形容，但實際上是只要坐著就好的自動駕駛）如此說道。

她的男友，也就是雫的表哥，露出不太滿足的表情。但真紀屈身輕吻男友臉頰並嫣然一笑，青年就很乾脆地發車起步了。

真紀微微揮手目送經典仿製車離開，不過電動車在路口轉彎看不見之後，她立刻收起笑容，露出了掃興的表情。她以嘆息將光靠一個笑容就能隨心所欲操控的「男友」趕出腦海，走向住家電梯廳。

除了橫濱港灣高塔這種特殊的超高樓建築，在二十一世紀末的日本鮮少有建築物超過一百公尺，而住宅大樓更少如此。這是因為從國土利用效率的觀點來看，比起建造孤立的獨棟超高大樓，不如讓高樓住宅林立還比較有效率。真紀家也是高八十公尺的二十樓住宅等距離排列的「高級住宅區」其中一戶。她的住處是二十樓的邊間。即使低樓層也藉由鏡子與光纖的搭配而確保充分採光，但住戶還是喜歡高樓層，頂樓的房價必然也最貴。真紀雖然是知名女星，但以她還算資淺的資歷，除非有人贊助，否則照理說要在東京都心擁有一間高級住宅頂樓住家應該很困難——前提是如果她只是單純的女星。

「辛苦了。」

得知主人返家的兩名「女性護衛」站在走廊，真紀出言慰勞。兩人並不是依照演藝圈舊習而留存下來的「跟班」。她們不是真紀所屬的事務所派遣過來兼任打雜的見習生，而是她父親挑選出來的護衛。

真紀父親是持股公司社長，旗下擁有包含電視台的多家媒體企業。雖然比不上北山家，但小和村家也是具備雄厚財力的上流階級一員。

回到住處的真紀先淋浴，再穿上舒適洋裝加寬鬆長大衣坐在沙發。這是在自家或「那種」拍片現場才會穿的休閒衣著。她操作扶手側面的面板，命令ＨＡＲ（Home Automation Robot）準備葡萄酒與酒杯。她拿起開瓶的葡萄酒倒入玻璃杯。

不是將酒杯拿到嘴邊品酒，而是將臉湊過去享受香氣。她並不是想攝取酒精。這是真紀「工作」返家之後，讓緊繃的神經放鬆的一種儀式。因此，與其說是在享受香氣，或許形容為沉浸於氣氛之中比較正確。

即使如此，她也並不是完全不會喝，在倒出來的半杯葡萄酒剩下一半時，護衛打開起居室的門入內。

「大小姐，七寶大人來訪。」

「琢磨？……這麼說來，差不多是約好的時間了。雖然有點早但無妨，讓他進來。」

儘管她的衣著在某方面來說不方便見人，但真紀命令護衛帶訪客進入起居室時，表情沒有一絲猶豫。

「遵命。」

即使護衛轉身離開，她也沒有匆忙上妝。

她是女星。即使沒有上妝又只穿內衣，也能飾演「可以讓他人看見的自己」。舒適洋裝加寬鬆長大衣的武裝，足以迎接純真的少年來訪。

護衛帶來的少年，就像是「熟門熟路」般毫不客氣地坐在真紀正對面。他的身高約一七五公分。肌肉不甚發達的少年體型，以及和年齡相符的那副端正卻殘留稚嫩氣息的五官。之所以會給人有些傲慢的印象，應該是因為他雙眼暗藏自我主張強烈的光芒。

「晚安，真紀。」

其語氣與舉止也有過度意識到「成熟氣息」的傾向。

「琢磨，歡迎你。真準時。」

真紀若無其事地配合琢磨裝成熟的行為舉止。不過事到如今，他們之間也已不是因為她如此配合，就會讓琢磨心感愉快的關係。這兩人的關係已經維持將近一年。

「要喝點東西嗎？」

「不，免了。酒精會害思緒變鈍。」

琢磨搖頭回應真紀的建議——其實真紀沒有「拿酒招待」的意圖，但她沒有說出口。

「不提這個，可以先說給我聽嗎？妳就是為此才叫我過來的吧？」

「也對，進入正題吧。」

從真紀的興趣來看，琢磨這種態度過於性急，但她並沒有將自己的作風強加在年紀幾乎小她一輪的少年身上。對於真紀來說，琢磨既不是小男友也不是包養對象。

「我和北山雫搭上線了。但目前只讓她記得我的長相與名字。」

「……原來她對藝人沒有興趣嗎？」

「不過，她的朋友光井穗香對我很感興趣。」

琢磨不掩失望地低語時，真紀以女星——不對，以巨星的從容展露笑容。

「這樣啊。」

琢磨（現實地）一改態度，朝真紀探出身子。

「光井穗香也是新二年級首屈一指的優等生。若能讓她加入，鐵定派得上用場。」

「應該吧。而且，要是光井穗香這個好友加入琢磨的派系，我想能拉攏到北山雫的可能性也會增加。」

真紀與琢磨的關係是「同盟」。兩人基於不同理由，需要身為魔法師的同夥——也就是棋子。在第一高中聚集可望成為優秀魔法師的學生組成派系，就是達成這個目標的一環。

「我覺得一開始還是在同年級的新生之中增加同伴會比較好。」

「我們的目的是在各自的世界贏得新秩序，成立派系本身並不是目的。在校內爭奪山大王寶座也沒有意義。應該優先考慮拉攏北山家這種具備強大影響力的角色。真紀也正因為這麼想，才會接觸北山家那個無趣的男人吧？」

琢磨打斷真紀的話語，以帶有壓迫感的眼神注視真紀。

「將光井穗香定為最初目標吧。妳當然會幫忙吧？」

真紀以笑容承受琢磨那副應形容為稚氣的不服輸態度。

「嗯，我是這麼打算……不過琢磨，我覺得你最好還是好好稱呼她『光井學姊』。要是平常不注意，會在出乎意料的時候不小心直呼她的姓名喔。」

琢磨隨即露出尷尬表情，視線游移。

真紀淺嘗一口葡萄酒，露出有些慵懶的表情。當然是裝出來的。

「真紀，是不是發生了什麼不妙的事情？」

琢磨見狀便蹙起眉頭。他的詢問正如真紀的期望。

「不妙的事情……這個嘛……」

真紀當然是不露聲色。她始終演得像是「不小心表露在臉上」，以及「你問了，所以我回答」的樣子。

「正如事前聽說的，司波深雪與她的哥哥也參加了那場宴會。」

琢磨看起來沒有察覺這是作戲。不曉得是沒有看穿演技的能耐，還是從一開始就對真紀的真正想法沒有興趣。他專注地聆聽真紀這番話。

「不過要拉攏那對兄妹似乎很難。」

「發生了什麼事嗎？」

「不，只是聊了一下……不過，那兩人似乎和前任學生會長有特別的關係。」

真紀在這個階段就已經在說謊了。因為她還沒有打聽這件事，達也與深雪就不再理會她。但琢磨無從得知。

「前學生會長……是指七草嗎！」

真紀這番話與琢磨自己的話語，激發以敵意為主的情緒，覆蓋了原本可以看穿謊言的冷靜思考能力。

「雖然只是我的推測，但司波兄妹或許已經被七草家拉攏了。如果他們成為七草家的同夥就棘手了。尤其妹妹在校內有很多人支持。」

琢磨雙眼燃起敵對意識，以聽起來堅定——也像是逞強的語氣回應。

「在這個世界上，自己人越多，敵人也會越多。既然是七草的手下，遲早會爆發無法避免的衝突。我就做給他們看！」

「妹妹是學生會副會長，所以我覺得最好別拿學生會當踏腳石。」

真紀以可靠的眼神仰望著因過度激動而站起身的琢磨。她眼中散發出期待的光芒。

「依照我打聽到的情報，那位妹妹有重度的戀兄情結，哥哥似乎相當惹人厭。這部分或許可以成為進攻重點吧？」

真紀以（聽起來）暗藏激勵之意的語氣，如此建議琢磨。

【4】

在二十一世紀末的現在，東京、大阪，以及名古屋依然名列日本三大都市。大阪的地位在某段時期嚴重低迷，不過因為取消機場使用費，加上最早實施港灣全天候運作等措施，一鼓作氣將物流成本降到最低，因而恢復商業都市的地位。

不過，今晚即將發生事件的地點不是大阪，是名古屋。

時間將近晚間十一點。地點是堀川河畔，熱田公園的休閒步道。

「話說回來，在這種時間約在四下無人的地方密會，簡直是請人懷疑他們嘛。」

明明自己在這種時間待在這種地方（休閒步道旁邊的樹叢後方），卻無視於自身處境輕聲搭話的人，是留著長長捲髮的十五六歲少女。她身上的花俏服裝，如同剛參加完以激進視覺打扮為賣點的搖滾樂團演唱會。

「在這種時間與這種地方打扮得幾乎像是可疑人物的姊姊，沒資格這麼說吧。」

回應的聲音以女生來說偏低，以男生來說偏高。光聽聲音或許無法辨別這孩子是少年還是少女。但是身穿的黑色無袖短版連身裙與同色的內搭褲明顯是女用衣物。順帶一提，無袖連身裙底下是黑色高領長袖上衣，所以只露出臉與雙手，不過胸部確實微微隆起。髮型也是剪到與下巴齊高的直髮鮑伯頭。外型毋庸置疑是少女。看起來和首先搭話的少女同年，但是從「姊姊」的稱呼來看，這孩子或許是年齡相近的妹妹，或者兩人是雙胞胎姊妹。

「妳不懂啊，小闇。」

被姊姊稱為「小闇」的少女，一瞬間像是感到抗拒般蹙眉，卻沒有特別抱怨。

「就是因為打扮成這樣，所以即使在這種時間外出，也只會被當成不良少女了事。」

這種主張確實具備某種說服力，所以使得闇頓時語塞。不過她們今晚的工作預料活動量會很大，因此身穿便於活動的服裝是基本條件。姊姊現在身上這套容易勾到東西的衣服應該不適當。即使如此，明明自己是以便於行動為優先而挑選這套行頭（不過基於某些隱情非得穿裙子），卻被姊姊說「不懂」，讓闇對此無法釋懷。

講什麼都好，就是想反駁幾句。如此心想的少女思索著該說什麼，不過無線單邊耳機收到的報告，打斷了她這項無謂的思考作業。

「姊姊，目標好像來了。」

「我也確認到目標了。搭船過來出乎我的預料，而且居然是有頂蓬的遊船。搞得這麼引人注目……他們不想隱瞞嗎？」

另一方面，姊姊左眼所戴的又大又厚的眼罩，似乎是頭戴式顯像裝置。她頻頻撫摸著眼罩表面，右眼一下子閉上，一下子又張開，看來連穿戴的當事人用起來也不太順手。「既然這樣，別用不就好了？」闇一邊如此心想，一邊說出自認更有建設性的意見。

「我覺得，他們應該不太想隱瞞。因為就算有人看見，也只要說是在提供情報給記者就可以了事。」

「記者是吧……」

姊姊講得像是有所質疑，而闇則對此刻意做出不算太誇張的聳肩動作，並說：

「夜姊的媒體不可信論點，我改天再聽。」

「小闇……妳變傲慢了呢。」

少女「閒聊到此為止」的暗示似乎不是隨便說說。闇無視於姊姊的挖苦，看向正要靠岸的遊船。有頂蓬的這種船，從外面看不見船室。船停靠在可兼用為渡船上船處的小型碼頭旁，之後兩名高大的男性走下了船。

迎接兩名男性的，是體格中等的中年男性。外表看起來給人窮酸的印象，卻瞞不過少女們。雖然他以大一號的西裝掩飾，但體格鍛鍊得相當適合實戰，而且身上隱約滲出煙硝味。

「那是記者？怎麼看都是傭兵啊。」

「實際上也似乎真的當過傭兵。資料應該在剛才就傳來了才對。」

被妹妹投以「妳沒有看？」的目光，夜立刻轉過頭。她們剛才就已經發現了記者的身影。當事人似乎自認藏得很好，但是看起來沒有察覺這邊在偷拍。從偷拍影像檔，也已經查出了他的個人資料。

「資料說，他原本就是強烈反彈現行體制的記者。」

「是喔，所以他是記者的榜樣嘍。」

「姊姊的偏見，我晚點再洗耳恭聽。」

「居然說偏見……小闇真的很傲慢。」

「別計較了，上吧。先從船開始。姊姊，拜託了。」

被冷淡敷衍的姊姊，露出了非常不滿的表情。不過，即使她很年輕，也不是會因為私情就失職的外行人。

「是是是。」

以輕浮語氣回應的夜，其表情相當嚴肅。她取下包覆於左前臂的皮革飾品，因此現形的是手鐲造型的泛用型ＣＡＤ。夜按下位於數字鍵不遠處的功能鍵，呼叫啟動式。

「那麼，要『發射』了。」

夜繞到妹妹身後。雙眼精準注視樹縫可見的遊船。

然後，闇的身體消失了。

下一瞬間，闇站在遊船的船頭。

疑似瞬間移動。這就是夜使用的魔法名稱。消除物體（包含人體）的慣性，在周圍製作空氣繭，再製作一條比繭粗一輪的真空通道，使物體在其中移動的魔法。這個魔法以「加重、聚合、移動」這四個工序組成，並非相當複雜的術式。不過缺點在於製作真空通道的工序，會推擠周圍空氣產生氣流，導致他人預先察覺移動地點。如果有能耐反覆連續「飛行」，也可以用移動速度擾亂對方，但一般認為這基本上是逃走用的術式，不適合攻擊。

然而，夜發動的疑似瞬間移動，甚至沒有在河面激起漣漪。應該是因為她連製作真空通道時推擠的空氣也納入掌控所致。證明這名乍看服裝花俏的少女，其實具備極高階的魔法技能。

在姊姊的協助之下衝進獵物裡的闇朝甲板一蹬，輕盈跳入船室。裡面有五名男子。他們的體格都和曾經是傭兵的記者一樣強壯，卻沒有那個記者的粗獷氣息，眼中甚至蘊含極為「真誠又純真」的光芒。

「是誰？」

詢問來者身分的聲音語調聽來莫名生硬，感覺是將差點脫口而出的母國語言臨時改為日語。畢竟北美、歐洲與南美都有日裔人士，外表無法和日本人區分的東亞人更多。闇覺得要追究他們的真實身分，可以等到逮捕到他們以後再說。

在有照明的狀態下看著闇，就會發現她長得實在嬌憐。端端正正的杏仁型雙眼、大大的眼珠子、形狀漂亮的紅唇、筆直不會過於高挺的鼻子。這樣的少女突然衝進只有男人的深夜船室，男子們難免會感到困惑。但闇沒有義務在他們恢復步調之前作壁上觀。

闇伸出右手。男子們至此才察覺，這名少女右手套著黑色消光拳套。

闇的這個舉動使得男子們更顯困惑。拳套是增加拳頭威力的武器，打不到就沒有意義。五名男子中的「四人」以為這是某種角色扮演。

「喂，怎麼了？」

一名同伴突然往前倒下，男子們這才察覺發生了某種無法以開玩笑帶過的情況。一人跪在倒地的男子旁邊搖晃著他。這個人大概並沒有察覺自己在講英語吧。另外三個人也沒有餘力去注意這件事。

還沒有確認倒地男子是否昏迷，就輪到剛才跪下的男子發出像是被鈍器毆打的慘叫聲倒下。闇的右手正朝向第二個犧牲者。

「是魔法師嗎？」

男子們至此才看出同伴昏倒和闇的右手有關。少女伸出右手，同伴就倒下。少女和他們之間的距離伸手不可及，少女的手也沒有發射任何東西的跡象。他們能推測的最後一種可能性就是魔法攻擊。

開口詢問的男性，大概也不期待能得到答案。他只是反射性地大喊。

闇朝著這名男子伸出她的右手，他隨即和剛才兩人一樣癱軟倒地。

「妳這個怪物！」

兩把槍伴隨著憎恨的叫喊指向闇。如果是叫聲程度的音量，事前架設的隔音力場可以吸收，但闇沒有自信可以隔絕槍聲。對方拔出的槍沒有裝消音器，或許他們真的不打算躲躲藏藏。

而且，闇沒有理由等他們開槍。

闇以拇指按下拳套邊緣的按鍵。這個ＣＡＤ的主體是手心所握的棒狀部位，覆蓋拳頭的部分只是裝飾。為單一術式特化的ＣＡＤ展開啟動式，編織闇的固有魔法。

那是直接對人類感官施加痛楚的魔法。男子們感受到等同於腹部被打樁鎚毆打的痛楚，輕易地就昏迷過去了。

在短時間內鎮壓船內的闇，也輕易癱瘓碼頭的三人。闇從腰包取出通訊機聯絡後援成員時，夜朝著這裡走來，她裙子上的三層滾邊也隨著她的腳步產生晃動。左眼的眼罩已經取下，或許是覺得礙事吧。像這樣露出真面目，就會覺得姊姊的長相比較有女性的感覺。而闇雖然長得嬌憐，卻和聲音一樣給人中性的印象。

「小闇，查出他們的身分了嗎？」

「核對長相很快就查到了。船上那些人是在ＵＳＮＡ活動的人類主義團體成員。『帶回去』詳細調查，應該就可以查出幕後主使者。」

「記者呢？」

「他身上終端機裡的通訊記錄中有一個以討厭魔法師聞名的在野黨議員。真冒失。」

「這樣啊……總覺得好掃興。」

「嗯。會覺得這種程度不需要咱們出馬。」

姊姊露出鬆懈的笑容，但妹妹則是相當認真地發牢騷。

「喂，小闇。」

不過，這句話被姊姊責備。

「不要說什麼『咱』，講話要文雅一點吧？」

雖然這麼說，但姊姊並不是在責備闇對工作內容發牢騷。

「唔……這種程度沒有什麼關係吧。」

「雖然女生講話也可能粗魯，但終究只是少數派。與眾不同引人注目不是好事。」

「姊姊有資格這麼說？」這句話已經在闇的喉頭待命，但姊姊的指摘確實有道理，因此闇將這句吐槽吞回肚子裡。

不過，陸續集體現身的黑衣人，使得闇的內心糾葛變得沒有意義。

「少主，完成移送準備了。」

怎麼看都不像是從事正當工作的一名黑衣人，將闇稱呼為「少主」並向其搭話。

「笨蛋！不是『少主』，是『大小姐』吧？少主忍辱男扮女裝，你想把事情搞砸嗎？」

像是黑衣人領導者的男性，狠狠往這名黑衣人的腦袋打下去。

「少主……不對，大小姐，非常抱歉。」

「你……」

「啊？」

「你才是搞砸得最嚴重的人啦！」

氣得微微發抖的美少女——其實是男扮女裝的少年。他做出「輕聲怒罵」這種技術高超的靈巧舉動。

「而且這不是『男扮女裝』，是『扮裝』！」

「呃，是，這是非常漂亮的扮裝。就我們看來也完全不像是文彌大人。」

「你為什麼要說出來啊！」

「闇，冷靜下來。」

夜——亦即黑羽亞夜子，出言告誡越來越無法克制音量的闇——黑羽文彌。順帶一提，「闇（Yami）」是以「文彌（Fumiya）」後面兩個字顛倒而成的假名，而「夜」這個假名則是源自「亞夜子」。

「你們也太鬆懈了。瞧你們這副模樣，不曉得當家大人會怎麼斥責你們。」

黑衣人們的臉色驟然鐵青，文彌的頭腦也瞬間冷卻下來。對於「當家大人」的敬畏就是如此深植於他們的內心。

「久居無益，撤收吧。」

「是！」

黑衣人們以統率有加的動作，扛起「裝袋」的記者與外國人跑走。

「姊姊，對不起。」

留在原地的文彌，維持闇的外型尷尬地低頭道歉。

「考量到你的心情，這也是沒有辦法的事。」

「……姊姊願意這麼說，我就很開心了。」

姊姊的安慰，使得文彌垂頭喪氣。

「再忍耐一下吧。等到正式出現第二性徵，就沒有辦法男扮女裝了。而且到時候即使覺得麻煩，也得想出其他的扮裝方式。」

「嗯……說得也是……」

明明即將成為高中生，卻完全沒有不再適合男扮女裝的徵兆。文彌刻意不正視這個現實，像是激勵自己般點了頭。

◇◇◇

周公瑾表面上是熱門中式餐館的青年老闆，除此之外還有好幾個身分。

比較為人所知的身分，是將逃離大亞聯盟苛政漂流到日本的逃亡者送往第三國的逃亡仲介。不只是協助逃亡，還提供資金讓他們在作為逃亡目的地的第三國，進行反大亞聯盟活動。

如同要和其取得平衡般，他也擔任近似大亞聯盟間諜的職務。正確來說是在當地協助間諜。在去年十月的橫濱事變中，他引入了大亞聯軍的特務部隊。

年初發生的吸血鬼事件，他也在安排寄生物偷渡入國時扮演核心角色。

日本與大亞聯盟，他的行徑分別為敵對的兩個勢力帶來利弊。他會在幕後採取乍看之下毫無節操的行動，當然是因為有讓他這麼做的理由存在。他自己「政府弱一點比較好」的政治思想當然是影響因素，但最重要的是，因為他擔任某個人物的手下而負責毀損日本與大亞聯盟的國力，以及從事反魔法師的活動。

深夜的中華街。周公瑾在設立於自己餐廳地下，只有他能進入的房間向人下跪。他低頭致意的對象是身穿鑲滿金銀絲線的漢服，且坐在椅子上的一具和人類一樣大的人偶。這是以人類屍體為材料，去除內臟並進行防腐措施後，直接將大腦加工為魔法增幅器的咒法具。人偶後方放置了一台大小有如商業冰箱的巨大通訊裝置，機體延伸出來的管線，從人偶後腦杓插入頭蓋骨。

「大師。」

青年的呼喚，使得咒法具的屍體人偶張開眼皮。眼珠被挖掉的空洞眼窩亮起鬼火。

『公瑾，狀況如何？』

人偶發出令人毛骨悚然的聲音。肺部沒有動卻能發出聲音，是大陸的古式魔法──殭屍術使然。這是運用想子訊號轉換為電流訊號的技術，把屍體打造為無法竊聽的通訊機。CAD也是使用這種技術。

「很遺憾，從美國找來的人類主義人士和記者一起被抓了。」

『打造「善良」證人的計策失敗了嗎……』

不同於會使人在生理上感到厭惡的這種聲音，屍體編織出的話語與語氣是現代的日常風格，間接證明了透過屍體說話的不是鬼魂，而是活人。

「黑顧大師。」

周恭恭敬敬地行禮。屍體人偶沒有視力，但或許對方可以感受得到這股氛圍。至少周的態度並不敷衍。

「那些人的職責始終只是輔助。至於針對主流媒體所做的幕後工作則順利進行中。」

『進度怎麼樣了？』

「影視媒體百分之四十，文字媒體大約百分之三十。」

『等到影視媒體的操作率達到百分之五十的時候，一鼓作氣地出擊，逼那些在意票數的政治家出動。』

「如您所願。」

周深深低頭致意，前方的人偶發出感到滿足的氣息。

空洞眼窩燃起的鬼火消失。

青年抬頭時，人偶已經閉上眼皮。

周起身之後為避免背對人偶，用後退的方式離開地下室。他向後伸手開門，在走到房外之後把門關上，並在人偶從視野消失的瞬間感到鬆了一口氣。對於即使是大陸系古式魔法——遁甲術的高手卻和殭屍術無緣的周來說，和屍體對話再多次依然會覺得不舒服。

（不過……或許很適合當成大漢怨靈的容器吧。）

他在心中輕聲侮蔑首領的獨白，並沒有在他妖豔的笑臉上留下任何汙點。

〔5〕

西曆二〇九六年四月六日，新學年的第一天。達也與深雪將水波留在家裡之後前去上學。之所以沒有加上「久違」修飾，是因為兩人在春假期間也經常因為學生會開會而前往學校。

經過今天與明天，將再也不是只有兄妹兩人一起上下學。深雪大概是意識到這件事，所以從車站到學校的短短通學路途中，她比平常更緊貼著達也。遠遠看來——不對，除非是近看，否則會誤以為深雪挽著達也行走。兩人的距離就是這麼近。

在原本學生就不算多的魔法科高中裡，這對兄妹已經是相當知名的人物了。如今幾乎沒有學生不曉得兩人是兄妹。親人表現出如同情侶的模樣，為這種悖倫光景蹙眉的「明理人」也不在少數。縱使沒有強者（或是不識趣的人）出聲批判，卻有不少人對他們投以傻眼的目光。

只不過，深雪並不會對這種東西（只是遠眺的視線）感到擔憂。面對面就連話都說不出來的人，她根本不放在眼裡。她原本就經常吸引旁人視線——應該說沒有旁人看她的時間反而少。對於深雪來說，一一在意他人的視線會沒完沒了。

另一方面，達也可不能和妹妹一樣「不在意他人的視線」。

她是深雪的護衛，要保護妹妹不被任何惡意所害。這是他背負的義務，同時也是不能讓給他人的權利。達也無法對那些投向深雪的惡意置之不理。

這不是什麼難事。因為不足為道的惡意視線並非投向深雪，而是投向達也自己。

他人很難對深雪投以否定目光。比方說，即使對深雪抱持嫉妒情緒，也很難投以嫉妒之意。深雪的容貌與才華過於耀眼，令人惶恐到不敢嫉妒她。這麼做會先感到畏縮，然後再厭惡畏縮的自己而陷入自我厭惡的泥淖當中。要對深雪投以惡意，必須擁有堅定、強大的意志。

所以，達也會察覺這道視線絕非偶然。

伴隨強大的意志，沒有明確敵意也絕非善意的視線。這在投向深雪的視線之中相當罕見。來自異性少年就更加難得。

達也對這名少年的容貌有印象。雖然沒有直接見過，卻看過附加立體影像的個人資料。比達也小一歲，今年的新生總代表——

（——我記得那是七寶家的長子。）

達也差點下意識地皺起眉頭，不過他刻意阻止表情產生變化。這是因為達也不想因露出過度敏感的反應，而招致對方的警戒。但不知道是不是察覺到達也朝自己一瞥，琢磨隨即轉過頭並消失在兩間店家之間的小巷。

「哥哥？」

緊接著，深雪疑惑地呼喚達也。她敏銳地察覺到哥哥有些許的注意力從她身上移開。即使她能無視於那些烏合之眾的視線，也沒有辦法無視於達也的視線。

「沒事。」達也朝深雪搖了搖頭，如此說道。接著便轉身舉起手回應後方傳來的「早安～」問候聲。

繼艾莉卡之後，雷歐、穗香、雫、美月與幹比古接連前來會合。大家一起放學回家不稀奇，但是久違地在上學時全員到齊。尤其上次和雫一起上學，是她去年底留學前的事。

雖然總算恢復為和以前一樣的成員陣容了，但即使成員相同，某些人身上制服的設計也和上個月之前——和一年級的時候不同。

達也胸前，是以八齒齒輪為造型設計的徽章。

美月的制服也有相同設計的刺繡。

此外，幹比古左胸是形狀為八枚花瓣的第一高中校徽。

「幹比古，一科生制服穿起來感覺如何？」

「達也，別消遣我啦。」

達也咧嘴一笑，致贈壞心眼的賀詞。雖然幹比古露出了苦笑，但他的表情看起來也不是那麼不悅。眾人上個月就知道幹比古轉讀一科，彼此卻是第一次看見新制服。

「我才要問達也，全新的制服外套穿起來感覺如何？」

「雖說是新的，但目前也只有掛塊招牌而已。」

幹比古的詢問，也暗指了魔法工學科是新設立的學科。而達也的回應，則顯示該學科目前只有名號，獨自的課程還沒有開始——不過別說獨自的課程，魔法工學科是從今天才開始運作。儘管如此，直到開學當天都沒有公開教職員陣容，難免讓人感覺準備不足。「只是換塊招牌」這種說法是玩笑話，卻不是毫無根據。

「什麼嘛，真沒有夢想。」

但達也這副冷靜——應該說毫不在乎的態度，似乎違背朋友們的期待。就算達也生性不會為了分班而樂不可支，但眾人或許仍在心裡想像過，他多少有為此感到些許喜悅的樣貌吧。

「一～點都沒錯。都不像美月那樣整天笑咪咪的。」

繼雷歐之後，換艾莉卡發起了牢騷。雖然她一副無趣般地斜眼瞪過去的對象是達也，但視線穿過他刺到另一頭。

「我……我才沒有笑咪咪的啦！」

美月生氣地表示抗議。她自認有顧慮到依然是二科生的朋友們（也就是艾莉卡與雷歐），不過正如艾莉卡的指摘，美月臉上呈現出藏不住喜悅的表情。

「明明不用勉強自己也沒關係。」

而且，就艾莉卡臉上壞心眼的笑容來看，美月的顧慮一定只是白忙了一場。

魔法工學科的教室，位於主校舍三樓中央階梯旁邊。班別是E班。換句話說，教室正位於達也與美月直到上個月以前所屬的教室正上方。

順帶一提，艾莉卡與雷歐同樣是F班。以校內無線網路交換彼此新班級的情報得知這個事實時，兩人誇張地「擺出」抗拒的表情。這樣的態度究竟是真心還是遮羞……只有當事人才知道。至少對於達也來說一點都不重要。不過美月與穗香似乎很感興趣。

達也進入教室時，約有一半的座位是已經有人坐的了。五乘五的排列和去年教室一樣，依照姓氏五十音順序入座也和一年級時一樣。只不過不去區分男女，由前方開始以橫向排列的方式依五十音順序入座的安排，難道具備某種特殊意義？還是單純心血來潮才這樣規定？

過不到一秒，達也就中斷這種無意義的追究，前往自己的座位。靠走廊第一排，從前方數來第二個座位。鄰座和去年一樣是美月。按照五十音順序剛好是「司波(Shiba)」與「柴田(Shibata)」，所以不令人感到意外或不可思議。

「美月今年也坐達也同學旁邊啊～早知道我也自願換班就好了。」

以聽起來不像開玩笑的語氣發牢騷的人，是將雙肘靠在全開的窗戶軌道上的艾莉卡。

「沒有必要吧？反正就在隔壁班而已。」

雷歐從艾莉卡與窗框之間的縫隙擠進來露出臉，以一反字面的遺憾語氣接話。

「是啊，不同班也沒有不便之處。」

如果是一年前，鐵定會演變成兩人拌嘴的場面，不過雷歐沒有找碴，艾莉卡也沒有回嘴。這樣的變化讓達也覺得有點好笑，但他完全沒有顯露於言表，同意雷歐（表面上的）這番話。

「畢竟也沒有禁止進入別人班級。」

「只是在不同班級上課而已。」

美月立刻附和達也這番話的用意，推測大概是想牽制艾莉卡。不過，艾莉卡看似放縱不羈，卻幾乎不會蹺課。說到上課時溜出教室的次數，達也比她多得多。

「說得也是。」

艾莉卡很乾脆地點頭回應美月這番話，大概也不覺得自己有受到責備吧。

「話說回來……沒有什麼印象的人還挺多的耶。」

切換思緒後，艾莉卡環視著教室如此低語。「表面上」善於交際的艾莉卡，幾乎記住了同學年一百名二科生的長相與姓名。換句話說，她所說的「沒有印象的人」就是指原本的一科生。

「啊，這麼說來……感覺有點意外。」

教室裡的學生隨著上課時間接近順利增加，如今已經有三分之二的座位是有人坐的了。不同於艾莉卡，真的善於交際的雷歐再度確認起教室裡的成員，然後正如字面所說，以感到意外的語氣附和。

他們兩人——不對，包含聽不太懂艾莉卡這番話的美月，三人都預料因應新設立魔法工學科而自願轉科的人應該幾乎都是二科生，不認為自尊心強的一科生會選擇和二科生同窗求學。

對於達也來說，一科生的轉科沒有意外可言，但他充分理解艾莉卡等人這麼想的原因，因此沒有特別插話表達意見。

「話說回來……」

艾莉卡也沒有執著於這個話題。因為她更在意另一件事。

「達也同學，有人在狠狠瞪你呢。」

達也微微聳肩，肯定艾莉卡這番話。無須她提醒，達也就察覺到有股含有憎恨情感的視線在注視著他，也十分理解這是來自什麼人的視線。如果不曉得為何被投以這種目光或許會在意，但達也知道自己被憎恨的事實與理由。因為對方只是注視而沒有實際危害，所以達也採取置之不理的方針，但艾莉卡似乎無法坐視不管。不悅的語氣反映出她內心的想法。

「之前對許多人造成那麼大的困擾，卻還不知道是自己在亂發脾氣嗎？」

「即使知道是自己亂發脾氣，這種心情也不是那麼容易就能轉換的吧。」

「就算說不容易……但距今已經半年了啊。」

「過了半年也一樣。」

達也回應艾莉卡後，朝斜後方的視線來源一瞥。心懷憎恨瞪著他的平河千秋連忙移開目光，緊接著又以更加嚴厲的視線瞪達也，大概是在氣自己為何示弱吧。

千秋這種態度，更加刺激艾莉卡的情緒。相較於受騙成為恐怖組織的同夥卻在事後斷然表現反省態度的紗耶香，千秋則是為了發洩有所誤解的忿恨，在知道對方是外國間諜的情況下仍甘願成為其手下，而至今她仍絲毫不肯向過去成為自身忿恨矛頭所指的達也道歉。這種態度原本就令艾莉卡看不下去。艾莉卡生性不喜歡糾纏不休，所以不會主動過去理論；但只要出現契機，她豈止會代替達也接受千秋的挑釁，甚至會不惜找對方的碴。而且千秋現在的厚臉皮模樣，看在艾莉卡眼裡就是在「找碴」。

艾莉卡雙眼暗藏犀利光芒。她並非瞇細雙眼，反而是揚起眼角圓瞪。艾莉卡的美貌原本就給人貓咪的印象，這麼做則更讓她的樣貌帶著令人聯想到虎或豹的猙獰美感。達也個人很想再欣賞一陣子，但要是事態繼續演變下去，自己保證會被捲入麻煩事的漩渦。達也覺得這樣的觀賞費有點昂貴。

「艾莉卡，別插嘴。」

艾莉卡朝達也投以極為不滿的表情。個性懦弱的男生面對這種魄力，大概會立刻下跪磕頭道歉。不過很抱歉，達也沒有這種值得令人讚賞（？）的心態。

「找上門來的麻煩，我會自己解決。前提是對方有膽量行動。」

達也露出刻薄的笑容。艾莉卡看到他毫不友善的樣子之後，表情變得溫和起來。那遮羞的微笑，大概是後悔自己愛管閒事的表現。

此時，一個改變氣氛的聲音適時插入對話。

「方便打擾一下嗎？」

正後方傳來聲音，達也直接在椅子上轉身。剛進教室的一名男學生，露出了一臉親切的笑容站在後方。

「這是第一次好好打招呼吧？我是十三束鋼。司波同學，請多指教。」

「這麼說也是。雖然知道名字，但實際上是『初次見面』吧。我是司波達也。十三束，請多指教。」

達也握住對方伸出來的手，以一如往常的語氣回應。老實說，同學彼此自我介紹時，握手會不會太誇張了？達也如此心想卻不動聲色，也沒有顯露他對「十三束鋼在這裡」的意外感。

不過，達也的朋友們無法像達也一樣擺張撲克臉。像美月就目不轉睛地注視著坐在達也正後方座位的十三束。之後她突然回過神來，臉頰開始泛紅。大概是對於自己沒有教養的態度感到難為情吧。美月掛著害羞的笑容向十三束搭話。

「十三束同學，初次見面。我是柴田美月，請多指教。」

「我才要請妳多多指教。」

十三束親切的笑容，使美月的害羞笑容不再緊張。見到就某方面來說很有高中生風格的正常互動，另外兩人看起來也總算放鬆下來了。

「真意外……全年級總成績第五名的十三束同學，居然會來工學科。」

但也正如字面所述，艾莉卡這句不曉得是對誰說出的話語中充滿了意外感。會這樣想也不是沒有道理。就如艾莉卡所說，十三束鋼在期末考拿下總成績第五名，是全學年首屈一指的優等生（期末考成績的總排名是深雪第一名，穗香第二名，名為五十嵐鷹輔的男學生第三名，明智英美第四名。雫在留學所以沒有列入計算）。以一科生身分留下佳績的學生，一般認為沒有必要轉到魔法工學科——不過這始終只是以第三者的角度來看。

「記得妳是千葉同學吧？我覺得同為百家的千葉同學應該知道，我家比起戰鬥或救護更擅長這方面的領域，而且我……在實技上有點問題。」

雖然不是針對十三束提問，但他看向艾莉卡，以略感為難的笑容回應。艾莉卡（順便包含雷歐）至此也回想起十三束的別名以及相關的傳聞。

Range Zero。他「射程距離零」的這個別名，是他在零距離可以發揮非凡實力的敬稱，同時也是無法使用遠距離魔法的蔑稱。實際上並非完全無法使用，但不擅長遠距離瞄準是毋庸置疑的事實，也是十三束本人有意識到的缺點。

艾莉卡不知道該怎麼回應而左顧右盼，達也則從旁邊插話打圓場。

「任何人都有擅長與不擅長的事情。」

這番話不知道是在安慰還是冷言冷語，很難形容為打圓場。

「達也說這句話真有說服力。」

雷歐以深有所感的語氣附和。

十三束「略感為難的笑容」變成「苦笑」。

「發現十三束同學！」

緊接著，一個開朗的聲音傳入二年E班教室，一鼓作氣地趕走他們複雜交錯的心情。

「明智同學？」

十三束慌張地轉身看去，看見的是邊發出腳步聲，邊從教室後門跑來的「艾咪」——明智英美。她是去年夏天九校戰的代表選手，所以也認識達也。英美猛然停在十三束座位旁邊，感覺鞋子差點因此發出摩擦聲。不知道是依照哪裡的作風，她帶著滿臉笑容迅速舉起單手打招呼。

「十三束同學，早安！」

這聲問候充滿活力，如同語尾有「！」或「♪」在跳舞。即使同樣個性開朗，但英美是一條腸子通到底，和內心另一側抱持彆扭念頭的艾莉卡不同。看著她會覺得煩惱沮喪是很愚蠢的事，是現今非常罕見的類型。現在這個場面也因為英美登場，使得差點變尷尬的氣氛被一掃而空。

「啊，嗯。明智同學，早安。」

這股氣勢讓十三束有點敬而遠之，這一點算是美中不足吧。不對，看他的表情應該不是「十三束對英美敬而遠之」，而是「十三束對英美無法招架」才正確。

「司波同學你也早啊。」

「艾咪早安。這麼說來，艾咪去年和十三束同班吧？」

「是啊，你還真清楚耶。」

「這種程度還好。」

達也對瞪大雙眼的英美投以有些無力的笑容。

「艾咪，這個人是柴田美月，這邊的則是千葉艾莉卡以及西城雷歐赫特。三人都是我去年的同班同學。」

美月他們應該和英美沒有交集。而達也這個推論並沒有落空。

「初次見面，我是明智英美。叫我艾咪吧。」

達也簡單（粗略？）介紹三人之後，英美立刻回以自我介紹。

「ＯＫ，艾咪是吧。叫我艾莉卡就好。」

首先回應的人是艾莉卡——該說果然就是嗎？

「叫我雷歐吧。」

「明智同學，請多指教。」

雷歐進行自我介紹（的補足）之後，美月低頭致意。英美隨即不知為何，看起來很不滿似地鼓起臉頰。

「艾咪。」

「咦？」

「我不是說要叫我艾咪嗎？」

美月無法理解為何會惹對方生氣而感到訝異。客觀來看，英美的主張幾近不講理，不過氣勢勝於道理的案例在這個社會上比比皆是。不曉得英美是怎麼樣的少女而愣住的艾莉卡與雷歐暫且不提，有點交情的達也不知為何也沒有意思介入。另一個知道英美個性的人十三束，則是只顧著慌張沒能插嘴的樣子。

「那個……艾咪，請多指教。妳也叫我美月就好。」

最後，美月即使感到困惑依然屈服在她的氣勢之下。

「嗯。美月，請多指教。」

英美隨即露出純真的笑容。她的笑容天真爛漫，與其形容為花朵，更適合形容為陽光。她的笑容威力之強，甚至能讓美月對她剛才的任性話語所感到的不快因此一口氣蒸發。

英美滿意地點頭之後，整個人轉身面向十三束。

「那麼，再來輪到十三束同學。」

「什麼？」

為什麼話鋒突然在這時候轉過來？她說的順序又是怎麼輪的？英美說得過於唐突，讓十三束完全無法理解。

「艾咪。」

英美再度說出自己的暱稱。

十三束還不曉得英美在要求什麼。他不知所措地看向左右兩側，就發現達也露出一副在憋笑的表情。

十三束以眼神向達也求助。達也以假認真的表情回應十三束的求救。

「大概是不喜歡『明智同學』這個稱呼吧。」

英美頻頻點頭，看來達也的推理正中紅心。

「應該是希望十三束也用暱稱叫她？」

所以英美對美月鬧彆扭，是為了埋這個伏筆。不過達也也是因為預料到會演變成這個局面，剛剛才會沒有插嘴。

另一方面，十三束表情抽搐，如同隨時會冒出冷汗。

「呃，慢著，可是明智同學也叫我『十三束同學』……」

「咦？我也叫你『鋼同學』會比較好嗎？」

英美雙手移到身後相握，以眼神示意「討厭～早說嘛～」，並把身體前傾來窺視十三束的臉。十三束慌張到所有人都看得出來，以更加抽搐的表情向後仰。達也等人向他投以溫暖視線。

「沒有啦，那個，我並不是這個意思……啊！」

十三束拚命避免和開心地注視自己的英美四目相對，然後發現隔兩個位子有雙視線投過來，隨即刻意驚呼一聲起身。

「明智同學，這件事晚點再說吧。」

十三束輕盈躲開壓上來擋住一半視野的英美，往正在看他的女學生的座位走去。

「記得妳是平河同學吧？原來妳也在這一班。」

從達也等人的位置，只勉強聽得到十三束的聲音。千秋則像是有所顧慮般小聲地說話，完全聽不到她在說什麼。

「艾咪，妳跟過去比較好吧？」

艾莉卡壓低聲音，向突然被扔下而面露不滿的英美如此建議。

「我覺得這時候沒有道理退讓啊……」

這是引誘人心墮落的惡魔低語，還是激勵人走上苦難道路的天使之聲呢？——實際上當然沒有這麼誇張，只是如同小惡魔般唆使同學出擊的話語而已，但效果立竿見影。英美以鼓足幹勁的表情點了頭之後，大步走向十三束。

「……妳真是恐怖的女人。」

雷歐低聲說出的這句不是調侃，語氣很認真。

「這樣比較有建設性吧？」

艾莉卡帶著滿意的微笑如此回應。

「的確。這發展還真是耐人尋味。」

達也如自己所說，完全以看熱鬧的視線注視十三束、英美、千秋三人。而旁邊的美月則露出略感意外的傻眼表情看著這樣的達也。

◇　◇　◇

以十三束為主角（或是獵物）的青春劇場，在預備鈴響起之後暫時中斷。英美踩出充滿活力的腳步聲離開E班，艾莉卡與雷歐也前往F班教室。

接下來並沒有要集合學生舉行開學典禮。校方立場是要學生各自檢視聯絡事項。而這一班目前處在負責指導實技的教師即將現身的階段（A～D班的一科生班級也一樣）。直到當天都沒有公布教師姓名，二年E班的學生過半數都覺得真是賣關子，但達也屬於不這麼認為的少數派。

恐怕是時間快到了的時候才決定的吧──達也的推理完全命中紅心。擁有教師資格的魔法師不足，導致編制原本就比較多人的一高、二高與三高，甚至被迫割捨一半的學生。

達也想到學校人手不足，推測E班的實技指導教師或許是比較另類，不太像是魔法教育者的人物。例如相當高齡，或是相反地極為年輕。既然只是指導工學技術，就不太要求教師具備足夠的魔法師實力，達也預測派遣過來的也可能是沒有教師資格的研究員。

不過在開始上課的三十秒後，站在二年E班學生面前的指導老師出乎達也預料。其他學生似乎也大為意外，小小的騷動聲傳遍教室。

現身的是推測四十多歲的女性。

光是這樣當然不令人意外。即使魔法科高中教師的男性比例明顯比較高，但女性教師也不算稀奇。意外感來自她的外表。

銀髮碧眼，白色的肌膚。高䠷的身材與修長的腿。即使從其他的身體特徵來看，這名女性也明顯是北方白種人。

「我是珍妮佛．史密斯。」

自我介紹的姓名也是英語風格，應該說正是英文母語國家的姓名。

「我出生於USNA的波士頓，不過在十八年前歸化日本了。」

不過這番話解答了大部分的疑問。既然歸化日本至今這麼久，就不用擔心保密問題。一般來說，歸化的國民需要比天生的國民具備更堅定的愛國心（對國家的認同感）。如果對於歸化國家的忠誠度不如歸化前的國家，就無法通過歸化申請。改變國籍就是這麼一回事。如果是經常有機會接觸國家機密的魔法研究員，在這部分則會做得特別徹底。在現代社會，USNA是最豐饒的國家，魔法技術也位於最尖端，她為何捨棄USNA的國籍歸化日本？雖然這個疑問未解，但是達也不太在意。

「我直到上個學年都還在魔法大學擔任講師，不過從這個學年開始，將在本校負責魔法工學的教學以及這一班的指導。請各位多多指教。」

達也覺得她的立場和廿樂老師一樣。廿樂是被過於不羈的個性害得無法得志，那麼史密斯老師又是基於何種隱情呢——達也有些失禮地認定她是問題人物，以此為前提如此思考。

◇ ◇ ◇

第一堂課用來登錄選修科目，不過第二堂課開始就直接正常上課。現在則是午休時間。

達也來到了學生會室。

他從今天起就是學生會副會長了。梓與花音預先說好要將達也從風紀委員會轉移到學生會，而這就是無視於達也本人意志履行密約（？）的結果。達也對風紀委員會沒有眷戀，也不討厭加入學生會，所以沒有抵抗。但即使達也作勢抵抗，最後應該還是會被說服——不是被梓，是被深雪說服。說不定達也早知如此才沒有抵抗。

無論箇中背景為何，西元二〇九六年度第一高中的新體制至此順利出航。此外風紀委員會也加入了新血。幹比古以學生會推薦名額成為達也的後繼，雫以社團聯盟推薦名額遞補去年底的空缺。新學年第一天的今天，學生會室舉辦了一場類似新幹部歡迎會的午餐會。參加成員有梓、花音、五十里、達也、深雪、穗香、雫、幹比古。

就算是學生會室的會議桌，坐八個人還是有點擠。花音大概是將此當成大好藉口緊貼著五十里。兩人如膠似漆（不過五十里似乎有點尷尬）的樣子使得梓與幹比古有些難為情，而達也與雫對此面不改色，但穗香有點羨慕他們，深雪則覺得他們這樣很有趣。午餐時光就這樣和樂融融地度過。順帶一提，穗香原本想效法花音以擁擠為理由黏著達也，卻因為深雪不改有所節制的態度而不敢鼓起勇氣。

用完餐的八人，各自依照喜好取得咖啡杯或茶杯。提供飲料的是3H—P94型「琵庫希」。這具少女型家事機器人原本是出租給機器人研究社的東西，卻基於各種隱情——最重要的是基於「琵庫希自己的希望」，所以從今天起由「達也」在學生會室使用。

午餐時間剛開始時的話題，也是新成立魔法工學科的另類指導教師。不過午休時間經過一半時，眾人的興趣轉移到即將來臨的入學典禮。

「今天放學後也要預演嗎？」

沒有參與入學典禮準備工作的幹比古注意到場中有學長姊在聽，因而客氣地詢問。

「與其說預演，應該說是開會。致詞的預演只有春假以及典禮前共兩次，而且也只練習跑程序，沒有真的朗讀稿子。」

深雪以面對男學生時的標準客氣語氣來回答。

「去年也是？」

「是的。」

雫的這個問題，也由一年前致詞的當事人深雪接著回答。

「咦，是嗎？看起來一點都不像是那樣。」

花音對這個回應展現稍微誇張的驚訝之意。不過當事人立刻說出原因。

「我們那時候相當淒……辛苦，所以一直以為會多預演幾次。」

「反正當時就是很淒慘啦……」

花音在差點失言之前修正自己的發言，但似乎晚了一步。擔任前年新生代表的梓，露出非常消沉的表情鬧彆扭。

「不……不過，中条同學當時太緊張了，沒有什麼好奇怪的。」

五十里連忙彌補未婚妻的失態。

「當然，這也不代表沒有緊張的深雪很奇怪。」

達也在五十里的幫腔還沒有讓深雪莫名鬧脾氣之前設下防線。

「哥哥，您真是的。我當時也很緊張喔。」

深雪在極為自然的時間點將自己雙手交疊在身旁的達也大腿上，並像是要窺視哥哥般順勢探出上半身。妹妹微微鼓起臉頰的表情，使得達也苦笑著輕撫深雪頭髮，再將她的頭輕輕推回原本的距離。「啊……」深雪輕聲一叫，朝達也投以靦腆的微笑。穗香因此露出像是喊了聲「啊啊！」的驚訝神情後，雫便以手肘頂了頂穗香的側腹部。依偎在五十里身邊的花音則無視自己的狀況，露出了憔悴的表情。

這股混沌的氣氛因為幹比古刻意一咳而恢復原樣。幹比古臉上留下努力良多的痕跡，達也以若無其事的語氣向他說：

「其實我與深雪都還沒有當面見過今年的新生總代表。」

「因為新生那邊的準備是由校方主導。」

比達也熟悉詳情的五十里，接續他的話語進入說明模式。

「雖說尊重學生自治，但邀請許多來賓的正規活動可能還是得另當別論吧。不過在校生這邊的準備由學生會為主。」

「意思是……新生還不算是本校的學生？」

「不，幹比古，這樣穿鑿附會過頭了。」

幹比古這聲附和應該沒有過於深入的意義，但達也毫不客氣地吐槽他。五十里看著兩人毫不拘束的關係，眼神似乎有些羨慕，不曉得是不是錯覺。

「真正的原因不得而知，我們只能推測。」

五十里笑著帶過，沒有將真正的想法顯露在臉上。

「中条學姊見過吧？」

五十里改變話題之後，花音立刻展現了對談話內容的興趣。

「七寶學弟嗎？」

面對投向自己的那股充滿好奇心的的視線，梓看向下方思索著。

「這個嘛……他看起來是很有幹勁的男生。」

梓選擇無礙的話語回應，大概是不想造成不好的先入為主觀念吧。

「也就是很有野心吧。」

花音換個直接的方式形容，梓隨即朝她露出含糊的苦笑。看來梓其實抱有相同意見。

◇　◇　◇

晚餐後的起居室。深雪依照工作分配，將清洗碗盤的工作交由水波來負責，自己則是端咖啡給達也。妹妹將自己的杯子放在邊桌並坐到達也身旁時——

「考量到七寶家長子的立場，他會擁有野心也難免。」

達也以安撫般的語氣這麼說。

「哥哥，您怎麼突然提到七寶學弟？」

深雪將雙手交疊在大腿，以教養良好的姿勢歪過腦袋表達疑惑。但她故作正經的模樣不可能瞞得過達也。

「但我們這邊也不需要讓步就是了。只要不起爭執，也沒有必要加深交情。」

「我才不會和別人起爭執。」

達也拐彎抹角地叮嚀妹妹別起爭執，之後深雪便以鬧彆扭的表情撇過頭去——她展現這種態度，無疑是因為多少有點自覺。深雪和七寶家長子首度見面的情形，就算說客套話也很難稱得上是友善的狀況。

深雪當然並未主動出言挑釁。她剛開始也想愉快地迎接代表新生的學弟，然而……

「為各位介紹，這位是擔任本學年新生總代表的七寶琢磨學弟。」

放學後的學生會室，梓向已經到齊的幹部們（五十里、深雪、穗香與達也）介紹學弟，七寶琢磨便向眾人行禮致意。這樣的態度以新生來說還算正常。

「我是副會長司波達也。七寶學弟，請多指教。」

不過繼五十里之後，由達也進行自我介紹時，這份印象驟然改變。

「我是『七寶』琢磨。請多指教。」

雖然不自然地強調姓氏，但遣詞用句還在可以接受的範圍。只是他的態度實在稱不上有禮。

琢磨不是看向達也的臉，而是看向達也的左胸。

「……七寶學弟？」

聽到梓輕聲呼喚，琢磨才露出驚訝的表情回過神來，接著露出有些尷尬的客套笑容。

「不好意思。因為我對司波學長胸前的齒輪徽章沒有印象。」

「啊，原來如此。」梓聽到琢磨的解釋之後點了點頭，說：

「那是今年新設立的魔法工學科徽章。」

「這樣啊。」

不知道是否刻意使然，琢磨像是不感興趣般隨口附和。

達也並未感到不悅。七寶家的王牌「百萬銳鋒」，是例外不使用CAD的現代魔法術式。或許是因為如此，七寶家有些輕視魔法工學技術。達也從技師們的口耳相傳得知這件事。各人想法各有不同，就算某件事對自己來說有價值，也不能逼他人抱持相同的價值觀。

不過深雪無法坐視不管。自大的表情，傲慢的眼神，毫無根據地相信自己階級較高，無故鄙視對方。深雪覺得這個新生眼中的神色，和去年蔑視哥哥為「雜草」的一科同學相同。

琢磨立刻轉身面向下一個人繼續打招呼。琢磨不打算在這種地方惹風波，再者他根本沒有做出失禮舉動的自覺。並不是因為他的感性遲鈍，應該說會覺得剛才那一幕很失禮的人過於敏感。所以他沒有做什麼心理準備就看向下一名學生會幹部，也就是深雪。

緊接著，琢磨露出了畏縮的動搖表情。這對他來說肯定是一種屈辱。但這也是在所難免。之所以會如此——

是因為冰雪女王降臨在他的面前。

那已經不是形容為「風雪公主」就能了事那麼簡單的存在感了。形容為不理不睬的平淡表情很老套，但這張老套表情曾經讓前學生會幹部覺悟拚死一戰。此外，雖然比不上當時（去年學生會長選舉）的等級，但深雪所釋放的壓力，強烈到即使琢磨首度面對就失去平靜，也絲毫不用引以為恥。

但琢磨本人不這麼認為。他壓抑不住，使得不甘心的表情浮現在臉上。雖然立刻裝出客套的笑容，但以客觀角度來看，他並沒有如願地完美掩飾自身的表情。

「我是同為副會長的司波深雪。」

深雪說出口的自我介紹只有這句話，很符合她這張冰冷的表情。

「──我是七寶琢磨，請多指教。」

琢磨聲音稍微顫抖的原因不是害怕，而是憤怒。他氣自己居然懾於深雪的氣勢。琢磨雖然還保有不將這股憤怒遷怒於他人的自制心，但他生性容易沉不住氣，得緊咬牙關壓抑自己。即使再怎麼想掩飾表情，情緒也強烈到藏不住。

深雪與琢磨，兩人的態度實在稱不上和平。眼看氣氛越來越不平靜，梓開始感到慌張。如果是去年的學生會，鈴音會在這個時候出面緩頰。但今年幹部之中處於相同立場的五十里，也一副不知如何是好的表情。深雪的應對以學姊來說不夠成熟，但琢磨的表現以新生來說也很難稱得上符合禮儀。這種格格不入的平衡感束縛了自己。

目前場中成員之中唯一有可能以安撫深雪來平息事態的達也，卻只是在一旁默默地觀察琢磨的表情。

……後來，因為穗香在自我介紹時努力開朗搭話，才稍微緩和了劍拔弩張的氣氛。不過這股尷尬的空氣，在開會期間一直坐鎮在學生會室。今天的會議不是預演之類，而是徹底檢視已經決定的程序，所以在短時間內就結束了這場會議。要是那股氣氛持續更久，就會令人擔憂入學典禮的成敗了──不過考量到學生會將邀請新生總代表加入的傳統，這已經是必須擔心本學年學生會

活動將受到負面影響的等級了。

「不過，沒有想到突然就演變成互瞪的場面了。看來七寶家長子生性好戰啊。」

深雪覺得自己採取的態度沒錯。只是即使基於再怎麼「正當」的理由（深雪「覺得」敬愛的哥哥遭受侮蔑的目光），她在對於高中生來說是正式場合的學生會當中，使得氣氛惡化一事也是事實。為此深雪也已經做好將會「稍微」被抱怨的覺悟。所以深雪看到哥哥完全沒有責備，一邊抱持事情發展不如預期的感覺，一邊以猶豫的語氣附和達也這番話。

「他對哥哥的態度，應該不是傲慢之類的態度。感覺是方向更明確的敵對意識。」

現在一冷靜下來回顧之後，深雪就在想琢磨的態度和去年剛入學時的同學態度有點不同。不是將對方鄙視為不足一提的下等人，而是為了在面對敵人時處於心理優勢，硬是認定自己在對方之上……深雪重新思考，覺得從這點隱約看得出他心無餘力。

「是啊，他在提防我們。」

達也知道，琢磨展現敵意的對象不是他，反倒是深雪。今天早晨上學時，七寶琢磨狠瞪般注視的對象不是達也，是深雪。達也覺得琢磨對他的敵意，就像是對深雪敵意的附屬品。

另一方面，深雪從未想過自己才是主要目標，而哥哥只是附屬品。雖然她在達也說「我們」的時候就察覺了，但在她心中永遠是哥哥為主，自己為輔。

「雖然不知道原因，但我覺得最好別太輕忽。畢竟無法保證不會發生去年那種事。」

深雪說的是去年剛入學時，國際恐怖組織「Blanche」所引發的事件。該事件後來演變成恐怖分子入侵第一高中的緊急事態，而兄妹倆深入這個事件的契機，就在於紗耶香邀請達也加入。達也剛開始以為是「邀請加入社團之類」而沒有深思。

如果當時深入思考，後續進展是否會改變？這一點令人質疑。該事件（對他們兄妹來說）沒有造成什麼嚴重的結果。不過哥哥將琢磨這種挑釁的舉止視為「別起爭執就好」的程度，讓深雪覺得這種態度和紗耶香那時候相似，不得不出言提醒。

「去年？啊，不，應該不會變成那樣。他好歹是二十八家的人。」

「二十八家」是指十師族加師補十八家的二十八個家系，一般不會這麼說。不過十師族與師補十八家，這二十八個家系的共同出處正是魔法技能師開發研究所，因此他們會以這個詞當成統稱自己的用語。

「我也不曉得七寶琢磨的為人，不過……」

達也拿著咖啡杯，像是自言自語般低語。

「七寶家對七草家的競爭心態，使得他們在師補十八家之中，據稱是最執著於十師族地位的一個家族。」

深雪也知道七草家與七寶家的恩怨，但似乎是第一次聽到七寶家對十師族地位的執著。她對達也這番話露出深感興趣的表情。

「而且我們這種年紀的男生，本來就希望實力得到認同，自我表現的慾望很強烈。」

「哎呀，哥哥也是？」

「是啊，我也和一般人一樣有這種慾望。」

達也苦笑著回應妹妹提出的這個像是在消遣他的問題。

「七寶學弟這種自我表現的慾望，似乎比他人強一倍。大概是想表現自己具備和十師族相符的實力吧，所以才會對可能造成妨礙的對象採取攻擊性的態度。」

「但我們並沒有妨礙七寶學弟啊。」

「對於想得到周圍認同的傢伙來說，已經得到認同的人就是阻礙。」

達也邊露出苦笑邊說出的話語，使深雪大幅點頭表示認同。

「原來如此。換句話說，七寶學弟嫉妒哥哥的名聲。」

深雪像是在表達「我懂了」的這番話，使得達也差點噴出咖啡。

「不對，他嫉妒的對象——應該說認定是勁敵的對象，應該是深雪妳。」

「我？」

深雪以目光主張「居然無視於哥哥，拿我當對象？」，這使得達也反覆搖頭，並說：

「他是今年度的新生總代表，而妳是去年度的新生總代表。光是這樣就能構成視為勁敵的理由。加上妳在九校戰大顯身手，我應該只是被他以深雪附屬品的身分敵視吧。」

「怎麼這樣……！哥哥才不是深雪的附屬品！」

「慢著，妳也用不著這麼激動……我是以七寶學弟的角度來假設。」

「我無法接受這種離譜的假設。」

「就算妳說無法接受……」

深雪突然開啟了奇妙的開關，這讓達也覺得有些難以應付而感到困擾。

「我才是哥哥的……不對，我盡可能退讓吧，哥哥是我最重要的伴侶。」

深雪有些害羞結巴的部分，聽起來是「哥哥的專屬品」，但達也決定別在意。即使是改口後的說法，達也依然覺得這是大膽──應該說相當難為情的話語，不過這也直接當成耳邊風。

「另一種可能性，就是他知道我們和十師族有關才敵視我們。」

以隨興語氣提出的指摘，卻沉重得足以將深雪那快飄上天的意識拉回地面。

「知道我們和四葉有關？哥哥，這再怎麼說也是您想太多了吧？」

「說得也是。我不認為他……更正，七寶家的實力足以突破四葉家的情報管制……但我覺得七寶學弟的目光蘊含如此強烈的主觀。」

達也回想起來的，不是他在學生會室和深雪互瞪的目光，是在上學途中投向深雪的眼神。這是深雪不知道的七寶琢磨，所以她聽不懂哥哥這番話。

即使如此，深雪依然將哥哥的擔憂放在心上。

「這樣啊……對方是二十八家之一，或許注意一下比較好。」

……直到「和十師族有關所以敵視」這部分是正確答案，不過「懷疑和四葉有關」完全是誤解，正確答案是「懷疑和七草有關」，但達也與深雪都沒有想到這個可能性。兩人即使和真由美交情好，也沒有忘記四葉與七草的微妙關係，因此從未想過自己會被視為七草家這一派。

[6]

四月八日，國立魔法大學附設第一高中入學典禮當天早上。

達也、深雪與水波三人，今天沒有在上學途中遭到無禮視線的埋伏，在入學典禮開始前兩小時就抵達了第一高中。在這種時間到校的原因不用說，就是為了準備入學典禮。達也等三人直接前往最後一場會議召開的講堂準備室。雖然水波在意自己是局外人，但達也有過去年陪深雪到校時閒得發慌的經驗，就硬是帶她參加會議。

五十里與穗香已經在準備室集合。

「達也同學早安！深雪也早安！」

「司波學弟，早安。真準時。」

深雪與穗香進行早晨問候，旁邊的五十里向達也搭話。

「五十里學長早安，您真早到。」

「這是個性。我沒有提早到就會不自在。」

五十里笑著回應達也的問候，接著看向在深雪後方待命的水波。

「話說那位女生是誰？是新生吧？」

「是的。水波。」

「是，達也哥哥。」

聽到達也呼喚的水波小跑步接近。這聲回應令五十里露出有些驚訝的表情。

「哥哥？司波學弟，你除了深雪學妹，還有其他妹妹？」

在某方面上，五十里這個問題正如達也的希望。

「不，是表妹。」

達也回以預先準備的謊言。

「水波，這位是五十里學長。」

「五十里學長，初次見面，我是櫻井水波。達也哥哥與深雪姊姊總是受您照顧了。」

水波依照達也指示，以不會過於莊重的遣詞用句問候。看來五十里沒有覺得不對勁。

「櫻井學妹，請多指教。」

「我才要請學長多多指教。」

水波再度向五十里鞠躬致意時，梓、花音以及新生總代表七寶琢磨進來了（順帶一提，花音是去檢查過觀眾席一遍之後才來的）。

「早安……難道我最晚到？」

「會長早安。您很準時喔。」

梓以有些戰戰兢兢的表情詢問，深雪以笑容回答。其實大約遲到了三分鐘，不過深雪的笑容反而具備一種壓迫感，不允許梓繼續道歉與辯解。

「五十里學長、司波學長，早安。」

梓將本來要說的道歉吞回肚子裡時，琢磨從後方走向前，先向五十里與達也搭話。

「七寶學弟，早安。」

琢磨默默行禮回應五十里，接著面向深雪與穗香。

「司波學姊、光井學姊，早安。今天請各位多多指教。」

是在緊張嗎？琢磨態度可嘉，和前天大不相同。

「七寶學弟，早安。今天請加油。」

不過，深雪不是因為這樣就會心軟的溫和少女。嬌憐的笑容，溫柔的語氣。完美淑女的臉上戴著無懈可擊且名為「應付」的面具。琢磨只是改變態度，並不是對上次沒有禮貌的態度道歉。只要他沒有「向哥哥」道歉，深雪就不打算主動建立良好關係。

冷淡卻又無從挑剔的這張笑容，使得梓與五十里都露出困惑表情。由於沒有該指正的地方，因此也無法勸誡深雪。就算這樣，也不能坐視場中洋溢起來的尷尬氣氛。梓以束手無策的目光向達也求助。

「看來大家都到齊了，首先確認典禮程序吧。」

達也回應梓的方法，是若無其事地推動話題。

「也對，不能浪費時間。」

花音立刻以同意進行支援射擊。她大概也判斷此時應該順勢模糊焦點吧。

「那麼，從典禮三十分鐘前的職責分配開始。深雪負責引導來賓，廣播室由穗香……」

這原本是梓的工作，但達也不以為意，推動預演前的會議程序。水波在場的突兀感，就這麼在沒有人指摘的狀況下被遺忘了。

空氣緊繃到令人沒有餘力感覺典禮將近的壓力，典禮之前的預演就在這種氣氛中順利結束。梓在結束的同時鬆一口氣，明明再三十分鐘就是入學典禮，她卻一副完全放鬆——應該說虛脫的樣子。達也覺得這樣有點鬆懈過頭，但負責指摘這種事並非他的工作。而且比起開始之前過於緊張導致開場後派不上用場，這樣好得多。達也如此想著，決定專注進行自己的工作。

「我去引導新生。」

「好的，哥哥，路上小心。」

「啊，辛苦了。」

達也在後台的深雪、梓，以及默默鞠躬的水波注視之下，離開講堂。

達也在典禮開始之前的工作，是引導找不到會場的新生。去年達也之所以在入學典禮前遇見真由美，就是因為她負責相同工作。達也在確定今年職責分配的三月底聽到這件事時，覺得這不是學生會長在入學典禮這個重要活動開始之前該做的事。但現在想想，這或許是她外出消除緊張情緒的藉口。

達也自己並沒有這麼緊張。即使如此，走到戶外多少還是會覺得有種自由感。比起在室內準備拘束的典禮，在外面吹風比較悠哉，這大概也是個性使然。或許真由美也大同小異。

說不定，正是因為正在思考這種事吧。

「哎呀，達也學弟。」

「七草學姊？早安。」

才會一來到前庭，馬上就和真由美巧遇。

「要說好久不見……也很奇怪。你在引導新生？」

「嗯，是的。」

「你果然進入學生會了。」

除了學生會幹部，也有其他學生在引導新生。不只是風紀委員在校區巡視兼警備，也有臨時工作人員在巡邏。所以光靠這句回答，不可能得出「達也是學生會幹部」的結論，但達也完全沒有反駁發出開心笑聲的真由美。因為他加入學生會是事實，而且他在注意其他事情。

雖然事到如今不用多說，但真由美上個月就從第一高中畢業了，所以沒有穿制服也是理所當然。不過光是換套衣服，看起來就能成熟到這種程度，應該無法形容為「理所當然」吧。

達也並非第一次看見真由美穿制服以外的服裝。去年夏天來回九校戰會場的路程，她身穿的夏季洋裝就相當誘人。不過當時即使穿得比較清涼，也不會令人覺得彷彿是另一個人。

然而，現在身穿女性套裝的真由美，成熟得和上個月判若兩人。以滾邊修飾胸口的上衣、小外套加上過膝窄裙，給人的印象不會和第一高中女生制服差太多。大概是因為那雙深紅色的高跟鞋，或是維持淡妝程度卻更為增色的妝容。也可能是因為她換掉大緞帶，改以鱉甲色的髮夾固定頭髮。恐怕是所有要素相加相乘產生的效果。而且影響更大的，應該是真由美自己本身又朝成人的階梯踏上了一步這點吧。

「雖然畢業典禮結束還不到一個月……不過達也學弟，我總覺得認不出你了。」

達也思考這種事情時，反而被真由美說「認不出來」而嚇一跳，可說是在所難免。

「是這樣嗎？」

達也好不容易才吐出了回應，真由美向這樣的達也投以溫暖的笑容。

「是的。那套制服……是魔法工學科的吧？和去年完全不同。」

「但我覺得改變的只有制服。」

達也這句話不是遮羞，是真心話。他「原本」真的這麼認為。

「不。我想你自己大概不知道，相較於在去年相同季節初遇的——身穿二科生制服的你，現在的你表情完全不一樣，比起去年放開好多。」

達也聽到真由美這個指摘，不是「不」反駁，是「無法」反駁。

這是他自己沒有察覺的事實。沒有自覺到的真實。

即使自認已經看開，依然無法免俗地受到自卑感的束縛。

「我投降。有些事情是旁觀者清。」

達也乾脆地舉起白旗。這不只是嘴裡說說而已。他由衷覺得要將「自認懂自己，其實一點都不懂」的先人智慧當成今後的教訓，因而宣布敗北。但達也看見真由美突然得意洋洋地挺胸，內心就萌發了反攻意志。

「說到認不出來，學姊也變好多。」

「咦，是嗎？」

「是的，完全是大學生的模樣。看起來好成熟。」

「是……是嗎？可是入學典禮才剛結束……」

真由美嘴裡否定達也的感想，但是看她放鬆的表情與忸怩的動作，明顯看得出她內心似乎也那麼認為（順帶一提，魔法大學的入學典禮在四月六日）。

「是的。給人穩重感覺的髮夾與成熟的鞋子都很適合學姊。簡直『判若兩人』。」

「嘻嘻，是嗎……慢著。」

真由美看起來已經完全沒有要遮掩笑容的意思，但她笑開懷的表情，突然如同驚覺某些地方不對勁般僵硬起來。

「達也學弟……你那句話是什麼意思……？」

不對，不是「如同」。真由美真的察覺了。

「您是指哪句話？」

「你說我成熟得判若兩人。」

她察覺自己被達也捉弄。

「換句話說，你的意思是我原本看起來很孩子氣……？」

「學姊想太多了。」

不過，達也的個性沒有可愛到會輕易承認自己做壞事（？）。他面對仰起頭瞪過來的真由美，「裝出」嚴謹耿直的表情，以符合這張表情的語氣回應。

「我從來沒有認為七草學姊是娃娃臉或幼兒體型。」

「娃娃臉……幼兒體型……」

真由美不知為何一副受到打擊的樣子。客觀來看，她只是個子矮，不是娃娃臉或幼兒體型。

真要說的話，臉蛋是可愛的類型，卻也並不是「孩子氣」。凹凸有致的身材，在同齡女孩之間也堪稱成熟體型。

不過，個子太矮（其實也不是極端的矮）似乎是真由美暗中自卑的一點。即使達也這番話是明確的否定句，她似乎也擅自往負面方向解釋。

「惹您不高興了？」

「不，沒事。」

達也的聲音聽起來不像是很擔心，真由美對此以半虛張聲勢的倔強語氣回應，再度擺出吊起眼睛瞪過來的姿勢。

「那麼，達也學弟，你說『判若兩人』是什麼意思？」

「沒有什麼深奧的意思。這是我慣用的修辭。」

真由美纏著達也追問，使得達也心想自己似乎失敗了。自己並不是為了打延長戰而提這個話題。達也絕對不是要忽視真由美，但也不能老是被她一個人纏住——這麼說來，真由美來母校有什麼事？達也現在才想到這一點。

「真的？但我不這麼認為。」

真由美接近一步。「吊起眼睛瞪過來的視線」變化為「從極近距離往上瞪的視線」。真由美自己應該沒有注意到，但兩人之間的距離可能會招致外人誤解。

「不，是真的……話說回來，學姊，您今天怎麼會過來？」

真由美露出像是說了聲「啊！」的表情。而幾乎在同一時間，「喂～！」這個包含憤怒與責難之意的尖銳聲音傳入達也耳中。

「給我離開姊姊！你這個搭訕哥！」

達也一開始不曉得這番話是對他說的，因為他沒有道理被稱為「搭訕哥」。不過，一名跟尖銳聲音形象符合的嬌小少女，沿著兩側有櫻花樹並排的道路筆直跑過來，他見狀才察覺現在的狀況（由於身高差距，兩人的相對位置看起來像是達也壓在真由美上方）似乎招致誤解。

「小澄？」

真由美則是從「姊姊」這個詞以及聲音的特徵，理解到這番話是對她說的。真由美轉身面向跑過來的少女，接著立刻將臉轉回達也所在的方向，迅速後退一步。她明顯在慌張，她自身大概也明白自己造成了什麼樣的誤會吧。

達也不用看新生名冊，就知道被喚為「小澄」的少女是真由美的妹妹。達也認為真由美被妹妹誤會和同校學弟「來往親密」難免會慌張，卻感覺真由美的反應有點太過強烈。

這一瞬間的擔憂，並未以杞人憂天而告終。大概是高跟鞋惹的禍。不對，真由美應該有很多機會出席正式宴會，應該不會不習慣穿高跟鞋才對。或許是事出意外讓她亂了分寸，才導致腳步沒有踩穩吧。

達也面對沒有踩穩即將跌倒的真由美，冷靜地思考這種事。他這完全是旁觀者的想法。要是只看著事情發生而什麼也不做，無疑會被冠上「冷血漢」稱號。不過他也不是那麼沒人性。

達也迅速扶住踉蹌的真由美。他是以雙手抓住真由美肩膀。他不只沒有裝親密地做出摟腰的舉動，當然也沒有引發「摸到胸部」的不檢點意外。

「謝……謝謝……」

所以，真由美之所以在道謝的時候露出了嬌羞表情，照理說應該只是在意自己差點在平坦地面跌倒而已。

不過，真由美的妹妹似乎不這麼認為。

「我不是叫你離開她嗎！」

真由美的妹妹香澄，才剛喊完身體就輕盈地飄了起來。嬌小的軀體在空中加速，不是描繪拋物線，而是「筆直」飛過來，頂出來的膝蓋襲擊達也的臉部。

達也單手擋住她的膝蓋。不是以前臂防禦，是以手心接住。達也從下往上使力，引導衝擊力的方向轉往上方，讓慣性方向轉往地面。

真由美睜大雙眼，仰望著這幅光景，但香澄比姊姊還驚訝。如果是硬被擋住或是擊落還好，但香澄卻如同芭蕾的上拋舞步一樣被抬起。運動狀態被強制變更，使得她的加速、移動系複合魔法失效了。

「唔哇哇！」

沒有以魔法輔助，單腳跪在別人手掌上的不穩定姿勢。或許該說正如預料，香澄失去了平衡嬌小的身體突然晃了一下，開始傾斜。

在香澄摔個四腳朝天之前，達也單腳向後，張開身體之後放下手。

「哇～！」

香澄發出很難稱得上可愛的尖叫聲，維持前傾姿勢落下。要是就這樣接觸校舍前庭的軟質路面，即使沒有造成腦震盪，膝蓋與手掌也會受傷流血吧。以這種樣子參加入學典禮可說是相當悲慘。對於剛升上高中的女生來說，一定會是個難受的體驗。

達也為了防止這種悲劇，在香澄摔落時接住她——不過他並沒有這麼做。並不是因為來不及反應。達也以冰冷目光看著將會成為學妹的這名少女逐漸落下。「她是真由美的妹妹」這件事的份量，不足以左右達也的意志。縱使這名少女的攻擊沒有成功，但她主動攻擊自己的事實對達也來說更具意義。何況要是接住摔落的少女，就會對「另一名少女」露出破綻。

「啊！」

香澄放聲驚呼的理由，達也早就「看見」並理解。

魔法式貼附在香澄身體，減緩摔落速度。保護她身體的情報強化防壁——情報體皮層完好無傷。一般只會在對自己使用魔法時會產生的這個現象，現在由第三者的魔法產生。

幾乎在香澄毫髮無傷地輕盈降落的同時，達也大幅向後跳了一步。拉開三公尺距離的前方，有一名除了髮型之外，長相與體型和香澄完全相同的少女，跑到雙腳跪地的香澄身邊。

「香澄，妳還好嗎？」

「得救了。謝謝妳，泉美。」

擺在一起看，真的是如出一轍。即使是沒有看過資料的人像這樣看見她們兩人，應該也會覺得是同卵雙胞胎。達也當然知道這兩人真的是雙胞胎。

七草香澄與七草泉美。這對姊妹在含數家系之間，以「七草的雙胞胎」這個毫無矯飾與暗喻要素的通稱廣為人知。

但即使長相相同，給人的感覺也差很多。將柔順頭髮剪短的香澄看起來就很活潑，釋放一種不知該說是運動健將還是武鬥派的好戰氣息。另一方面，將直髮剪到眉毛與肩膀高度的泉美，身披不知該說是文學少女還是室內派的賢淑穩重氣氛。剛才那句話也是，雖然從語氣或表情都知道她在慌張，卻莫名缺乏緊張感——至少表面上如此。但達也覺得泉美才真正該提防。

達也朝著初遇的對象投以不太禮貌的視線，但這是彼此彼此。說到目光的露骨程度，達也反而比較保守。

「泉美，這傢伙明明是搭訕哥卻很強喔。」

「呃，那個……香澄？」

不過，雙胞胎之間的態度有明顯的落差。即使同樣投以試探的目光，眼中燃起敵意的卻只有香澄而已。

「冷靜一點比較好……」

泉美安撫著香澄。

「我的直覺在大喊，這傢伙不是普通角色。」

但香澄沒有聽進去。她維持跪姿瞪向達也，拉起左袖露出ＣＡＤ。

「泉美，用那招吧。」

香澄說完，便將手指移向ＣＡＤ面板準備操作。這是擅自使用魔法的行為，明顯違法，而且還是第二次。即使不提魔法是衝著達也來，也不能視而不見。雖然是即將參加入學典禮的新生，但不能不制止她。

達也瞬間如此判斷，不過幸好在他採取行動之前，違法施展魔法的行徑就未遂而終。

「給我適可而止！」

至今因為跟不上事情發展而愣住的真由美，一拳朝香澄頭頂打去。

「…………」

看香澄按住頭縮起身體發不出聲音的樣子，這一拳實際上應該很痛。

「……姊姊，妳怎麼突然這樣？」

「這是我要說的！小澄，妳怎麼突然這樣？」

真由美雙手扠腰，俯視著含淚仰望姊姊的香澄。她真的在生氣。姊姊的氣勢使香澄激動的思考一鼓作氣冷卻，臉色由紅轉青。

「擅自使用魔法是犯罪，這我已經告訴過妳很多次了吧！妳卻在高中入學第一天就……妳究竟想怎樣？」

真由美以比平常高四度的聲音滔滔不絕地教訓香澄，令看著此景的達也看得傻眼。達也看過她慌張，卻第一次看見她生氣。從她平常以意味深長的笑容隱藏真心話的樣子來看，實在無法想像她會如此直接表露情緒。

另一方面，香澄遭受毫不掩飾的這股怒火襲擊，即使她因此縮起身子卻依然沒有放棄抵抗。可能因為是一家人？還是因為她已經習慣了？

「可……可是，我是因為那個傢伙想對姊姊毛手毛腳……」

這個反擊確實有效。

「呃……毛……毛手毛腳？」

在造成對方精神打擊的方面上，確實有效。

「我們沒有做那種事！妳在想什麼啊！」

不過從大局來看，只是火上加油。

「而且小澄，說想要在典禮開始之前兩個人自己去到處看看，還說自己不是小孩子，不用我一直跟著的人就是妳吧？妳該不會也對其他人做相同事情，給人添麻煩了吧？」

達也心想原來是這麼一回事。真由美是代替忙碌的雙親，帶妹妹們來參加入學典禮。

「姊姊，我對此感到遺憾。」

真由美以疑問句斥責，反駁她的不是身體猛然顫抖的香澄，是依偎在香澄旁邊的泉美。

「除了香澄剛才的誤解，我們沒有做出造成他人困擾的行徑。」

「這樣啊……小美，我可以相信妳吧？」

「我向天地發誓，絕對沒錯。」

泉美以過於鄭重的語氣主張清白，這番話似乎也讓真由美稍微冷靜下來了。

「我知道了……達也學弟，對不起！」

真由美看著泉美的雙眼，點過頭以後便對達也深深鞠躬。

「我妹妹犯下天大的過錯……小澄，妳也要向達也學弟道歉！」

香澄似乎感受到姊姊的認真了。先不提內心怎麼想，她並未展現剛才那種不滿態度。

「非常抱歉。」

香澄來到真由美身旁，乾脆地低下頭道歉。

「我也道歉。司波學長，請原諒香澄的冒犯。」

不只是當事人香澄，泉美也跟著雙胞胎姊姊一起道歉。

接受三名美少女——更正，一名美女與兩名美少女同時向自己謝罪，讓達也不甚自在。雖然剛才的暴力行徑奇蹟似地無人目擊，但現在不時感受得到他人好奇的視線。要是被誤會自己正在欺負她們，造成的精神打擊與後遺症可不是香澄的飛膝踢能比得上的。

「三位請抬頭吧。最後也沒有造成什麼嚴重後果，所以我已經不在意了。」

真要說的話，達也的真心話比較像是「拜託妳們別再在意了」。他為了逃離逐漸增加的看熱鬧視線，希望盡早離開此處。不過「我已經不在意」這句話也不是謊言。

真由美應該也明白了這一點。她抬起頭，露出了鬆一口氣的表情，但又隨即改成抱歉又愧疚的表情。

「那……那個，達也學弟……」

「什麼事？」

莫名其妙的氣氛，使達也暗自提高警覺。

「剛才的事情……我知道原本非得回報教職員室不可，不過……」

真由美就這麼面向達也，閉上眼睛合起雙手。

「拜託！可以看在我的面子上，放她們一馬嗎？」

什麼嘛，原來是這種事啊。達也如此心想。

「我不打算因為這種事就把事情鬧大。」

實際上，如果「這種事」會造成問題，那達也與深雪已經不知道需要接受多少次輔導了。達也雖然沒有說出口，不過「彼此彼此」是他毫不虛假的想法。

「達也學弟，謝謝你！」

所以，真由美如此感激也令他為難。

「不，我從一開始就知道她只打算點到為止。」

而且那記飛膝只是幌子。如果香澄認真攻擊，達也也不會採取那麼和平的應對方式。

香澄對自己施加的加速、移動系複合魔法，設定為距離達也臉部三十公分時會急遽減速，到距離十公分時會在半空中停止。否則達也不會試圖用單手去接。即使他受過多少鍛鍊，也不可能單手擋下體重四十公斤，以秒速十五公尺飛過來的人。達也早就知道開始減速與靜止的位置，才在即將停止的位置出手強制終止魔法。

「這樣啊……達也學弟真了不起。」

香澄露出愕然表情，輕聲說著「為什麼……」，旁邊的真由美則是以佩服的表情頻頻點頭。真由美很熟悉達也這種特異性質。

「學姊，我要負責引導新生，所以就此告辭。會場已經開放進場了。」

在真由美似乎要多嘴時，達也搶先如此說道，不等她回應就離開了現場。

「琵庫希。」

達也和七草姊妹道別之後，在四下無人的地方拿起語音通訊元件抵在嘴角。

（是，主人。）

這道回應達也低聲細語的聲音，來自於主動型心電感應。是「3H—P94型」內部的「琵庫希」在回應。

「把從現在倒推十分鐘的這段時間內，從講堂入口到前庭區域的想子觀測機記錄資料，全部刪除掉。」

（遵命。）

雖然真由美似乎不小心忘記了這點，但光是達也保密，無法隱瞞香澄違規使用魔法的事實。校內各處設置了監視魔法使用的感應器，除了社團招生週之類的例外期間以外，這種觀測裝置都會記錄魔法的不當使用。

（刪除完畢。）

達也之所以把琵庫希帶到學生會室，當然不是為了要它服侍。大概因為原本是家事機器人的關係，「當事人」很想服侍，所以達也也是隨它高興去做，但其實達也別有意圖。就是要入侵校內的監視系統。

直到真由美在校的三月為止，大部分的事只要拜託她就能夠通融。她擁有介入校內監視系統的代碼，這原本超過學生會長的權限，當然不可能透過正當方式取得，所以代碼自然沒有交接給繼任的學生會長。

在各方面經常做虧心事的達也，必須得到能代替真由美介入監視系統的手段。於是他著眼於琵庫希的構造。

現在的琵庫希，是寄生物主體直接控制3H的電子頭腦而行動。換句話說，「琵庫希」有可能無須透過各種媒介，就可以直接掌握電子系統。達也是這麼認為。

於是，達也花費了整個春假教導琵庫希如何入侵系統。這原本是「電子魔女」藤林傳授給達也的技術。達也的努力沒有白費，雖然只限定於第一高中的內部系統，但琵庫希習得的技術，已經足以自由入侵監視魔法的系統並改寫資料。

◇◇◇

雖說要引導新生，但用為入學典禮會場的講堂位置並不難找，而且只要終端裝置具備LPS（Local Positioning System）功能就不會迷路。去年艾莉卡那種沒有帶終端裝置又不知道地點的案例是例外。達也等人的工作並不是引導迷路的新生，主要是催促、提醒可能遲到的新生。

「那個……學長，不好意思，請問講堂在哪裡？」

因此，達也也沒有預料到真的會遇見迷路的新生。

地點是圖書館與第二小體育館之間的林道，和入學典禮會場的講堂方向相反。達也在這裡發現一名男新生露出束手無策的表情東張西望而搭話，接著就收到了這句話。

話說回來，這個新生真搶眼——達也如此心想。達也的同學也有人身上的顏色和大多數日本人不同，例如頭髮是紅的，眼睛是藍的或皮膚是黑的，可是卻沒有人身上的顏色和現在站在面前的矮個頭男學生一樣耀眼。

他的頭髮是白金色，眼睛是銀色，皮膚是白色。不只是配色，五官也完全看不出日本人的特徵，大概是北方白種人的基因表徵相當明顯。達也覺得他和指導老師史密斯女士很像。

「我帶路吧，跟我來。」

即使腦中思考著這種事，達也的回應也沒有因此慢半拍。他一說完，新生就露出放心的表情深深地鞠了個躬。

「謝謝學長。那個，我叫作隅守賢人(Sumisu Kento)。」

「史密斯？」

達也會不小心這麼說，是因為這名少年的姓氏和他正覺得相似的那名女性姓氏發音相同。不過「史密斯」是英文母語國家最常見的姓氏之一。達也再重新想了想，認為應該只是巧合。

「啊，是的。向隅的『隅』、防守的『守』，發音是『史密斯』。父母在生下我之前就從美國歸化日本。當時依照Smith的發音取『隅守』這個姓氏……很奇怪吧？」

不過，名為賢人的少年似乎將達也的詫異解釋為另一種意思。聲音之所以越來越小，或許是因為小學或國中時曾有人拿「隅守」這個姓氏消遣過他。

「不，我完全不覺得奇怪。」

如果是國中生或小學生，或許會顯露那種天真又冒失的殘酷態度，但達也和這種愚蠢無緣。他內心只在思考「既然雙親是歸化的外國人，那當然不會有日本民族的身體特徵」這種事。

「話說回來……」

比起這個，達也更在意其他事。

「隅守學弟的情報終端裝置沒有ＬＰＳ功能嗎？」

達也發現賢人時，他正哭喪著臉注視情報終端裝置的畫面。要是情報裝置具備ＬＰＳ功能，就不可能找不到路。

「啊，請叫我賢人就好。至於ＬＰＳ……有是有，不過……」

賢人說著從口袋中取出頗大的情報終端裝置。他的身高只到達也胸口，從人種特徵來看相當矮，即使在同年齡的日本男生當中也屬於較矮的一類。賢人或許因此覺得拿在手上不方便讓達也看，所以舉在頭上朝向達也。

這台終端裝置是相當早期的型號。達也只知道是舊型，不過這已經是二十年前的機種。而且不是國內品牌，是在ＵＳＮＡ製作、普及的產品。

「我自己只有虛擬型螢幕的終端裝置，今天是借爸爸以前使用的情報終端裝置……可是ＬＰＳ的規格不符。」

達也心想原來如此。屬於基礎公共建設的ＬＰＳ，雖然從第一次改版就一直維持和舊版本相容，卻也只限於國內的終端裝置。

日本和ＵＳＮＡ的資料處理方法有微妙的不同。而且ＵＳＮＡ的ＬＰＳ始終只是ＧＰＳ的補充系統而已，不像日本的ＬＰＳ是獨立運作。

「借我看看。」

賢人反射性地遞出終端裝置，達也拿過來後檢視機體運算能力與剩餘容量。雖然型號古老，但是各方面性能都強化過。賢人的父親或許是電子工學技師。達也判斷這種規格應該沒有問題，以傳輸線連結自己與賢人的終端裝置，並傳送定位情報應用程式。

「我幫你安裝好利用ＧＰＳ的校內地圖了。雖然精密度比不上ＬＰＳ應用程式，但好歹能代替導覽地圖。」

達也將程式安裝完畢的終端裝置還給賢人。

「謝謝學長！」

明明只是舉手之勞，賢人卻朝達也露出非常感動的表情。

「當然還是買台新的終端裝置比較好。這終究只是應急處置而已。」

達也說出這種無須強調的提醒，也是因為擺著撲克臉的他其實心裡嚇了一跳。賢人如此過度反應的原因立刻揭曉。

「請……請問，學長是司波達也學長吧？」

「嗯，沒錯，原來你認識我？」

「是的！我看過學長在去年九校戰的活躍！」

達也沒有對賢人的回應感到意外。要就讀魔法科高中的學生——即使會是二科生，收看九校戰也不奇怪。雖然是新人賽，但祕碑解碼是明星項目，也可能是因而湊巧記得他吧。

達也如此認為，不過——

「漂亮的戰術！天才般的調校！我就是因為學長在第一高中才選擇這裡！」

達也的想法有一半錯誤。賢人認識的不是身為選手，而是身為工程師的達也。

「我不擅長實技，所以我還沒有看去年的九校戰之前，一直打算就讀第四高中。但我欣賞到學長的超級技術，就決定一定要和學長就讀同一所學校！」

達也如同置身事外般，聆聽賢人熱情述說的話語。

「雖然現在如學長所見是二科生，但我會努力在明年和學長一樣進入工學科！」

「……這樣啊，加油吧。有這份熱忱應該沒有問題。」

「謝謝學長！」

雖然方向性不太一樣，但他應該算是穗香的男學生版本吧。賢人以幼犬般的雙眼火熱地凝視自己，這對視線令達也有點應付不來。

◇ ◇ ◇

香澄與泉美在講堂入口和真由美道別之後，選擇靠近最前排的座位。迅速就座的香澄在泉美以鄭重動作坐下途中，就像是等不及般將臉湊過來。

「泉美，妳認識剛才那個搭訕哥？」

距離入學典禮開始還有大約二十分鐘。除了她們，也有許多新生在和旁邊的人聊天。在這樣的環境中，同年齡的姊姊刻意壓低聲音搭話，泉美還以為是什麼大事而提高警覺，但在理解香澄是在問什麼之後便露出掃興表情。

「嗯……香澄，難道妳真的不知道？」

在發覺香澄是很認真的在問這個問題之後，泉美的表情便轉為傻眼。

「……他是名人？」

「在某方面上來說是名人沒錯。」

泉美輕輕嘆口氣，轉動下半身改為面向香澄而坐。

「那位學長的大名是司波達也。去年是二科生，不過今年轉科進入了魔法工學科。」

「這樣啊……既然可以從二科轉到魔工科，代表他很聰明吧？」

香澄的反應不大，不是佩服也不是瞧不起人。泉美向她投以像是在說「真拿妳沒辦法……」的目光。

「怎麼了？」

「不，那位學長確實很聰明……但我不確定能不能只用這種老套的方式形容。」

泉美裝模作樣地按住臉頰擺出困惑的姿勢。這個態度令香澄不太高興，但她知道即使對泉美鬧脾氣，也只會被巧妙地應付過去。打從出生就一直在一起的雙胞胎，互相對於對方在各種狀況的「傾向與對策」相當地了解。香澄默默等待泉美說下去。

「去年九校戰，他身為一年級又是二科生，卻以工程師身分參加。他在新人賽的女子精速射擊與冰柱攻防所負責的選手包辦前三名，在新人賽的幻境摘星所負責的選手拿下冠亞軍，在正規賽的幻境摘星所負責的選手拿下冠軍。」

「真的假的……那不就是他負責的選手只輸給他自己負責的選手，實際上他本身根本沒有輸過的意思嗎？」

「對。」
「這是在開玩笑吧……？」
「不是騙人也不是開玩笑。那位學長以工程師身分負責的選手實際上未嘗敗績，立下令人驚奇的戰果。」
香澄在泉美回答問題時，目不轉睛地注視著自己的雙胞胎妹妹，以免漏看任何一絲她在說謊的徵兆。但她發覺泉美似乎是很正經在回答之後，原本就大的雙眼又睜得更大了。
「他在群球搶分也擔任姊姊的助手喔。香澄，妳真的沒有發現到嗎？」
泉美已經不是以傻眼的表情，反倒是以同情的表情對香澄落井下石。
「我完全不知道……」
「當時似乎是臨時代打，但姊姊的表現看起來完全沒有受到影響。」
香澄頓時語塞，一副意志消沉的模樣。去年夏天的九校戰，香澄和泉美一起觀賞真由美的比賽。即使如此，自己卻沒有發現有隻壞蟲纏著姊姊，只有泉美發現。香澄為此受到打擊。
「不過，真令人不滿。」
在香澄愣住的時候，一旁的泉美如此低語。
「姊姊看起來對司波學長頗為卸下心防……這或許是意外的伏兵。」
說出口的話語到此為止。泉美說完危險的自言自語之後開始沉思，而旁邊的香澄還無法從打擊中振作起來。

◇◇◇

入學典禮風平浪靜地按照計畫結束。琢磨的致詞也沒有出什麼問題。他的致詞中規中矩，既不像去年一樣吸引會場所有人的目光，也不像前年那樣不只是在校生，連新生都提心吊膽地看著致詞人。

接下來是慣例的學生會招生。依照不成文規定，必須在入學典禮結束之後，才向新生總代表（首席入學新生）說明學生會的事。理由在於新生要等入學典禮結束才算是學生。雖然覺得過於講究形式主義，但至今未曾因而造成什麼不便。即使曾像去年那樣掀起一些風波，至今也未曾延攬失敗。然而——

「非常抱歉，請容我拒絕。」

琢磨以這番話回應梓「可以加入學生會嗎？」的邀請。

「……方便問一下原因嗎？」

梓因為出乎意料的拒絕而僵直不動，唯一陪同延攬的五十里代替她詢問琢磨。

「我想專心鍛鍊自己。」

琢磨正對五十里的目光如此回答。

「我想增強身為魔法師的實力，強到不輸給十師族。這是我的目標。所以關於課外活動，比起在學生會學習組織運作，我更想在社團努力。」

流利的回答，應該是預先準備好的吧。換句話說，琢磨的決心就是如此堅定。五十里認為很難說服。

「這樣啊……」

洋溢沮喪氣息的這個聲音不是來自五十里，是梓。出乎意料早早脫離僵硬狀態的梓，以像是嘆息的動作無力垂下頭，看來受到了相當大的打擊。至少在身旁目睹的五十里是這麼認為。

「沒有辦法了。畢竟也不能強迫。」

不過，梓回應琢磨的話語意外地乾脆。

「我們感到非常遺憾，但既然七寶學弟這麼決定的話……請努力參與社團吧。」

梓放棄得如此乾脆的態度，對於琢磨來說也出乎預料。但他若繼續在這裡拖拖拉拉，可能會讓對方覺得自己對學生會幹部職位有所眷戀。而且琢磨覺得，旁人恐怕會認為他預料會被慰留才故意賣關子。

「不好意思，恕我告辭。」

最有可能的狀況是「自己想太多」。琢磨在這種想法的催促下，快步從梓面前離開。

在梓與五十里的三年級搭檔延攬琢磨陷入苦戰（敗退）時，達也、深雪與穗香的二年級三人組也忙碌不堪。

穗香負責入學典禮的善後工作。來賓的出缺席檢查、賀詞的整理，以及聯絡業者收發攝影檔案等，忙得頭昏眼花。

達也則負責指揮、監督派來幫忙典禮的二年級學生。如果是身為二科生的去年就算了，但是達也別上八齒齒輪徽章的現在，他發號施令時沒有引發任何不滿聲浪。現在他正在向幫完忙的同學回收臂章與耳機等道具。

至於深雪則是──

「今年典禮的遺憾之處，大概就在於沒辦法聽到司波同學的演講吧。」

「上野議員，您這樣是強人所難啊。會在入學典禮上台的學生，只有學生會長與新生總代表而已。」

「哈哈哈，這麼說也對。」

──像這樣被大驚小怪的大人們圍繞，一味地露出客套的笑容。

被稱為「上野議員」的這名壯年男性是政治家。他是執政黨在東京選區的國會議員，據說要是執政黨在下一屆選舉獲勝就穩坐大臣寶座，是前途有望的「後進」。他也是眾所皆知對魔法師釋出善意的議員，還擔任過魔法大學的校外監事。在現今敵視魔法師的運動逐漸增加勢力的情勢之下，是魔法大學與第一高中都不能疏於禮遇的人物。

深雪也明白這一點。她從剛才開始就以客套笑容陪同閒聊就是這個原因。其實這不應該是十六歲少女該顧慮的事情，但深雪耐心忍受。上野議員的眼神也不時透露出非分之想。雖然沒有強烈到想觸發直接的行為，只類似開始注意到肉體衰退的男性對年輕美麗女孩抱持的本能憧憬。不過，即使只屬於精神層面（但不是柏拉圖式），一個少女承受這種目光一定覺得很不舒服。但深雪假裝沒有發現這種無禮視線繼續忍耐。

他的長篇大論，也差不多開始造成了教職員的困擾。在來賓之中具備高度社會地位的國會議員留在會場，教職員不方便離開。

其實這位議員直到去年以前都不會講這麼久。話雖是這麼說，但他也不是今年才突然愛上閒聊。他在去年與前年是顧慮到真由美。

不是顧慮真由美個人，是顧慮十師族「七草」的名號。

上野議員不是基於善意或興趣而對魔法師示好。論他對魔法師的好惡應該是「喜歡」，但他以「政治家」身分擁護魔法師，是想將這份力量利用在自己的政治活動上。上野和魔法師之間的關係是以實際利益締結而成，因此在魔法師之中處於代表性地位的十師族會令他有所顧慮。

如果深雪表明自己和四葉的關係，上野應該會掛著抽搐的笑容早早離開吧。四葉的名號比七草更響亮。說到政治利用價值是七草較高，但說到讓掌權人畏懼的程度，四葉首屈一指。

不過深雪獲准冠上的姓氏是「司波」，不是「四葉」。而且，即使差不多已經忍耐到極限，她也不想因為這種小事仰賴四葉的力量。因為對她來說，四葉並非能夠無條件依賴的自己人。

深雪因為無計可施而感到困惑又煩躁時，拯救她的不是四葉，是七草。

「上野議員，午安。」

突然被呼喚的上野，轉頭看向聲音來源，一認出身穿淑女套裝、掛著成熟微笑的真由美就繃起了表情。

「您今年也賞光列席啊。感謝您總是在『百忙之中』抽空前來。」

「因為對於背負這個國家未來的有能年輕人來說，今天是值得紀念的日子。每年受邀的我才覺得榮幸。」

真由美以不會過於拘謹的鄭重語氣搭話，上野面對這樣的她，早早就想打退堂鼓。真由美不自然地強調「百忙之中」，要是沒能解讀箇中意圖，就無法成為執政黨的大臣候選人。冒昧無妨，但愚鈍就無法勝任，這就是政治家。

「不提這個，真由美小姐怎麼在這裡？陪同妹妹們前來嗎？」

上野看向在真由美身後待命的香澄與泉美並如此詢問。他隨便提個話題以免不自然，準備打道回府。

「是的。因為家父家母都無情地表示，他們再怎麼樣也無法撥出時間配合。」

「哈哈哈，因為他們兩位都很忙。」

上野的客套笑容有些抽搐。

「小澄、小美，來打招呼。」

真由美大概是滿足於她的挖苦管用，沒有繼續追擊，而是轉身看向妹妹們。

「上野議員，好久不見。」

「真的很久沒有向您請安了，非常抱歉。」

直到姊姊呼喚之前都安分在後方待命的兩人行禮致意。香澄充滿活力，泉美則是恭敬有禮。

對於上野來說，這種制式問候成為很好的契機。

「不不不，兩位應該都忙於準備考試，所以不用在意。在高中也請繼續努力吧。」

「謝謝議員。」

「我們會精益求精。」

香澄與泉美再度低頭致意，醞釀出告一段落的氣氛。上野沒有漏看這個變化。

「期待妳們兩位的表現。那麼真由美小姐，我該告辭了。」

上野簡單問候之後匆匆離開。

真由美看著他匆忙的背影，沒有對他乘勝追擊。

「深雪學妹，妳還好嗎？」

「是。謝謝七草學姊。」

真由美以開朗的笑容搭話，深雪以客氣的笑容回應。這裡還有教職員的耳目。要是附和得過於明顯，有可能被解釋為上野議員造成困擾。

雖然這麼說，但深雪並非認真提防學校職員打小報告。她只是表現得不會被人挑毛病，這是她無須特別注意的習慣動作。只要沒有牽扯到達也，她的假面具就和聚對苯二甲醯對苯二胺（商品名稱為克維拉）編織的防刃布料一樣強韌。

除非具備相當敏銳的眼力，否則很難看透強度勝於鋼鐵的面具底下所藏的真面目。至少初遇的女高中生做不到。即使是平常就看慣狡猾人物的十師族直系也一樣。在大多數的人眼中，深雪有所克制的情緒表現，一定是文雅、優美、清純之理想日式女性的具體呈現。

「小美？」

至少在泉美眼中是如此。

「泉美，泉美？」

「怎麼了？」

被深雪奪走了目光與意識而恍神的泉美，直到旁邊的香澄以手肘頂她，才終於察覺到真由美在叫她。

「什麼怎麼了，好好向深雪小姐打個招呼。」

姊姊的話語滲透到腦中，使泉美連忙將目光轉向正前方。她視線前方的深雪表情有些為難，但依然溫柔微笑。

（好像女神一樣……）

泉美當然沒有見過名為「女神」的存在。映在泉美眼中的深雪超凡脫俗，令她腦海自然浮現這兩個字。要說美少女，姊姊真由美是無從挑剔的美少女。另外——雖然這麼說可能會被認為很自戀，但泉美覺得香澄也非常可愛。然而正在她面前露出夢幻笑容的學姊，讓泉美覺得自己第一次看到如此美麗的女性。深雪完全是泉美心中描繪的理想女性。

「……我是七草泉美。請問，我可以稱呼您為深雪學姊嗎？」

「好的，沒有問題。」

泉美雙眼像是發燒般溼潤，聲音也有點沙啞。她的改變使得真由美與香澄擔心她為何突然這樣，但深雪不改溫柔笑容點頭回應。

「深雪學姊，我欣賞過您在九校戰的活躍。非常迷人。」

「謝謝。」

深雪以學姊的從容，承受泉美的火熱視線。

「不過，像這樣當面見到您，就發現您比我在觀眾席看見的……還要美麗好幾倍。」

「是……是嗎？」

不過，她火熱的視線已經超過了崇拜的程度，漸漸摻雜起一些瘋狂氣息。即使是深雪，也開始有點不敢領教了。

「有幸和深雪學姊這樣的人就讀同一所學校……我好感動！」

「小美，妳究竟怎麼了？」

平常總是掛著溫和笑容，令人難以猜透內心想法的泉美，如今卻情緒失控。這副模樣足以促使真由美慌了手腳。但香澄只是露出了傻眼的表情旁觀。因為她知道這個雙胞胎妹妹，其實相當容易激動。

「深雪學姊……您願意當我的姊姊嗎？」

「姊姊？」

「等一下，小美，冷靜下來！妳的姊姊是我！」

深雪與真由美的聲調同時拉高了好幾度。打造這幅稀奇光景的當事人泉美，仍然目不轉睛地注視著深雪。旁邊的香澄撇過頭，露出事不關己的表情。

「我想七草同學不可能成為深雪姊姊的妹妹。」

往這個混沌的膠著狀態投入石頭的人，是不久之前開始在四人旁邊偷聽的水波。

「水波？」

深雪沒有察覺水波在旁邊待命，叫她名字時話中暗藏著「妳幾時來的？」的意思。但水波將她的問題延後處置。

「但要成為達也哥哥的妹妹就有可能。若七草同學的姊姊和達也哥哥結婚，七草同學就會成為達也哥哥的姨妹。」

水波對泉美補充說明之後，轉向身後。

「在這個狀況，達也哥哥的親妹妹深雪姊姊，和姨妹七草同學算是姊妹嗎？」

「哥哥？」

正如深雪的驚呼，水波詢問的對象是達也。

「我絕對反對！」

但達也無法回應水波和深雪。因為香澄在他開口之前，就對水波這番話提出異議。

「我絕對反對姊姊嫁給司波學長！」

至今貫徹旁觀立場的香澄，突然介入這個撮合達也與真由美的話題，將真由美保護在身後並和達也對峙。她全身上下都釋放著「不准接近姊姊」的氣場，剛才的溫順態度消失無蹤。

「香澄，剛才那是假設……」

不知道是不是雙胞胎特有的分工，似乎只要香澄與泉美其中一人激動起來，另一人的思考就會恢復正常。直到前一刻都還對深雪熱烈示好的泉美，突然冷靜下來安撫起香澄。

真由美看著她們兩人，按著自己的太陽穴。看來不單只是擺姿勢，是真的覺得頭痛。

「達也學弟。」

真由美以按著額頭低頭的姿勢呼喚達也。達也想接近到可以和真由美正常交談的距離，香澄隨即以威嚇的目光擋在他前面。

不過在下一瞬間——

「嗚呀！」

香澄發出像是貓被踩到尾巴的慘叫聲，按著頭蹲下去。

「以及深雪學妹。」

在香澄後方的真由美，維持著看向地面的姿勢揮下拳頭。從她的口中，發出了由衷感到丟臉的聲音。

「受不了，這兩個笨妹妹……真的很對不起。」

低著頭的真由美眼角變得通紅，大概是真的覺得丟臉吧。達也並非無法理解這種心情。要是妹妹持續失控到那種程度，他大概也會無地自容。

「我們不在意。對吧，深雪？」

「是的。學姊，請別在意。」

達也徵詢深雪同意，深雪也開朗地點頭表示同意。不提泉美的失態，香澄的失控明明是將達也當成害蟲，深雪卻不知為何心情很好。這份態度令真由美覺得可疑又不安，但她內心沒有餘力追究這件事。

「我一定會找時間補償兩位——妳們兩個，我們要趕快回去了。」

「嗚！姊姊，這樣很難受啦！」

「姊姊，好痛！為什麼連我都要受這種罪……」

真由美雙手分別抓住雙胞胎的衣領，逃也似地離開現場。

◇◇◇

校門通往「第一高中前」車站的上學道路，路口第一個轉角處就是達也等人常光顧的咖啡廳「艾尼布利榭」。今天結束入學典禮的回家途中，達也也和深雪、水波、穗香、雫、幹比古一起在這間店享受喝咖啡閒聊的時光。

和七草姊妹道別的達也等人先和梓會合。不過梓強硬表示他們今天可以回去了，因此和先到的穗香等人一起回家。

「話說回來，延攬首席學弟的事情還順利嗎？」

雫在閒聊忽然中斷的瞬間如此詢問。她並非基於什麼特別的意圖，也不是基於好奇心或看熱鬧心態才這麼問。真要說的話，是對話不經意產生空白才催使她這麼問。

「……失敗了。」

所以，雫看到穗香突然像是被烏雲罩頂，還差點被那股陰沉氣氛壓垮的樣子（明明不是她害得延攬失敗）之後，便後悔自己早知道就別問。

「咦，七寶學弟拒絕加入學生會？」

因此，意外的會以自身好奇心為優先的幹比古所說出的這段發言，堪稱一次優秀的助攻，讓氣氛免於陷入討厭的沉默。

「聽說當事人表示想在社團努力。既然他有其他想做的事，那就沒有辦法了。」

達也這番話，與其說是在回應幹比古，更像是在叮嚀穗香不要在意。

「嗯，畢竟也不能強人所難。」

不知道是察覺達也的意圖還是巧合，幹比古的附和讓覆蓋穗香的陰沉天候，恢復到了晴時多雲的程度。

「與其煩惱這個，不如思考要延攬誰代替七寶學弟加入學生會還比較有建設性。」

深雪向達也如此提議，使得達也等六人的注意力完全離開琢磨。

「也對。考量到未來，沒有新生加入學生會的話不太好。」

達也以正經表情點頭之後，深雪雙手輕輕一拍。

「對了，讓水波擔任幹部如何？」

至今默默聆聽學長姊交談的水波，表情因為深雪的提議而變得僵硬。

「深雪，這樣水波有點可憐。」

但水波還沒有開口，達也就駁回了深雪的點子。

「延攬首席加入學生會是慣例，所以遞補的人選也要依照入學成績挑選。」

水波露出鬆一口氣的表情。另一方面，提議被一語駁回的深雪掛著甜美笑容，毫無不滿的樣子。深雪也不是真的想讓水波加入學生會，只是想稍微消遣她一下而已吧。

「第二名是誰？」

雫不曉得深雪的想法，只以字面解釋達也的發言，並如此詢問身為學生會書記理應掌握入學成績的穗香。

「呃……是七草泉美學妹。七草學姊的妹妹。」

穗香清楚記得入學考試的結果，無須拿終端裝置確認。

「第三名也是七草學姊的妹妹香澄。七寶學弟和這兩人真的是以些微差距分居前三名。這三人的成績相較於第四名以下相當突出。」

和穗香同樣知道入學考試結果的深雪向雫補充說明。

「也就是說，由七草學姊的其中一位妹妹來擔任幹部也不奇怪吧？」

看來幹比古對深雪使用客氣語氣的習慣依然沒有改掉。

「但如果按照排名，應該是泉美學妹吧？」

旁人看到幹比古的態度，可能會覺得有趣或認為他有非分之想，但雫就像是絲毫不感興趣般平淡地反駁。

雫這番話，令深雪露出了有些抗拒的表情。大概是剛才那件事，讓深雪覺得自己不擅長應付泉美吧。

「雖然這件事由會長決定，但最後還是得看當事人的意願吧。」

達也當然也看出了深雪表情的變化，但他這番話似乎揣摩過妹妹的內心又似乎沒有，兩種解釋都行得通。

達也到盥洗室洗手時，幹比古也進來了。這件事本身並沒有特別的意義。達也心想應該只是湊巧，並且在他進來之後準備出去。

「達也。」

不過，幹比古以低沉陰鬱的聲音叫住他。

「怎麼了？……是不方便在那邊講的話題嗎？」

「嗯……不是能讓太多人聽到的事情。」

「我明白了。我會保密。」

幹比古因為躊躇與迷惘而變得僵硬的表情，因為達也這番話而稍微放鬆。

「和達也說話不用拐彎抹角真好。」

「在這裡待太久會引人起疑，所以麻煩幹比古也長話短說。」

如達也所說，在這裡久留會被懷疑身體健康不太好——應該說容易招致不光彩的懷疑。被特地如此指摘的幹比古，有些慌張地開口。

「達也，你知道羅瑟的日本分公司新社長有來參加今天的典禮嗎？」

不用說，羅瑟正是和「馬克西米利安研發中心」爭奪世界第一CAD製造廠地位的德國魔法工學機器製造廠——「羅瑟魔工所」。該處的日本分公司新社長，對於魔法大學與魔法科高中來說都是重要人物。

「知道。對方也有和我打聲招呼。」

達也當然知道分公司社長受邀，也確認對方列席。

「只有打聲招呼而已？在去年九校戰的賽後晚宴，前任分公司社長好像非常地熱情邀請你的樣子啊。」

「因為今天『幸好』沒有時間。」

去年夏天的鬱悶記憶被挖掘出來，使得達也表情苦悶。

「所以，羅瑟的分公司新社長怎麼了？」

但他立刻恢復為沒事的表情，催促幹比古說下去。

「記得分公司新社長的名字嗎？」

「恩斯特．羅瑟。似乎是羅瑟本家的人。」

「沒錯。久違的大人物，讓業界媒體大幅報導。」

幹比古在這時候語塞了片刻，但他立刻擺脫迷惘，露出看起來可以解釋為自暴自棄的眼神，開口低語道：

「而且，他是艾莉卡母親的堂弟。」

這個爆料，使得達也無法繼續維持撲克臉。

「艾莉卡的母親原來是羅瑟家的人？」

達也雙眼浮現驚愕神情回問。幹比古以不明顯但無從看錯的動作點頭，回應只具備確認意義的這個詢問。

「聽說艾莉卡的外公是和日本人女性私奔。」

「居然說私奔，真復古。」

「還好啦……」

達也在跟話題無關的地方表示驚訝，幹比古微微苦笑。嚴肅的氣氛因此稍微緩和了下來。幹比古以略微放鬆的表情繼續說下去。

「他們不顧家人反對逃到日本，所以和羅瑟本家斷絕往來。艾莉卡外婆家也不贊成兩人的婚姻，所以艾莉卡的母親過得很辛苦。」

「聽起來令人同情，所以呢？」

達也也覺得這樣的家庭狀況很不幸，但幹比古的目的不可能是讓他同情艾莉卡。達也催促幹比古趕快進入正題。

「……自從這件事之後，羅瑟本家對日本就沒有好印象。即使在日本設立商業據點，也未曾派任本家的人來到分公司。」

「這麼說來，確實如此。」

達也聽幹比古這麼說，試著回想羅瑟魔工所日本分公司近十年的幹部名單。上頭確實沒有出現羅瑟的名字。

「雖然可能是我想太多……但我覺得恩斯特・羅瑟來日本和艾莉卡有關。」

達也也覺得應該是想太多，但他更在意幹比古為何對他說這件事。

「所以你要我怎麼做？」

「並不是希望你具體做些什麼，只是希望你留意一下。」

達也投以疑惑的目光，讓幹比古對自己露出苦笑。

「不對，不是這樣……應該是因為我自己保有這個祕密太沉重，才想拖達也下水。」

幹比古自嘲般低語。

「真過分啊。」

達也誠實地對幹比古所說的這番感想一反字面，沒有任何責備的意思。

◇　◇　◇

達也等人回去之後，梓依然獨自在學生會室留到學校即將關門的時間（琵庫希是休眠狀態）。即使入學典禮結束，學生會的新學年工作也是堆積如山，身為學生會長的梓留到這麼晚也沒有什麼好奇怪。要說奇怪，讓學生會其他成員先回家還比較奇怪。

那麼，梓是單獨處理五人份的工作？也不是。她從剛才就只是心不在焉地看著本月行程表，偶爾深深嘆口氣，然後像是示意「不行不行」一般搖頭。即使只在這時候打起精神面對終端機，卻又立刻回頭心不在焉地只看著螢幕。她從剛才就一直反覆這些行為。

進行不曉得第幾十次的嘆氣之後，終於產生了變化。電子合成聲與螢幕訊息同時通知有人來訪。一將畫面切換到監視器，畫面中就映出了服部的身影。梓連忙操作終端機來開鎖。

「中条，打擾了……怎麼回事，只有妳一個人？」

「啊，嗯。因為我想獨自思考一些事。」

梓說著規矩地起身邀服部坐下。

服部也規矩地道謝，坐在梓示意的椅子上。

「明明用服部同學的ＩＤ，不用我開鎖也可以直接進來啊。」

以親切語氣述說的梓準備泡茶，但服部以手勢制止。

「因為我已經不是學生會幹部了，應該照規矩來。」

「真像服部同學的個性。」

梓輕聲一笑，回到自己的座位。雖然有點令人意外，但服部是少數能讓梓不使用客氣語句，就能正常交談的男學生之一。

「所以，你怎麼會來這裡？」

「過來談談今年新生總代表的事。」

服部這時候不會說「是來看妳」或「沒事就不能來嗎」這種玩笑話，無疑是他的優點。但也無法否定他的確有著稍微過於直接，缺乏貼心要素的一面。

「七寶學弟的事……？」

服部看見梓強顏歡笑便心想事情不妙，不過很遺憾的為時已晚。而且以服部的作風，他不會

「是啊……聽說七寶拒絕學生會的延攬。」

梓也很清楚服部這種難以通融，過於正經的一面。如今她不會因此感到生氣或受傷。

「嗯，他說他想在社團鍛鍊自己。」

「似乎是。所以我想預先向中条說明一下。」

服部也覺得顧慮太多反而失禮，所以講話毫不遲疑。

「咦，說明什麼？」

「今年開始，社團聯盟也決定效法學生會，從新生之中培訓儲備幹部。我繼承十文字學長的職務之後，徹底明白這麼做的必要性。」

「像十文字學長那樣的人是例外中的例外。我覺得服部同學已經表現得很好了……」

梓的安慰使服部露出苦笑。從這張表情看不出任何無力感或自我厭惡，看來服部並沒有感到消沉。梓明白這一點之後鬆了口氣。

「我也自認很清楚那個人是例外這一點。正因如此，才需要及早培育接班人。」

梓聽到這裡，已經大致猜出服部來訪的用意了。

「你想讓七寶學弟成為儲備幹部對吧？」

「嗯。不過以結果來說，變成是和學生會搶人……」

「他已經先拒絕我們的邀請了，所以我不認為這是搶人。」

「這樣啊。太好了。」

梓笑著搖搖手，而服部則對她低頭致意。

「不用介意啦。而且我從一開始就覺得七寶學弟會拒絕……對了！」

梓說到這裡更加愉快地拍了拍手。

「難得有這個機會，就徵詢一下服部同學的意見吧。」

「意見？關於什麼事的意見？」

梓沒有立刻回答服部，而是將手邊螢幕所顯示的資料映在牆面的大型螢幕上。

「新生資料？」

螢幕上顯示的是新生包含入學考各科目成績的詳細資料。

「雖然七寶學弟跑掉了，但我覺得學生會沒有新生加入還是不太妙。」

「所以妳在煩惱要延攬誰來代替他，是嗎？」

這跟和達也等人正在艾尼布利榭討論的內容完全相同。分頭煩惱相同的事情明顯是白費力氣——但那是以整體觀點來看這兩件事的情況。這種重複應該會發生在世界各處。

「嗯，對。感覺每個孩子都很優秀……」

梓以束手無策的表情這麼說。

「沒有必要想得太艱深吧？」

但服部斷然地下了結論。

「既然延攬第一名被拒絕，那選第二名就好。今年的第二名是……」

但是將學生姓名以入學成績順序排列之後，服部表情抽搐，沒有繼續說下去。

「果然應該找七草學姊的妹妹嗎……服部同學，怎麼了？你氣色不太好耶。」

「不，沒事。對，我也覺得這樣最好。」

服部一邊回答一邊起身，匆忙告辭之後便離開學生會室。

「服部同學是怎麼了……？」

梓目送著他的背影如此低語。而讓服部表情抽搐的原因，仍然無從得知。

◇　◇　◇

西元二〇九六年四月十日。對新人來說是入學第三天的午休時間。

達也在學生會室裡面對著香澄與泉美。雖然這麼說，但並非他單獨和兩人相對，是以學生會幹部身分一同列席。

這個場面激發達也似曾相識的感覺。去年春天，達也同樣在入學第三天被叫到這個房間。那時候當然不是只有他受邀，他也不是主賓。他的立場始終只是深雪的附屬品，卻陰錯陽差地接下風紀委員的工作。

在那之後，他的高中生活被迫大幅變更計畫。如果達也那天沒有來這個房間，應該會享受著「和平」的高中生活吧。至少他自己是如此認為——其他人是否贊成就有待商榷。

當時邀請達也與深雪的是真由美。如今，達也成為了邀請真由美妹妹們的學生會成員之一。這就是所謂的因果循環嗎？達也思考這種稍微脫線的事。

「那麼，意思是我們其中一人將成為學生會幹部嗎？」

泉美切入正題的發言，使得達也的意識回到場中。他正前方的香澄，依然以隨時會大聲嚷嚷的表情瞪向達也。這就是達也逃避現實的理由。

「居然可以和深雪學姊共事……好像作夢一樣。」

泉美按著臉頰陶醉地嘆息，正前方的深雪則露出銅牆鐵壁般的客套笑容，完全看不出她在想什麼。盡顯敵意的香澄與盡顯糾結的泉美。梓、五十里與穗香也完全懾於兩人的異常態度。到最後，和她們進行交涉的工作委由成為兩人敵意與糾結對象的當事人——達也與深雪負責。

「如果有意願，兩人一起加入也無妨。」

總覺得成為目標的人負責交涉工作不太對，但也不能只讓妹妹首當其衝。如此心想的達也讓意識回到談判桌。

「在下沒有意願加入學生會。」

但他的努力只引發了香澄極其冷淡的反應。連第一人稱都換了，顯示她拒絕達也的意志有多麼堅定。不過也有可能她平時對外就是用「在下」，會使用「我」搞不好只是過於激動而不小心顯露本性而已。

「香澄，妳從剛才開始就對司波學長很沒禮貌喔。」

泉美嚴詞告誡香澄，看來姊姊明顯帶刺的語氣實在令她看不下去。之所以沒有壓低音量，或許也是為了要對列席人員做個樣子。

另一方面，深雪不發一語，使得梓、五十里與穗香都難掩意外感。她對達也抱持近乎信仰的兄妹之情，經常會在他人對哥哥投以惡意時，回以會令人燒傷（凍傷？）的怒火。但深雪投向香澄的視線甚至可說溫馨。三人比起疑惑更感到恐懼。這就如同暴風雨前的寧靜。

這當然是梓他們想太多。深雪對他人投向達也的惡意很敏感，所以直覺理解到香澄會採取這樣的態度並非瞧不起哥哥，而是源自嫉妒與戒心。香澄過於為姊姊著想，因而對接近姊姊的男性抱持敵意，深雪對這樣的心情有所共鳴。而且香澄今後喜歡哥哥的可能性很低，對深雪來說是可以放心來往的可愛學妹。

「這樣啊，真遺憾。」

所以香澄拒絕加入學生會，在這方面上對深雪來說是一件遺憾的事。

「那麼泉美學妹，妳願意加入學生會嗎？」

但深雪沒有讓這種想法顯露於言表，也完全藏起「想避開泉美」的真心話，以開朗語氣如此詢問泉美。

「樂意之至。」

即使泉美注視深雪的視線更加火熱，也無損深雪完美的淑女笑容。

◇ ◇ ◇

放學後，香澄暫時到圖書館打發時間，然後獨自來到了咖啡廳。之前早早前往學生會室的泉美，還要三十分鐘左右才會來會合。以一個人等待的情形來說，這時間有點久。泉美說她等不下去可以先回家，所以香澄正心不在焉地在煩惱要不要這麼做。

「怎麼了？看妳好像無精打采。」

此時，突然有人對她搭話。抬頭一看，是身穿褲裝的年輕職員。

「啊，不，並不是覺得身體不舒服。」

香澄以「拜託別管我」的心態如此回應。但她發出的聲音比自己預料的更加支吾，她對此感到意外。

這名女職員露出像是看透香澄困惑的笑容，未經許可就坐在她正前方的座位上。這種自作主張的舉動令香澄不太高興，但她看到這名女性極為無害般的笑容，就立刻覺得無所謂了。

「我是本校的輔導老師小野遙。」

「我是新生七草香澄。」

遙的自我介紹，是抓準香澄臉上為難表情消失的瞬間說出口的，因此香澄還來不及思考就跟著自報姓名。

「記得七草同學是C班？」

「是的。」

由於一開始就被搶走主導權，所以香澄完全被遙的步調牽著走。

「雖然C班不是由我負責，但是方便將煩惱告訴我嗎？」

「也不是說在煩惱啦……」

香澄還來不及感受到心理抗拒，就老實說出她是因為泉美加入學生會而閒得發慌。

「這樣啊。還真是有點複雜的心情呢。」

以正經表情聆聽香澄述說的遙輕聲回應。

複雜什麼？香澄有所疑問，但遙在她發問之前就搶先繼續說下去。

「七草同學，妳要不要當當看風紀委員？」

遙的提議對香澄來說既唐突又完全超乎預料。香澄一時之間無法反應，遙看著她的雙眼，微微一笑。

「妳知道本校風紀委員會的系統嗎？」

這次的問題很簡單，只要回答「知道」或「不知道」。

「知道……我聽姊姊說過。」

即使是還沒有擺脫意外感的香澄，也能回答這個問題。

「這樣啊，那事情就好辦了。」

遙沒有問香澄說的「姊姊」是誰。「七草」這個姓氏罕見又有名，因此不用問就知道香澄的姊姊是誰，而且遙在聽她自我介紹之前就已經知道了香澄的身分。

「其實教職員推薦名額還有一個。基於某些隱情，得從新生之中選人遞補。」

「所以要選我？恕我冒昧詢問，可以現在在這裡擅自決定嗎？」

「要是妳願意接受，沒有人會抱怨喔。」

終於從意外感中恢復的香澄說出中肯的意見，遙輕輕一笑置之。

「我覺得妳未來能展現的活躍，應該不會輸給去年的司波同學。」

然後，遙「表面上」不經意告知的這句話，使得至今興趣缺缺的香澄眼神大變。

「您說的『司波同學』，是指哥哥吧？」

「是的。」

遙臉上瞬間浮現「上鉤了」的表情，但香澄沒有察覺。

「司波同學是由學生會推薦擔任去年的風紀委員，搶眼程度不下委員長渡邊同學。雖然教職員室推薦的森崎同學也留下了紮實的成績，卻也不能否定他和司波同學比起來，的確是不起眼了一點。而且去年教職員室推薦的另一名委員還鬧出問題。要是這種事太常發生，教職員室挑人的眼光會被質疑，所以如果妳願意接受就幫了大忙。」

或許遙沒有必要說出第二個理由。因為香澄在聽到「達也最搶眼」的時間點，就充滿了鬥志與競爭心混合而成的幹勁。

「我明白了。請讓我擔任。」

她興致勃勃，背後像是隨時會冒出火焰。

「……謝謝。風紀委員長那邊由我來通知。我想明天就會聯絡妳了，請多指教喔。」

遙明知入學典禮前後發生的風波，還將其拿來當成唆使的材料。但是效果遠大於預料，使得遙不由得質疑實際上究竟發生了什麼事。

【7】

雖然發生了新生總代表拒絕加入學生會這件出乎意料的事情，但是第一高中後來沒有發生什麼大風波，就進入了社團招生週（梓低聲說出的那句「今年真和平呢……」，二年級幹部很有默契地全都假裝沒有聽見）。

不過，歷年總是發生或大或小（在這種場合或許不需要「或小」兩個字）麻煩事的社團招生週，不可能和平收場。梓「希望今年就這樣平安無事結束」的願望，在招生週第二天的四月十三日星期五這一天，化成了一場空。

這天放學後的達也與深雪，和昨天一樣在社團聯盟總部待命。這是為了在招生活動發生狀況時，可以立刻以武力介入處理。這個工作去年是由真由美與服部來擔任。今年的學生會是有兩名副會長的非正規體制，可是兩名副會長卻都不在學生會室，令人覺得這樣的布陣不夠平衡，但深雪的魔法力不讓任何人有質疑的餘地，而達也也以實踐（實戰）證明過他的實力和實技成績處於不同次元。先不提真正想法，表面上沒有人反對他們兄妹搭檔加入現場維安部隊。

社團聯盟治安部隊——執行部的成員也在這個房間待命。服部擔任總長之前的執行部，是因應需求由各社團派人組成，但他擔任總長之後就改為常任系統，而且也擴充了其規模。男女共二十人分成四組輪班常駐於總部的陣容，成為勝過學生會與風紀委員會的校內最大勢力。雖然服部的領袖特質比不上前任總長克人這點確實是難以否定，但論經營組織的能力，他目前已展現出了優於前人的實力。

昨天進駐總部的執行部成員，包含二年級在內，盡是和達也沒有什麼交集的學生，只知道長相與名字。但今天有一位不單只是有過面識的學長在場。

「話說回來還真不可思議。我在去年引發那種事件，一個不小心可能會遭受停學處分，今年卻變成取締騷動的一員。」

「學長，這種話由你自己說？」

「桐原，拜託別多嘴……要是有人因為這樣產生奇怪的誤會，事情會很麻煩。」

達也的反應是「有點傻眼」的程度，但服部的反應很誇張。他手肘撐在桌面，指尖按著太陽穴，深深地嘆了一口氣。

「不用怕吧？因為也沒有人在聽。」

現在社團聯盟總部只有服部、桐原、達也與深雪四人。今天值班的執行部成員還有四人，但其中兩人去小體育館監視社團是否遵守分配到的使用時間，另外兩人一開始就在巡邏校區。

「喔，說完就有人來了。這個話題就此打住。」

不過，桐原剛說「沒有人」，擔任執行委員的三年級女學生就從小體育館回來了。

「劍道社的表演賽剛剛開始。」

女學生向服部回報小體育館的狀況，達也將視線從她的背後移向時鐘，依照桐原的希望改變了話題。

「嗯。看來拳法社有好好守時。」

桐原之所以這麼說，是因為很多社團會超過分配到的表演時間。

「學長不上場嗎？記得三月的時候，學長在劍道社練習的時間似乎比較久。」

「你真清楚啊……」

「因為我直到上個月都是風紀委員。我偶爾會去看學長練習。」

「你什麼時候……我完全沒有察覺。」

桐原朝達也投以暗藏戰慄與警戒之意的眼神。但他看到達也悠哉的表情之後，又立刻鬆懈了下來。因為他認為現在講這種事也沒有意義。

「我確實有參加練習，卻沒有跳槽到劍道社喔。劍道社下下週有一場練習賽。」

桐原說到這裡，舉出劍道實力在全國名列前茅的高中名稱。

「然後社團決定讓我上場。」

「所以才到劍道社練習？」

「就是這麼回事。這是好機會，我不想浪費。」

達也與桐原以近乎最糟的形式相識，如今卻是像這樣和樂融融閒聊的交情。深雪欣慰地默默看著這樣的兩人。

不過，服部桌上響起的通報鈴聲，打斷了這段平穩的時間。

設定為復古鈴聲的通知聲，促使服部拿起了桌上的話筒。他簡短通話之後，便起身呼喚達也與深雪。

「司波、司波同學。」

聽起來有些複雜，但服部就是這麼稱呼兩人。

「是。」

深雪以沉穩聲音回應。達也默默起身，等待服部的下一句話。

「機研的機庫發生狀況，麻煩去調停一下。」

服部看著達也下指示。這沒有什麼特別深刻的含意，只是對達也下令比較輕鬆。

「我明白了。」

這次是達也出聲回應，深雪鞠躬表示收到命令，兩人便動身前往現場。

◇◇◇

社團招募新生的活動時間限定為一週，之後只限新生主動申請加入社團。之所以會這麼做的主要原因，在於魔法競賽類型社團之間的爭奪戰。不過，也不是說競賽類型以外的社團就不會因為招生而起衝突。像現在，機器人研究社研與機車社就在機研用為社辦的機庫前方對峙著，雙方之間還隔著一名新生。

機車社並不是為了騎車而設立的社團，活動內容是製作、改造機車，原本和機研是同一個社團。也可以說他們是因為在爭要以腳還是車輪作為移動手段才分道揚鑣。基於這樣的緣由，兩個社團平常就交惡。真要說的話，借用學校附近車輛保修廠遺址的機車社，比起在校內擁有機庫社辦的機研社還抱持著更強烈的競爭心態。

這兩個社團所看上的對象，是白金色頭髮、銀色雙眼、白色肌膚，外型非常搶眼的新生。嬌小的體格與討喜的臉蛋，給人非常可愛的印象。這個男生會讓高年級女學生激發「想讓他當吉祥物」的慾望。對峙的兩社團最前排所站的人，也是三年級的女學生。

「你們也差不多該放棄了吧。隅守學弟不是就說了他要加入機研社嗎？」

成為爭奪戰獎品的一年級學生叫隅守賢人。是達也在入學典禮前發現的迷路新生。

「妳是不是壓縮機用過頭，耳朵出毛病了？隅守學弟完全沒有說過這種話吧？是我們先搭話的，我才希望你們別來鬧場。」

「先搶先贏？又不是小學生。看來你們連腦漿都被落伍的往復式引擎打到起泡了。」

「居然說落伍？不愧是沉迷於真人大小機器娃娃遊戲的尖端阿宅，講話就是不一樣。」

從客觀角度來看也是相當不忍卒睹的女性互罵，使得圍觀群眾相當不敢領教。

「落伍……？」

「阿宅……？」

不過，在她們身後待命的男社員們，似乎以此為關鍵字變得相當激動。

「那個，我……」

——還將賢人這個事發原因扔在一旁。

如今氣氛是一觸即發。率先趕到這裡的不是學生會幹部也不是風紀委員，是獨自巡邏中的社團聯盟執行部成員。

「請機研社跟機車社都冷靜下來！」

首先介入的，是執行部二年級的十三束鋼。

在旁邊一起介入的，是執行部見習生七寶琢磨。

琢磨在服部的邀請之下，以新生應有的（裝得煞有其事的）抖擻態度，答應加入社團聯盟執行部。他的第一份工作就是擔任十三束的助手，在社團起爭執的時候出面調停。

賢人懾於琢磨的氣勢，離開爭執的人群。

「這不是賢人嗎？」

此時，達也與深雪晚十三束一步抵達。

「啊，司波學長！」

賢人開心地轉身看向達也。即使深雪就站在達也身旁。這堪稱是相當罕見的光景。深雪投以深感興趣的視線，對此略感不自在的達也向賢人詢問道：

「發生了什麼事？」

在這個時間點，達也還不知道眼前的糾紛正是起因自賢人。只是因為這個學生很顯眼又有過面識才搭話。

「啊，那個……學長，不好意思！」

即使賢人突然道歉，達也也完全無法理解狀況。

「我還沒有決定加入哪個社團，原本今天只打算單純參觀就好，然後他們說可以幫我詳細介紹，不過就在我打算進去聽介紹的時候，就突然從後面……」

賢人說得語無倫次，應該是亂了分寸。在達也苦心試著理解這段難懂的說明時，事態進入了新局面。

「這裡是風紀委員會！」

似曾相識的聲音，從爭執人群的另一邊傳入達也耳中。聲音不是來自高聲主張自己正當性的機研與機車社，也不是站在中間大喊的十三束。

「哎呀？哥哥，是香澄學妹耶。」

「是啊……」

達也刻意不看向叫聲傳來的方向，但這麼做沒有什麼特別的意義。達也不用深雪提醒，也知道自稱風紀委員的人是香澄。

「賢人。」

香澄很有幹勁的聲音，使得賢人睜大眼睛看過去。達也拉回他的注意力。

「啊，是，不好意思。」

「你不需要道歉。」

賢人緊張到讓人覺得有點可憐，達也對他微微一笑。雖然忍不住笑出來的成分比較多，但這張笑容讓旁觀的深雪感到懷念——可惜對於最重要的當事人賢人似乎不管用。

「是，不好意——啊！」

「……算了。」

達也在尷尬的沉默降臨之前繼續說下去。

「簡單來說，機車社擅自誤會你要入社，然後機研因為這樣主動纏上你？」

「那個，是的，應該吧……」

「原來如此……不過，那邊應該已經不要緊了。」

直到剛才都還聽得見的爭執聲，已經被別的聲音所取代。是一場無視於他們而展開的唇槍舌戰。這股如同隨時會開始以魔法互相攻擊的危險氣氛，使得機研社與機車社的社員都屏息注視著創造出這股氣氛的源頭——對峙的琢磨與香澄。

「賢人，你可以離開了。機研與機車社由我去協調。」

本應調停紛爭的學弟妹卻自行鬧出問題。達也一邊對此感到心理上的頭痛，一邊指示賢人離開現場。

「好的……謝謝學長。」

是否可以將爛攤子扔給達也？賢人似乎有些迷惘，但最後還是在向達也行禮致意之後，遵從他的指示離開現場。

「這裡已經由社團聯盟執行部處理，風紀委員滾一邊去吧。」

琢磨這番話是引發口角的開端。

跋扈的語氣使香澄有一瞬間為之膽怯。但她看見對方，並且發現對方也是一年級之後，以不悅的聲音回嘴。

「但我覺得學生之間的糾紛是風紀委員會的管轄範圍。」

所以我沒有理由垂頭喪氣地離開——香澄的話中有這樣的弦外之音，說完她便試圖從琢磨身旁經過。

「喂，等一下。」

兩人即將擦身而過時，琢磨朝香澄的手臂伸出手，但他的手沒有抓到任何東西。香澄俐落地往旁邊走了一步，躲開琢磨這一抓。琢磨因為意外撲了個空而愕然無語，但是看到香澄露出得意洋洋的表情，他的心裡就燃起了一把怒火。

不過，怒火沒有直接連結到暴力行為。琢磨不是這種單細胞生物。

「真纏人耶。可以別妨礙我嗎？」

香澄以不耐煩的語氣對迅速繞到自己面前的琢磨如此說道。

「七草，我說過這裡交給我們了。還是說，非得要我講清楚妳才聽得懂？這裡沒有妳出場的餘地。」

「喔……？七寶同學，原來你知道我是誰啊。」

香澄以意有所指的目光看向琢磨。接著在對方開口之前，先發制人繼續說下去。

「我好歹知道你嫌我礙事。不過很抱歉，風紀委員沒有道理非得聽執行部的指示。」

香澄露出淺淺微笑的臉上，只有雙眼釋放著挑釁的光芒。

「七草……妳在找碴嗎？」

琢磨完全相反。他泛紅的臉上，只有雙眼蘊含冰冷的光芒。

「我完全沒有找碴的意思喔。但如果有人找碴，我不介意奉陪。」

「喔……七寶想找碴，七草就會奉陪是吧？」

琢磨輕輕拉起左袖，露出手鐲造型ＣＡＤ。校方只准許學生會幹部與風紀委員在校內攜帶ＣＡＤ，除此之外，即使是社團聯盟執行部成員也禁止。不過這道禁令，只在社團招生週的期間解除。琢磨亮出的不是使用地點與用途受限的競賽用ＣＡＤ，是可以用來戰鬥的自用ＣＡＤ。

「是啊，我會奉陪到底。把你修理到再也不敢找七草的碴。」

香澄也以右手拉起左袖。她的ＣＡＤ是戴在比手腕還要再高一點的位置，比琢磨的小一點而且設計時尚，卻是性能毫不遜色的最新型ＣＡＤ。

「另一個似乎不在，妳要一個人打？」

「怎麼了？你想一打二，這樣在輸的時候才有藉口可以說？」

現在的琢磨與香澄都只注意著眼前的對手，完全不把其他人放在眼裡。他們不曉得他們原本要調停的機研與機車社糾紛早就中斷，也不知道成為糾紛契機的賢人早已離開。

「給我等一下！」

在場有機研、機車社與其他圍觀的學生。而在眾目睽睽之下，一名男學生突然介入看似無法

「你們兩個，冷靜下來！」

介入兩人之間的，是直到剛才都還被琢磨與香澄釋放的肅殺氣息嚇到愣住的十三束。

「學長，請別妨礙我們。」

「七寶，就叫你冷靜了！」

「十三束學長，你想要袒護七寶同學是嗎？」

「不是這樣！七草學妹也快冷靜下來！」

……十三束的介入，確實使得危險的氣氛稍微緩和了，但兩人的對峙本身完全沒有平息的徵兆。多虧如此，完全被棄置不理的機研與機車社不曉得該如何消氣，只能觀察彼此的動靜。

「各位，是不是該回去了？」

所以對他們來說，從旁邊傳來的這個聲音，就如同仙女的訓示般讓他們覺得感激不盡（在可以讓他們合理結束紛爭的意義上）。

「學生會並未將這件事視為問題。風紀委員會與執行部那裡由我來溝通。」

達也繼深雪之後明言「不將這件事視為問題」，使得機研成員與機車社成員紛紛各自回到機庫與招生攤位。達也與深雪也回到社團聯盟總部，留在原地的只有圍觀的學生，以及受到圍觀學生矚目的琢磨、香澄與十三束三人。

「……就像這樣，感覺超差的。」

「這樣啊……香澄，虧妳忍得下來。」

同一天，西元二〇九六年四月十三日的夜晚。家裡吩咐今天有訪客，所以孩子們自己用完晚餐之後（不過大哥與二哥還沒有回家），香澄來到泉美房間，為放學後的那件事發牢騷。

「嗯，考量到各方面的善後，就覺得還好當時沒出手。但我個人很想揍他一頓。」

坐在地毯上抱著抱枕的香澄，將手中抱枕摔到地上兩三次表明不滿，大概是將抱枕想像成琢磨了吧。

「不過……從妳的描述聽起來，七寶同學的態度太不友善了。」

「他的態度才不是『不友善』那麼可愛。那叫作刻意挑釁。」

「是是是。而關於他那種刻意挑釁的態度，那實在很難解釋為單純是社團聯盟執行部成員，對風紀委員的競爭心態。」

「沒錯。所以我不是說了嗎？那個傢伙是代表七寶找七草的碴。」

香澄拍著抱枕疾呼。泉美沒有將她的主張當成單純的個人意見。

「先不提是否『代表七寶』，但確實感受得到他個人對我們有敵意。」

泉美出乎意料的指摘，使得香澄維持雙手朝抱枕揮下的姿勢，反覆大幅眨眼。

「所以那個傢伙不是代表七寶家，是基於私人的怨恨才這麼做？」

「居然說怨恨，香澄……不過，或許大同小異吧。」

香澄的誇張形容，讓泉美邊面露困惑邊點頭，以像是傾聽自己內心的表情低語。

「聽聞現在的七寶家當家是位個性溫和的人。如果只依照傳聞判斷，應該是不會直接挑戰七草才對……」

就在這個時候，七草家當家——七草弘一，正在迎接預定的訪客。

「初次見面。我是小和村真紀。」

「久候大駕多時了。我是七草家長女真由美。請跟我來。」

出面迎接的是真由美。這不是巧合，是弘一命令真由美帶路。真由美帶領真紀前往客用餐廳的途中，胸懷的與其說是好奇心，不如說是疑心。

（這位是女星小和村真紀小姐吧……藝人找十師族有什麼事……？）

如果造訪的是政治家或企業家，無論性別為何，真由美應該都不會感到詫異。此外，藝人請魔法師協助的狀況雖然稱不上常見，卻也不到罕見的程度。但是以十師族的力量來處理演藝圈的糾紛，實在是太過大才小用了。

「父親大人，我帶小和村小姐過來了。」

即使心裡覺得可疑，也沒有顯露於言表。真由美以良家子女迎接客人的完美態度，引導真紀來到父親等待的餐廳。

弘一吩咐真由美在門前離開，也讓帶領真紀就座的幫傭退下，就這麼坐著向她搭話。

「這是第二次見面吧？」

真紀同樣維持坐姿，露出甜美的微笑。

「您記得啊，這是我的榮幸。」

「別客氣。請先趁熱吃吧。」

桌上擺著的料理，從前菜到主菜都有。之所以不是每盤依序端來，是因為弘一覺得這是祕密會談。真紀對此也沒有不滿。

「謝謝。那就容我享用了。」

真紀以不會過於拘謹的話語回應之後拿起刀叉。不同於客氣卻不失親和的遣詞用句，她的餐桌禮儀無懈可擊。

弘一見狀滿足地笑了。就真紀看來是如此。

「啊，不好意思。」

弘一像是感到愧疚般向她道歉，不曉得是如何解釋——或是故意曲解真紀的視線。

「我知道在室內戴這副眼鏡有些失禮，只是……」

「別這麼說，我知道您的狀況。」

弘一十四歲時，遭遇以魔法師為目標的國際綁架案，並在當時的戰鬥中失去右眼。雖然他在長大成人停止成長之後就使用義眼，但他十幾歲時以「戴眼罩的少年魔法師」在魔法界聞名。現在他也喜歡戴淺色眼鏡隱藏義眼的突兀感。這種事稍微調查就可以得知。

真紀一邊簡單閒聊一邊用餐，在吃完主菜之後正襟危坐。她個人想以更不經意的氣氛說明來意，但是在用餐期間，弘一始終沒有讓真紀有機會切入正題。

「其實我今天前來叨擾，是有一件事情想讓七草先生知道。」

真由美換上居家服稍作休息時，房間的對講機響起了聲音。

『姊姊，我是泉美。方便打擾嗎？』

「可以啊。請進。」

「請進」是暗語。HAR（Home Automation Robot）的語音辨識介面，偵測到真由美的聲音而開鎖。進來的是泉美與香澄，兩人是一起來的。

「不好意思，有件事想徵詢姊姊的意見。」

泉美說明的來意，使真由美有種「咦？」的感覺。不是「想請教」，而是「想徵詢意見」。

換句話說，她們會來並不是為了學校的課業或魔法的學習。

「什麼事？」

「姊姊知道七寶家當家是怎麼樣的人嗎？」

真由美聽到香澄詢問，首先浮現「為什麼問這種事？」的念頭，但她內心立刻有底。

「小澄……」

真由美無須確認妹妹們的反應，就自覺雙眼直盯著她們兩人。

「什……什麼事？」

不只是聲音走音，眼神也在游移。真由美看到香澄的反應，確定自己的直覺正確。

「妳和七寶學弟起了爭執對吧？」

「姊姊為什麼會知道？」

香澄沒有裝傻就立刻（等同於）招供——不對，她個人想裝傻帶過，但真由美的語氣過於斷定，讓她不由得老實回應。

「妳啊……」

「姊姊，請等一下。」

真由美立刻展現說教態勢，泉美見狀便從旁制止。

「香澄確實差點和七寶同學發生私人鬥爭，但今天的事件不只是香澄的錯，七寶同學才應該負起更大的責任。」

真由美朝泉美投以質疑目光，但泉美的視線堅定不移。於是真由美「呼……」地嘆了一大口氣，放鬆表情。

「知道了，我就相信妳說的吧。」

兩人聽到這句話，這次輪到香澄「呼……」地嘆口氣不再緊張。香澄朝泉美一瞥，不知道是不是為了要傳達「感謝！」的心情才這麼做。

「所以妳們才想知道七寶家當家的人品吧？」

真由美微閉雙眼，一副稍微思索的樣子。

「這個嘛……雖然我也不是當面接觸過……不過記得是一位踏實又周到的人。」

「踏實又周到？」

泉美以不得要領的表情回問。「踏實又周到」這種評價過於常見，她不認為是特徵。

「對。踏實又周到，猜不出他心底在想什麼。會設下好幾層策略，將風險降到最小，不貪婪獲取利益，務求確實回本。他是這種類型的人。」

真由美是正確理解到妹妹的疑問才如此回答。但這樣的回答令妹妹感到新的疑問。

「可是，這樣的話……」

「是的。我覺得這種風格，果然和七寶同學對香澄的態度成對比。」

「那麼，他並不是以七寶家的立場打鬼主意？」

「不過即使要打什麼主意，高中生的力量還是有限。魔法力再強也真的沒有什麼了不起，七寶同學應該也明白這種事吧？」

「難道那個傢伙有七寶家以外的後盾？」

「……這想法會不會太跳躍了？」

妹妹們的推理逐漸變得偏激，真由美不得不插嘴。

「……啊哈，說得也是。」

「……確實是想太多了。」

香澄與泉美說完都笑了，但兩人都不像是由衷認同真由美這種說法。

在真紀說話時，弘一連一句話都沒有插嘴。他在真紀說完之後，拿起桌上的紅酒杯，將剩下約四分之一的紅寶石色液體一飲而盡，再把玻璃杯放回桌面，發出了輕微的聲響。

「換句話說……」

弘一至此終於將視線移回真紀。

「令尊想毀棄之前和反魔法主義者所訂下的密約？」

「是的。」真紀明確點頭，回應弘一以緩慢語氣提出的詢問。

「我認為反魔法主義是不切實際又有害的主張。和這種人聯手，到最後只會自掘墳墓。我也已經讓家父理解這一點。」

「謝謝。看來妳是能進行理性判斷的人。」

弘一微微低頭致意，再以視線催促真紀說下去。

「我認為魔法的實用性，應該在社會得到更好的評價。不只是軍警，例如在報導或影視娛樂的領域，也有許多可以大顯身手的空間。這就是我的看法。」

「報導就算了，娛樂？這點子挺創新的。」

「希望您別誤會，我不是意圖將各位魔法師當成取悅觀眾的演員。我完全不打算讓魔法成為新穎的雜耍表演。」

「喔？」

「拍電影往往伴隨著危險。此外，也經常會煩惱特效或替身無法表現真實感的問題。對於媒體從業人員當然不用說，對於演員或是片組人員來說，魔法的價值都是無法估計的。」

「……所以？」

弘一以深感興趣的表情催促她說下去。

「我相信，即使是沒有達到實戰等級而不得志的魔法師，在電影或報導的世界，應該也有許多地方能讓他們展現實力。」

「原來如此。」

「我想招募沒有機會大顯身手的魔法師們，讓他們盡情發揮魔法這種寶貴的才能。為此，我也準備了必定能令人滿意的酬勞。」

真紀至此暫時停下來觀察弘一的臉色。她輕輕地吸了一口氣，以「看似」絞盡勇氣的表情向弘一訴說：

「我在各位魔法師眼中是局外人，也還沒有能夠親密來往的親緣。但我想成為各位魔法師的好鄰居與摯友。請您務必理解這一點。」

「所以妳才妨礙反魔法主義者的謀略？」

「或許只是棉薄之力，但我希望盡可能展現誠意。」

「相對的，妳希望我們這邊認同妳招募魔法師的行徑。這就是妳的意思吧？」

弘一先一步點明真紀的要求。但真紀看起來沒有因此感到慌張。這種程度的洞察力在她的計算之內。

「我不打算厚臉皮求得您的認可……只要默認就夠了。」

弘一愉快地注視了真紀好一陣子。

「小和村小姐，看來妳似乎不只是演技高明，談判技巧也很優秀。」

弘一當然不單只是正如字面對真紀讚不絕口。真紀集中意識，以免漏看弘一的真正用意。不過她沒有必要這麼做。

「只是妳太巧妙隱藏真心話，這部分算是相當可惜。在某些時候與場合，主動透露真心話更能引對方讓步。」

弘一很乾脆地亮出底牌。

「妳的話語沒有虛假。但妳將魔法師收為棋子的目的，不只是為了拍片。妳召集魔法師，也是想當成更直接的力量。我有說錯嗎？」

真紀的表情亂了分寸。但這真的只是一瞬間的事。她以己身的演技壓制內心的慌亂。

「恕我有眼不識泰山。」

在弘一眼中，真紀看起來是抱持著誠意在向自己謝罪。這個正向評價為真紀帶來勝利。

「只要妳不對我七草家相關的魔法師出手，我就不會妨礙妳。」

真紀看向下方的視線驟然揚起。

「真的嗎？」

她此時的表情脫離了自身的控制，卻不構成扣分要素。

「我保證。」

「謝謝您。」

真紀得知自己贏了這場賭局。和七草弘一的爾虞我詐是她技不如人。但真紀成功排除了實現自己內心所描繪的「新秩序(New Order)」過程中，成為最大阻礙的擔憂要素。

◇◇◇

弘一送真紀離開之後回到自己房間，將房門鎖緊再走向電話機。按下撥號鍵等待十秒之後，桌上小螢幕映出九島老者的臉。

「老師，抱歉這麼晚打擾您。」

弘一不是以「宗師」或「閣下」稱呼九島，而是使用「老師」。這是他當年和四葉深夜、四葉真夜一起私下接受九島指導時養成的習慣。

『無妨。是要講重要的事情吧？』

「是的。要和您商量極為重要的事情。」

弘一說著稍微往桌面探出身子。從鏡頭另一邊來看，應該像是將臉湊過來討論祕密吧。事實上，弘一接下來要進行的既是密談，也是要討論陰謀。

「其實，剛才有媒體相關人士來訪。」

弘一以此作為開場白，說明USNA的人類主義者（反魔法主義者）企圖操作國內的媒體相關人士，進行不利於魔法師的負面宣傳。

「聽訪客今天的說法，感覺他們已經大幅深入媒體。」

『以你的本事，不可能今天才知道。你已經將媒體操作計畫查得一清二楚了吧？』

九島笑也不笑地如此詢問。

「原來被您看穿了。」

弘一毫不內疚地承認九島的指摘。

反倒是九島變了表情。

『我姑且問一下。』

九島以顯露疲態的表情詢問。

『你有什麼企圖？』

「四葉的力量太強，甚至足以在不久的將來，瓦解十師族以及國家力量的平衡。老師不這麼認為嗎？」

弘一對九島的詢問，做出乍看毫無關係的回應。

『你想利用反魔法主義者來削減四葉的力量？』

不過，九島幾乎完全理解了弘一要說什麼。這意味著九島老者和弘一抱持相同擔憂。

「第一高中有個學生和一〇一旅交情匪淺。管理十幾歲少年的高中和軍方勾結。您不覺得這是媒體或『人道派』政治家喜歡的題材嗎？」

『令嬡們也就讀第一高中吧？』

「在這種狀況下，學生只會是受害者的身分。」

『記得第一高中的校長是中立派……是拒絕加入你派系的人物。』

「是的。不過這是小事。我重視的是一〇一旅和四葉的關係。」

九島間隔十秒以上才說出下一句回應。

『……這就是你的企圖嗎？』

「不只如此，但這部分還只是推測。所以老師，您意下如何？我認為就某種程度容忍負面宣傳，也可以緩和反魔法主義的風潮。他們的抨擊對象還只是高中生，若能巧妙操作，也有機會將輿論矛頭指向反魔法主義。我認為這個計畫對於十師族來說有好處。」

『我並非處於能夠認可你計畫的立場。我從來沒有得到過這種權限。』

「您即使沒有權限，也具備影響力。」

『……我不反對你的計畫。』

「這樣就夠了。感謝老師。」

弘一露出滿意的表情，結束通話。畫面消失前的九島露出和自身年齡相稱的表情，表情當中沒有任何精神。

[9]

西元二〇九六年四月十四日，星期六的夜晚。名義上是司波龍郎家，實際上是達也兄妹住處的這個家，來了兩名稀客。

「這裡是達也哥哥的家？」

弟弟站在門前投以「不會太平凡嗎？」的視線詢問。亞夜子笑著點頭回應他。

「我可以理解你想這麼問的心情，但確實是這裡沒錯。」

在這對姊弟的認知當中，達也他們兄妹是和「平凡」這個詞最無緣的存在。這對兄妹更適合住在遠離人煙的古老西式宅邸，或是高聳圍牆環繞的祕密研究所，甚至可以說他們應該這麼做。這對姊弟一致如此認為。

不過，亞夜子手上的地圖檔案是葉山直接給的，所以不可能造假。文彌邊壓抑著無法接受的心情，邊按下門柱上的門鈴。

『喂，請問是哪位？』

回應的是姊弟沒有聽過的聲音。黑羽姊弟上一次聽到達也他們兄妹的聲音，是兩人今年一月三日回本家拜年的時候。雖然經過了整整三個月，但姊弟有自信絕對不會聽錯他們的聲音。

「我是黑羽文彌。請問司波達也先生在家嗎？」

即使如此，文彌仍沒有因此不自然地結巴，在自報姓名之後告知來意。對方間隔一段時間才回應，應該是在確認達也的意願。雖然沒事先通知就突然造訪，但看來沒有撲了個空。這讓文彌鬆了口氣。

『請進。』

外門響起了解鎖的細微馬達聲。文彌推開鏤空藤蔓花紋雕刻的門。他還沒有踏入門內，玄關的門就先行開啟了。身穿黑色連身裙加白色圍裙的少女從屋內現身，向兩人深深行禮致意。

姊弟在水波帶領之下來到客廳，等待他們的只有達也一人。

「文彌、亞夜子，好久不見。」

達也坐著向他們打招呼，但亞夜子的心情沒有因此受到影響，還直接坐在達也正前方——沒有等達也邀坐。

「姊姊！」

獨自規矩站著的文彌責備姊姊沒有禮貌，但亞夜子把這當成耳邊風。

不，她也並非無視一切。亞夜子一坐下，視線就筆直朝向前方，並馬上將雙手併攏放在裙子上，恭敬行禮。

「達也哥哥，好久不見。今天沒預先說好就在這種時間造訪，請原諒我們的無禮。」

「不用介意這種事。我們雖然只是從表兄妹，但也是親戚，而且彼此都是高中生。同樣就讀高中的親戚來訪，沒有必要每次都預先通知。」

「感謝您的原諒……文彌，你在做什麼？你也快來向達也哥哥問候吧。」

亞夜子講得咄咄逼人。但文彌基本上生性正經，若是己方有錯就沒有辦法無視。

「文彌也坐吧。這麼拘謹沒有辦法好好聊。」

達也笑著向基於無法接受的心情而站著不動的文彌這麼說。被達也催促坐下的文彌似乎也勉強平復了情緒，聽話坐在亞夜子身旁。

「達也哥哥，好久不見。」

文彌簡單低頭致意。但這不是和達也有隔閡或是瞧不起他使然，是久違三個月見到尊敬的從表哥而緊張。

這時深雪與水波剛好同時來到客廳。深雪兩手空空，水波則端著有四個茶杯的托盤。

「亞夜子、文彌，歡迎光臨。」

深雪將成熟風格的過膝傘襬裙整理好之後，坐在達也身邊。一如往常只在家裡穿得清涼的深雪，為了迎接突來的訪客而換上外出服。

「深雪姊姊，打擾了。」

亞夜子像是不想輸給深雪，刻意起身恭敬行禮。古典風格的連身裙輕盈展開，裙襬隨著她的動作華麗擺動。姊姊展現的競爭心態，使文彌露出一副「頭好痛」的表情搖頭（順帶一提，文彌今天的服裝是平凡的男裝，也沒有戴假髮）。達也看著兩人，覺得這場面也挺溫馨。

亞夜子再度坐下時，水波將茶杯放在桌面。

「不好意思，在這種深夜時分前來打擾……但我們明天上午非得回到濱松不可。」

文彌在進入正題之前如此說明，總算平復了場中的氣氛。

「現在這時間也還不到深夜那麼晚。」

實際上，如果在這時候才吃完晚餐有點晚，卻不是這兩人來訪會造成困擾的時間。因為對於達也來說，文彌與亞夜子是年齡最為相近的親戚，也是少數確認至少不是敵人的自家人。

「這麼說來，我還沒有祝賀過吧？恭喜兩位考上第四高中。」

「以兩人的實力來說是理所當然的就是了。亞夜子、文彌，恭喜你們。」

深雪接續達也的話語，面帶笑容祝賀。別說放榜，入學典禮結束至今已經一週了，但彼此是久違三個月直接交談。

「謝謝達也哥哥、深雪姊姊。」

「其實我們也想過就讀第一高中。」

亞夜子道謝之後，文彌以形容為苦笑來說有點苦澀過度的表情，接著這麼說。

「但是家裡說，我們過於集中在相同地方不太好。」

「姨母大人這麼說？」

亞夜子點頭回應深雪的詢問。

「雖然當家不是親口吩咐……」

「不過是透過葉山先生如此指示家父，所以我們放棄就讀第一高中。」

不提真正的想法，光看亞夜子的表情似乎不太執著，但文彌看起來相當不捨。

「既然姨母大人禁止，那就沒有辦法了。」

達也「姑且」以「似乎」很遺憾的語氣安慰文彌，然後假裝不經意地換個話題。

「話說回來，你們今天怎麼會來東京？記得關東這邊的『工作』不是文彌負責吧？」

達也一說出「工作」這個詞，文彌就像是回想起來般正襟危坐。

「其實，我們有事情要轉告達也哥哥與深雪姊姊。」

文彌說到這裡，朝站在深雪斜後方待命的水波一瞥。

「不用在意水波。」

達也回應他以視線提出的詢問。

「這位是櫻井水波，深雪的守護者。」

追加的說明，使得文彌與亞夜子同時表露驚訝之情。

「咦，可是深雪姊姊……」

「達也哥哥，您不當深雪姊姊的守護者了？」

達也笑著搖頭回應亞夜子突然離題的詢問。

「不，沒有這回事。姨母大人應該也有各方面的考量吧。」

「這樣啊……」

亞夜子以意有所指的視線注視水波，但水波依然看著下方，沒有明顯的反應。

「我明白了。意思就是她在場也不成問題吧。」

文彌在氣氛變得尷尬之前，導正差點離題的話題。

「其實……現在，國外的反魔法師勢力正試圖操作媒體。」

深雪聽到這句話，如同要驚呼般微微睜大雙眼。

「哪裡的人？」

達也沒有展露驚訝的樣子。至少從外在看不出變化。

「USNA的『人類主義者』。」

所謂的人類主義，即為具備宗教性質的魔法師排斥運動。他們斷定魔法對於人類而言是「不自然的力量」，人類必須只以上天（或神）賦予的「自然力量」活下去。

「這種人類主義者，在很久以前就已經入侵國內了。這次的族群不一樣？」

人類主義從北美利堅大陸東岸擴張勢力，如今日本國內響應的人數也多到無法忽略。

「不，我認為根源應該相同。大概是計畫進入新的階段了吧。」

達也從某個情報來源掌握到人類主義的「源頭」。雖然沒有向他們回報，但四葉本家是否也已把握到人類主義的組織構造了？

「利用媒體進行反魔法師活動嗎……」

達也當然無法開口詢問這種事。這等於招供自己隱瞞情報一事。達也將注意力切換回當前提到的問題。

「不只是媒體，還找上在野黨的國會議員。」

文彌以自己的話語補足達也的詢問。

「標榜維護魔法師的人權，首先批判將魔法利用在軍事，接著以魔法大學畢業生有四成從軍為根據，捏造魔法教育機構和軍方勾結的假象，第三階段是鎖定最多畢業生進入魔法大學的第一高中，宣稱『解放即將被利用在軍事的孩子們』。這是目前查到他們所使用的劇本。」

文彌結束漫長的說明之後，暫時喝口茶潤了潤喉嚨。當他再度抬起頭時，達也朝文彌投以讚許的視線。

黑羽家在四葉一族中是擔任諜報的分家。他們具備豐富的徵信手段，其使用手段不僅止於魔

法，還包含竊聽、系統入侵，甚至傳統的人力調查。不過設備與人材再怎麼齊全，要是無法純熟運用，就無法揭發隱藏在各事象背後的劇本。文彌不只是查出現在發生的事，還能預測對方的下一步，證明他純熟運用了黑羽家的組織力。

「文彌，虧你有辦法查得這麼清楚。了不起。」

「啊，不……謝謝哥哥稱讚。」

剛才一鼓作氣講完那段漫長話語的文彌，語氣突然結巴。仔細一看，他的臉也變紅了。光看這樣會覺得文彌似乎有某種不同於常人的癖好，但這是誤會。文彌單純只是在高興。

「文彌真的很喜歡達也哥哥耶。」

但現在的文彌所給人的感覺，卻讓人即使明知如此還是會忍不住想捉弄他。

「姊姊！不要講些會讓人誤會的話啦！」

「哎呀，是誤會？原來你不喜歡達也哥哥啊。」

「以姊姊的說法，會變成另一種『喜歡』吧！」

「嗯？你是說哪一種？」

「就是……」

看著姊弟嬉鬧的三人——達也、深雪、水波，一致認為「姊弟倆感情真好」。但達也略帶著苦笑，深雪掛著微笑，水波維持冷淡。臉上的表情各自顯示心情上的差異。

再更稍微詳細說明這場針對第一高中進行的宣傳戰之後，文彌與亞夜子便動身前往東京都心的飯店。他們直到最後都沒有說出情報來源與收集情報的方法，但這應該是他們想要隱藏的底牌吧。達也不打算批評他們見外。因為達也自己也沒有勸過兩人「時間晚了，在家裡過夜吧」半次，所以彼此彼此。

而且——先不提獲取情報的方法，關於兩人的情報來源達也不用問也知道。文彌說明的「細節」，甚至包含七草弘一向九島烈提議共謀的情報。

文彌——應該說亞夜子的諜報能力無疑相當高明，黑羽的組織力在四葉一族裡應該也是首屈一指，但七草家當家不是會讓人輕易抓到狐狸尾巴的對手。如果對手是真由美，亞夜子或許有能耐應付，但是要文彌與亞夜子應付七草弘一，依然是過重的負擔。這恐怕是姨母以不明諜報手段取得的情報——達也在臥室床上，雙手交疊在頭後躺著思考這種事。

想到被四葉真夜玩弄於股掌之間就不是滋味，但也不能置之不理。數週到一個月內的不久將來，第一高中將會直接受到反魔法勢力底下的媒體與政治家攻擊。考量到不知道這件事的後果，這個情報無疑是有益的情報。達也邊對此感到無法釋懷，邊思索著該如何應付這種狀況。

國立魔法大學設立於國防陸軍練馬基地遺址。這是在擴張朝霞基地時吸收並整合練馬基地之後，有效利用空出來的土地。其實魔法大學建設計畫的定案，也加速了練馬與朝霞的整合。

像這樣從成立過程來看，就知道大學和軍方關係密切。魔法大學畢業生有四成從軍或進入軍事相關機構——即使多少有種過於偏頗的感覺，但考量到社會對魔法師的需求，會有這種現象也並非不自然。但是，大學氣氛也不像軍事教育機構那麼規律（也可以形容為拘束）。例如服裝就是學生的自由，而且即使是相當花俏或輕便的穿著，只要不骯髒邋遢就不會遭到責備。即使真的有人責備，也幾乎僅止於學生之間的忠告。至於其他方面，也有種甚至比魔法科高中還要自由的感覺。真由美只花半個月就察覺到了這一點。

順帶一提，真由美今天的穿著是粉色系露肩A字連身裙，加上七分袖開襟上衣。開襟上衣是粗紋的薄毛線衣，而連身裙雖然是長裙，但裙襬有十五公分是蕾絲紡織，因此薄褲襪包裹的雙腿隱約可見。這套打扮比高中制服清涼許多，但沒有學生或教職員對她投以責難的目光。

她正前往咖啡廳赴約。對象是同為魔法大學一年級的男學生。即使如此，她卻不緊張也不激動。因為約真由美見面的對象，是她非常熟悉的一個人。

真由美在踏入咖啡廳的一瞬間，突然覺得頭昏眼花。不是身體不舒服，是情侶比例過高導致心理受創。她知道這些人大部分不是玩玩，而是認真交往，但是這種知識不太能安撫單身的真由美。她也和一般人一樣想談戀愛。她看到如膠似漆的情侶，腦中會閃過「羨慕」與「滾去旁邊」的想法。她當然不可能承認自己這麼想，而且也不願自覺，這部分和大多數人沒有兩樣。

約見的對象和這種兩性關係無緣，或許也增幅了這種情感。其實並不是完全無緣，但是在某方面上兩人間的距離太近，使得真由美下意識排除這種可能性。

「十文字，讓你久等了。」

真由美一搭話，周圍的視線就集中到她這一桌。在魔法大學裡，沒有人不知道「十文字」的意思。但是沒有看過十文字的人似乎還不少。面向這裡的人們之中，隨處可見像是在說「就是他啊」的表情。

「不，我也是五分鐘前才到。」

不是剛到，而是五分鐘前到。很有克人風格的這個說法，使真由美微微一笑。

「七草，抱歉讓妳專程跑一趟。」

克人追加的這句話，使得偷窺的視線越來越多。沒有因為「十文字」這個姓氏而移動目光的那些有「良知」的學生，也無法不對「七草」這個姓氏有所反應。幾乎沒有學生不知道真由美今年就讀魔法大學。只要不是相當不食人間煙火的人，不問男女都無法忽略七草真由美入學的情報——此外，男學生會特別關心這件事當然無須多說。

說到真由美，她很自然地無視於集中在自己身上的數十對視線，坐在克人正對面。

「別在意。十文字會找我過來，想必是有重要的事情吧？」

真由美輕輕一笑，注視克人的雙眼。

「而且還約在這麼多人的地方。」

真由美知道周圍謠傳她是克人的配偶候選人。看兩人表面上的關係，就知道這絕對不是錯誤的想像，應該說越是熟悉魔法師各種隱情的人越會這麼認為。事實上，七草家與十文字家也提過這種事。目前比起十文字家，有個現年二十歲繼承人兒子的五輪家更迫切希望和真由美締結好姻緣，所以先不提十文字家，七草家這邊並未採取具體行動撮合真由美與克人，但是在「候選人」的意義上，這個傳聞是正確的。

真由美壞心地提到「這麼多人的地方」，意思就是在問克人是否可以做出這種給愛聊八卦的人提供題材的行徑。真由美當然是開玩笑，但若問她是否完全不在意這件事，她無法完全否定。先不提她對克人的好惡，一旦克人成為配偶候選人，即使是第二順位，她今後也很難將克人視為普通朋友。

「但我覺得比起約在莫名人少的地方來得好。」

所以克人回以乍聽是「紳士」，但其實是「大木頭」的話語時，真由美感覺只有自己在意這種事而無法釋懷。克人的穿著是不打領帶的平凡休閒西裝，毫無刻意打扮的感覺，讓人一眼就能看出他沒有那種意思，使得真由美更不是滋味。不過真由美察覺克人手邊的新聞內容之後，就無法思考這種「和平」的事情。

「……真討厭的內容。」

放在桌上的電子紙列出了「軍用魔法師的實情」、「徵用青少年當兵器的國防軍」、「被魔法師支配的國防」、「受禮遇的魔法軍官」等標題。論點分成兩個極端，一邊是批判利用魔法師的國防軍，一邊是批判魔法師受到偏袒待遇，但兩者皆將魔法師與國防軍視為同夥批判。

「其中一邊是假裝成代為辯護魔法師的權利，實際上卻是想將魔法師排除在社會之外吧？這種偽善報導更惡質。你不覺得嗎？」

克人沒有回應真由美的牢騷，從腰帶皮套取出了行動終端裝置造型的ＣＡＤ，並以熟練動作操作著。

魔法大學不像高中禁止學生在校內攜帶ＣＡＤ，魔法使用限制也沒有市區嚴格。研究室或實習室只以黑名單方式禁止某些特別危險的魔法，和研究或實習無關的一般區域，也以許可清單的方式准許使用各種魔法。克人現在構築出來的隔音力場，也是校內准許使用的魔法。

「是這麼重要的事？」

不用說，隔音力場是用來講祕密用的，但真由美與克人之間，並沒有必須避免隔牆有耳的隱私。看克人的表情也能知道，這次約見的用意很明顯絕對無法只以玩笑話或閒聊帶過。

「從這週開始，媒體的反魔法師報導突然開始增加了。」

克人說完，在電子紙終端裝置顯示預先過濾的報導一覽表。

「我也有這種感覺。」

克人直盯著以正經表情附和的真由美。

「那個……怎麼了？」

克人認真的眼神形容為嚴厲也不為過。真由美沒有出言消遣，直接詢問原因。

「媒體論調之所以分成兩派，是因為各自的消息來源不同。」

「意思是背後有兩股勢力？」

「如妳所知，我們十文字家不太擅長收集情報。」

克人沒有直接回答真由美，先暗示接下來要說的是十文字家調查的結果。

「我接下來所說的事情，沒有確切證據，但並非毫無根據。麻煩別生氣聽我說。」

「好啊，告訴我吧。」

真由美理解到這對她來說不是什麼愉快的話題，下意識地正襟危坐。

「兩種論調之中，在幕後煽動媒體批判國防軍的，很可能是七草家。」

「什……！」

不過，克人的話語超過了真由美的容忍限度。

「或許有其他共謀勢力，但至少七草家占了很大的比重。」

「不可能有這種事！」

真由美拍桌起身。即使聲音因為隔音力場而沒有傳出去，但這種魔法不會隔絕光線，所以真由美迅速起身的樣子引起咖啡廳眾人注目。來自四面八方的疑惑視線，使得真由美害羞地低著頭坐下。但她坐下抬頭之後，雙眼穩穩注視正前方的克人。

「家父確實是喜歡在幕後布局的謀略家，有時連我這個女兒也不知道他在想什麼。」

她的雙眼所蘊含的火焰，足以反彈克人視線的壓力。

「但是，無論基於何種理由，他都不會忘記十師族肩負的職責，不可能做出不利於日本魔法界的事。」

克人承受真由美釋放的熱量，靜靜回話。

「那麼，七草閣下大概是覺得這麼做有利於日本魔法界吧。」

話語蘊含的質量，甚至在意識深處轟然作響。

「別胡說。他們講這種話……」

真由美說著指向電子紙顯示的其中一則報導。

「結果也只是在宣揚世界上沒有魔法師比較好。這種擁護魔法師人權的說法，看在所有人眼中都只是表面工夫，你以為家父會被這種東西騙？即使是十文字說的，這也是我不能當成沒有聽到的侮辱。」

「我沒有想講得這麼失禮的意思。」

克人回應咄咄逼人的真由美時，話中完全沒有辯解成分。讓人感受到強烈確信的這份態度，使得真由美的頭腦稍微冷卻了下來。

「意思是家父明知對方有排斥魔法師的意圖，卻基於其他目的放任他們這麼做？」

「我不曉得那究竟是基於什麼目的，只知道七草閣下，正在進行乍看之下像是背叛十師族的媒體操作。」

真由美朝克人投以更強烈的目光。

克人的雙眼並未因這股視線而產生任何動搖。

「……好吧。十文字，今晚有事要忙嗎？」

「沒有。」

「既然這樣，方便來我家一趟嗎？十文字說的是否屬實，我想當面詢問父親，所以希望你能幫忙見證。」

「我明白了。妳願意這麼做，也幫了我一個大忙。」

◇◇◇

雖然十師族是日本魔法師的代表，但卻也不是傳承數百年的名門。原本造訪大學朋友家的時候，不需要每次都先由家裡相互知會。但克人今天的造訪，是要和真由美一起見七草家當家七草弘一。克人以十文字家代理當家的身分申請和弘一面會，獲准在指定的晚間八點造訪。

四月十八日星期三晚間七點五十九分，一輛自用黑頭車停在七草家玄關的下車處。從後座自行開門下車的，是穿西裝打領帶的巨大青年。客觀來看，他的體格不算特別龐大，只是普通的高大體格。青年之所以看起來巨大，原因在於和年齡不相稱的懾人風範。十文字家代理當家——十文字克人，即使高中畢業脫離高中生的範疇，份量依然不同凡響。

出來迎接他的是七草家長女——七草真由美。身穿穩重色調及踝連身裙正裝的真由美，向克人行禮致意之後負責帶路。晚間八點整，克人進入七草家。

「調查得真清楚。」

在會客室和克人面談的七草弘一，很乾脆地承認了「反魔法師報導這一派是您教唆的嗎？」這個詢問形式的推測。

「父親大人！您怎麼這樣！」

氣急敗壞的真由美，逼問厚著臉皮點頭的父親。

「真由美，冷靜下來。妳為什麼激動成這樣？」

弘一真的對女兒這種激烈反應感到詫異，規勸真由美要她冷靜。

「這要我怎麼冷靜得下來呢！父親大人的所作所為是對十師族——不，是對日本魔法界的背叛呀！」

女兒從沙發起身瞪過來，弘一面不改色地坐著承受她嚴厲的視線。

「不是背叛。真由美，妳誤會了。」

「我哪裡——」

「七草。」

真由美想進一步質詢父親，但坐在旁邊的克人出言制止，使她想起現在場中不只他們父女，因而不情不願地閉嘴坐下。

「七草先生。」

克人感覺到真由美先暫時冷靜下來之後，將目光移向弘一。

「我不懂您的想法，所以希望您說明一下。」

弘一將身體稍微向前傾，看向克人的雙眼。

「這是以十文字家身分提出的要求嗎？」

「是以十文字家身分提出的問題。」

弘一讓前傾的上半身回到椅背，輕輕嘆出長長的一口氣。

「既然是同為十師族的十文字家詢問七草家，我就老實回答吧。」

弘一效法從剛才就一絲不苟的克人正襟危坐。

「我要預先聲明以免誤解，這次的宣傳是由外國的反魔法勢力率先進行。他們不只是單純提供情報給媒體，還提供資金援助。」

「援助資金給媒體？」

「無論是捐贈或是宣傳，理由可以隨便編，名義也可以想辦法搪塞。」

弘一洋溢著寧靜的自信，回答克人的疑問。關於這種幕後工作，弘一比克人高明。克人也明白這一點，所以沒有進一步提出無謂的問題。

「那麼，七草先生介入媒體，是一種對抗措施？」

「克人，你知道對抗『輿論』的有效手段是什麼嗎？」

弘一突然以教師般的語氣詢問。但克人沒有要回答的意思，因為他知道弘一並非想聽回答才如此詢問。

「『觀點』原本是一種意見、一種判斷，由某人述說，並由某人接受。觀點屬於提出主張的人所有，而提出主張的人必須要為其負責。」

不曉得弘一是刻意還是下意識改變語氣。弘一和克人有著年齡差距，且一人是十師族當家，一人只不過是十師族當家的兒子暨代理。考量到表面立場的差異，就不該責備弘一的遣詞用句，反倒可以說這樣還比較自然。

「若知道提出觀點的人是誰，就可以輕易反駁。只要質詢這個人，揪出邏輯的破綻，使其承認錯誤就好。而且說不定也有辦法藉由指摘彼此主張所暗藏的缺陷，來找出妥協點。」

所以，克人沒有對弘一高姿態的語氣起反感。

「但要反駁『輿論』很困難。因為找不到可以反駁的對象。」

即使弘一這番話令克人感到乏味也一樣。

「雖說是輿論，但只要它是一種觀點，就必定是由某人所提出，並且反映某人的利害關係。但是提出主張的人隱藏在『市民』跟『社會』背後，沒有出面議論。媒體只負責傳達『市民』的聲音，活動家只負責提出『民眾』的要求，政治家只負責遵循『國民』的意見。輿論由誰提出，又反映何種立場人士的利害關係——即使查得出這種事，他們也不會負起以輿論代言人或觀念提出者的身分成為眾矢之的的義務。」

只是，克人不得不質疑弘一講得如此拐彎抹角的真正用意。

「輿論有一種先下手為強的特性。」

大概是克人把對弘一的嚴苛見解表現在臉上了，弘一輕聲一笑，恢復為原本客氣又柔和的遣詞用句。

「最早獲得多數支持者的輿論，會成為當時當地的正義，對反對者造成壓力。即使公理在反對者這邊，即使輿論有幼稚的缺陷，也無法以公理或批判缺陷來對抗輿論。因為找不到可以反駁的對象，從一開始就無從議論。」

「父親大人，您的意思是這次的反魔法主義者『先下手』了嗎？」

至今掛著不滿表情安分聆聽的真由美，以不耐煩的語氣插嘴。

「反魔法主義的種子，早在一年多之前就已經灑下。對方正是看透我們基於立場無法反駁才這麼做。」

弘一簡單應付女兒即將爆發的不悅情緒，接著立刻將視線移回克人。

「就算反駁輿論也沒有什麼效果。那麼克人，你覺得該如何對抗輿論？」

「使其分裂就行了吧。」

克人很乾脆地回答，沒有過於煩惱或賣關子。不只是他，培育為十師族支柱的人，理所當然地會得出這個答案——得出不是唯一也不是絕對，只是「或許」正確的這個答案。

「說對了。」

彼此都知道這不是唯一的正確答案，但弘一依然高談闊論。

「先提出的輿論如果大致上令人同意，就不會成為異教徒獵殺的對象。而輿論很容易因為有如枝葉末端般細微的差異產生分裂。只要沒有人繼續主張，分裂的輿論將會失去氣勢，之後就會被世人遺忘。」

「這樣違反七草先生所說的輿論定義吧？」

弘一以滿意的笑容點頭回應克人的指摘。

「克人，一點都沒錯。只要主事者繼續隱藏真面目，就無法維持失勢的輿論。若繼續隱藏真面目，即使想再度點燃退燒的輿論，也只會被民眾看透而引發反彈。因為民眾愚蠢到會被操縱一次，但也聰明到不會再度中相同的計。」

「所以您刻意主導這種矛頭已轉向他處的反魔法師活動？」

「克人，這是一種宣洩手法。沒有力量的人，難免會嫉妒擁有力量的人，縱使這種力量是魔法也不例外。嫉妒心一旦甦醒，那不管用糖果還是鞭子都無法克制，只能使其發散到某種程度。在整合為一股大火之前，分散火種化為複數的小火，滅火速度也比較快。」

弘一終於停語。真由美一副無法認同卻也無法反駁的表情。

「小火比大火好。原來如此，這是當然。」

至於克人則是低沉說出這番話，以炯炯有神的目光看向弘一。

「不過，也有人因為小火災喪命。要是因為分散火種而來不及滅火，小火就是不會熄滅的小火，也可能成為奪走人命的火災。」

「這是假設。」

「彼此彼此。」

克人和弘一四目相對，並在看出對方不再開口之後起身。

「七草閣下。」

克人以師族會議處於對等立場的敬稱稱呼弘一。

「十文字家對七草家的媒體操作行徑表達遺憾，要求立刻停止參與反魔法師行動。」

「七草家要求十文字家提出書面抗議。看到正式抗議狀以後再行回覆。」

弘一也起身微微抬頭看著克人如此回應。

「我明白了。我返家就立刻撰文。」

「抱歉今天勞煩您專程跑一趟。真由美，十文字閣下要走了，送他到玄關。」

克人默默向弘一行禮致意，弘一也默默回禮。克人轉身時，真由美連忙移動到他前方，為前往玄關的他帶路。

真由美目送克人離去之後再回來時，弘一還留在會客室。真由美掛著嚴肅表情，站到悠閒坐在沙發上的父親面前。

「真由美，怎麼了？坐吧，不用客氣。」

弘一深靠在沙發上，交疊雙腳展現從容態度。真由美不發一語地坐在他的正對面。

「我預料得到妳想說什麼……不過說說看吧。」

「父親大人的預料應該沒錯。我認為十文字的意見比較有理。」

真由美的堅定視線透露出她激烈捲動的情感，卻依然不失分寸。女兒的自制心讓弘一露出笑容，點頭表示佩服。

「妳會這麼認為也在所難免。因為克人與我剛才都只說出表面話。」

父親大言不慚地放話，使得真由美緊握雙拳。

「原來背後還有其他隱情，是嗎？」

「妳不知道？但克人似乎察覺了。」

真由美微微低頭，以免弘一看見她不甘心地咬緊牙關的表情。

「看來，克人的才幹果然在洋史之上。」

這裡提到的洋史，是五輪家的長子——五輪洋史。五輪家希望真由美嫁給洋史。弘一拿洋史和克人相比，代表他也有這個意思。但幸好這句話沒有傳入真由美耳中。

「真由美，九島老師也知道這件事。老師沒有反對我的想法。」

弘一朝女兒耳朵扔下這顆炸彈，代替剛才沒有傳達的低語。

「宗師他……？」

正如弘一的企圖，真由美因為感到疑惑而支支吾吾，但她沒有因此收起矛頭。

「我不曉得宗師有什麼想法。我只知道這樣無故擾亂同國魔法師人生的做法是錯的。」

女兒出乎預料不肯罷休，讓弘一由衷感到意外。

「再久頂多也只是一個月。我不打算任其演變成影響人生的誇張事態。」

「即使僅短短一個月或一星期，無情的中傷也會造成一輩子的傷害。心懷惡意動筆會比揮劍留下更深刻的傷痕……我認為筆勝於劍的情形，並不只出現在將筆當成善良之力的狀況。」

如果是平常的真由美，應該早就讓步了。女兒一反平日作風的強硬態度，使得弘一不經意感到疑問。

「真由美，妳究竟在為誰生氣？」

「咦……？」

「為了克人？還是為了某個第一高中的學弟妹？」

這個臨時想到而提出的問題，對真由美造成出乎意料的打擊。

「我並沒有……」

面對九島烈之名也沒有屈服的真由美，卻因此亂了分寸而愣在原地。

雖然社會大眾對魔法師的責難與日俱增，但學校屬於一種自治領域。雖然獨立性不足以擁有治外法權，卻無疑是和外界有某種程度隔閡的社會。第一高中校內目前也很平靜。不過達也在聽過文彌那番話之後，確信這只是暴風雨前的寧靜。

四月十九日星期四夜晚，宣告暴風雨來襲的通知，終於透過電話傳達給達也。

『達也哥哥，謝謝您在我們上次突然造訪時依然盛情款待。』

「不用客氣。」

雖說是盛情款待，也只是端茶與茶點出來招待他們而已。達也知道亞夜子是說客套話，所以沒有跟著回以奉承或謙虛的話語。

「不提這個，妳今天要提供什麼新聞？」

『達也哥哥，稍微陪我閒聊一下也無妨吧？』

「改天再說。」

亞夜子不知道該生氣還是傻眼，在兩種情緒之間猶疑不定，最後選擇放棄。

『總之……今天就閒聊到這裡。因為確實有重要事情要說。』

「告訴我吧。」

達也在開口之前，就已將注意力集中在「重要事情」上。雖然隔著畫面，但在達也那道簡直能把畫面挖出一個洞的強烈視線注視之下，亞夜子害羞地移開目光。

『關於文彌上次提到的那件事，確定具體行程了。』

不過，即使感到嬌羞，亞夜子依然確實完成自己的職責。她在這方面，並非外表所見的愛趕流行的少女。

『下週三四月二十五日，國會議員將到第一高中視察。』

「民權黨的神田議員嗎？」

『是的。哥哥真清楚。』

「應該說這太不令人感到意外了吧？」

神田議員是在野黨的年輕政治家，也是極端抨擊國防軍的著名人權派人物。從這週開始，他的曝光度突然增加。他在媒體展現的言行，乍看之下是假裝站在魔法師這邊，但其實是想將魔法師逐出國防軍。有稍微仔細觀察的人都明白這一點。

『說得也是。』

亞夜子發出小小的笑聲，大概是覺得達也說得很中肯。

『這位神田議員，似乎會帶著平常跟班的記者闖進第一高中。』

「闖進來做什麼？」

『這就不清楚了。』

「意思就是對方設局的規模不大吧。」

達也想都沒有想就露出可以理解的表情，點頭回應亞夜子。

『到底要怎麼曲解才會得出這種解釋啊……？』

這段對話只由達也與亞夜子進行。深雪不在達也身旁，文彌也不在亞夜子身邊。大概也是因為無人旁觀而不受拘束的關係，亞夜子在對達也的回應感到目瞪口呆時，露出了與年齡相稱的稚嫩表情。

「如果對方在準備大規模的舞台的話，亞夜子不可能不知道吧？」

『……我就把這句話當作是稱讚吧。』

「沒關係，我就是在稱讚妳。」

語塞的亞夜子好不容易說出（自認）冷靜的回應，卻立刻遭受達也更正經的追擊，因而真的啞口無言。

『達也哥哥……您難道是明知故犯？』

「什麼事？」

『您這個人真是……不，沒事。』

亞夜子看似想追究某些事，但面對達也銅牆鐵壁般完全看不出情感的撲克臉，她將湧到喉頭的話語吞了回去。其實這也是因為她即將開口時，想到自己並非為了這種事而打電話。

『如達也哥哥所說，對方看起來是沒有打算採取大規模的行動，大概是一如往常的作秀吧。不過跟在議員身邊的記者，或許想將事實灌水幾十倍來炒作。』

「原來如此，這就有可能。」

此時，達也在今晚首度在從表妹面前展現思索的樣子。不過只有五秒。達也將視線移回亞夜子身上，露出慰勞的微笑。

「謝謝妳的通知，我受益良多。」

『達也哥哥會以何種方式應付這次的事情，我拭目以待。』

亞夜子以裝模作樣的笑容回應達也的微笑，在行禮致意之後結束通話。

◇　◇　◇

隔天的四月二十日星期五，達也在開始上課之前，找梓與五十里來到學生會室。

「咦，這是天大的事情吧！」

梓得知在野黨議員即將前來視察，頂開椅子起身驚聲一呼。

「……需要這麼慌張嗎？」

一如往常和五十里形影不離的花音，質疑這種反應過於誇張。

「不，花音，這件事非同小可。」

五十里訓誡未婚妻的樂觀論點。

「神田議員的主張，表面看來是在擁護魔法師的權利。但他單方面斷定軍方吸收魔法師是錯的，從反方向來看這個論點，可以發現其中隱藏著妨礙魔法師和軍方合作的意圖。」

「我也大致能理解這一點，但神田這次的目標是軍方與學校，而不是我們吧？」

五十里不是站在花音這邊，而是梓與達也那邊。這似乎讓花音不太高興，於是她對五十里露出稍微不滿的表情並回嘴。

「即使我們的自由因此受損也一樣嗎？」

五十里的反問，使得花音露出了像是在說「咦？」的表情。花音還弄不清楚五十里究竟在擔心什麼。

「想阻止軍方活用魔法師的這些人要是掌握權力，一定會禁止我們魔法科高中生畢業之後選讀防衛大學，也會禁止魔法大學畢業生進入國防軍。甚至會限制我們關心國防問題吧。」

「也就是說他們打算進行思想管制？」

花音露出像是在說「不會吧」的表情詢問，而五十里則微微閉眼，搖頭表示否定。這不是在否定花音口頭上的詢問，是在否定她從表情提出的詢問。

「原理層面的和平主義，不允許分析母國面臨的軍事威脅及討論防衛軍備的必要性。只要稍微肯定軍隊存在的言論都會被悉數封殺，甚至不惜為此動用暴力手段。關於對我們進行思想管制這件事，他們應該沒有猶豫的理由。因為他們是那種可以一邊大肆宣傳魔法師的人權，一邊面不改色地打算剝奪魔法師選擇職業的自由的人。」

這番話意外惡毒。就連比任何人都還熟悉五十里的花音都略為怯懦，達也感到意外或許也是理所當然。不知道五十里是否曾經有過和「原理層面的和平主義」相關的不好回憶。

「……就是這樣，所以花音，不可以覺得這件事與自己無關喔。那麼，司波學弟打算如何應對呢？」

五十里大概也覺得自己過於激動了，他露出有些尷尬的客套笑容，試圖轉換話題。

「你就是因為已經想到某個點子，才會找我們來吧？」

「是的。」

達也簡短回應五十里，轉身向深雪使個眼神。從梓他們前來至今都在達也身後待命的深雪，將手上的電子黑板遞給梓與五十里。達也看兩人的視線都落在黑板上，便立刻開始說明。

「他們想批判魔法科高中化為軍事教育的場所，批判學校強迫學生從軍。既然這樣，那就展現軍事目的以外的魔法教育成果，就可以解決了不是嗎？」

達也以毫不客氣的語氣先做出結論。沒有人對他的話語提出附和、反駁或詢問。

「因此我想配合神田議員造訪學校，來舉行一場稍微花俏點的展示會。」

「……稍微？」

「……這叫稍微？」

梓與五十里兩人總算有反應了。他們以傻眼表情間接提出異議。但他們的聲音感覺起來卻像是無法順利表達出表情上的傻眼般，聽起來有些偏高。

「準備工作規模大了點，但展示會本身和平常進行的放電實驗跟內爆實驗大同小異。不過，只是表面上看起來如此而已。」

「如果只看表面的話或許是這樣沒錯啦……」

即使梓以微弱聲音反駁，達也那像是忍著不苦笑的表情也並未因此改變。

「即使表面上相似，意義也完全不一樣啊……但也正因如此，效果會很顯著就是了。不過，司波學弟。」

五十里似乎終於從打擊中振作起來了。他在像是要說服自己般點了頭之後，便面有難色地看向達也。

「加重系魔法的三大難題之一——常駐型重力控制魔法式熱核融合反應爐……真的做得出這

東西嗎？」

五十里質詢這個計畫的核心部分，令達也臉上浮現一絲迷惘。

「還做不出實體。」

但這並非表示他對於計畫的實現欠缺自信，而是在思索該如何回答。

「甚至稱不上是實驗爐，因為它並非爐的形態。但是可以使用比去年的論文競賽更花俏又淺顯易懂的形式，來表現熱核融合反應爐成真的可能性。」

「……是『恆星爐』嗎？」

對話時也沒有將目光移開電子黑板的梓，維持相同的姿勢小聲說道。

「常駐型重力控制魔法式永續熱核融合反應爐。我覺得這個概念，和鈴音學姊構思的間續型核融合反應爐成為對比。」

梓仍目不轉睛地盯著電子黑板，沒有看達也或五十里的臉。

「而且單位時間能提取的能量，比鈴音學姊的系統大上好幾級……要是司波學弟的恆星爐成真，就能在不分晝夜、不受氣候條件影響的情況下供給能源。工廠運作時不用再擔心電力供給，人類也不用擔心地球再度寒冷化。這會是主張魔法可以運用在和平領域的最佳展示。」

梓突然中斷她自言自語般的低語，並轉頭看向達也。

「這是司波學弟原本的計畫？」

「這並不是我獨創的點子，但確實是我的目標。雖然所需的魔法技術還過於艱深，現階段距離實用化還差得遠，不過只要利用本校學生的力量，就可以讓實驗爐短暫運作。」

達也以特別堅定的態度點頭回應梓的詢問，如同常駐型重力控制魔法式熱核融合反應爐正是自己想要達到的巔峰。雖然恆星爐只不過是達也完成原本目標的主要元件，但他不打算在這時候講明。

「這樣啊……我知道了。」

梓也以不像她會有的堅定力道點頭回應。達也沒有說出一切，但他想讓恆星爐成真的願望是貨真價實的。而梓會點頭回應達也，正是因為感受到他認真的態度。

「五十里同學。」

梓看向五十里。

「我也想協助司波學弟的計畫。五十里同學你呢？」

「我也會參與協助恆星爐的公開實驗。不只是應付神田議員，我身為想成為魔法技師的人，無論如何都想參與這個計畫。」

五十里聽到梓這麼問，也點頭表示同意參與計畫。

這天午休，達也來到教職員室造訪珍妮佛．史密斯老師。因為依照校規，若是想在課外進行實驗，必須提交申請書取得校方許可。如果是社團活動就要找顧問老師，社團以外的自主活動要找班導，沒有班導的二科生則是直接到校務室。

接過申請書的珍妮佛，看到開頭的使用魔法清單就突然蹙起眉頭。

「重力控制、庫侖力控制、第四相變、γ射線濾膜與中子護罩啊。司波同學，難道你想進行高功率雷射砲的實驗嗎？」

「我並沒有這種意圖。」

達也以平凡無奇的制式句子回應班導的問題。在這種場合沒有必要以風趣方式回應，但達也應該也是因為這個問題出乎他的意料，才選擇無須思索的老套語句。達也聽到珍妮佛的指摘，才發現清單列舉的魔法組合起來，有可能打造出利用核融合爆炸的雷射兵器。

只是珍妮佛也沒有在聽達也回應，或許算是彼此彼此。珍妮佛的詢問近似自言自語，而她的目光早已被申請書所吸引。

「實驗內容相當積極熱情，不過……」

珍妮佛抬起頭將視線從顯示申請書的電子紙上移開，看向站在一旁的達也。

「可以確保安全嗎？」

「依照計算是可以的。」

達也的回應聽起來不負責任，但珍妮佛並沒有責備他。因為做實驗，就是要確認理論上做得到的事情是否實際做得到。「不曉得實際是否安全所以禁止做實驗」這種話，就某方面來說堪稱本末倒置。她是和這種愚蠢無緣的科學家。

「去年論文競賽在本校發表的主題中，使用了質子—質子鏈反應來避免遭受中子輻射。這次的實驗為什麼使用氘反應？」

當然，這絕對不是她會不顧危險的意思。珍妮佛腦中當然有想過，要將計算上的風險壓到最低這件事。

不用說，達也同樣想過這一點。他回答得非常流利。

「要利用P—P鏈反應作為能量來源，所需條件原本就過於嚴苛。雖然市原學姊的實驗也使用了促進反應的機率操作術式，但考量到要用為能量爐，使用的術式可說越少越好。而且P—P鏈反應只是輻射汙染的危險性較低，並不是不會產生中子。」

達也的回答，使得珍妮佛雙手抱胸沉思片刻。

「……我明白了。只是這無法只以我的一己之見來批准。我會將申請書交上去，放學後應該就會有結論了。」

「謝謝老師。此外，這項實驗麻煩對外保密。」

達也也不認為，可以立刻獲准使用輻射實驗室與操場。他在最後補充了這句話，向珍妮佛行禮致意。

「所以，得到實驗許可了嗎？」

放學後的學生會室。達也聽到梓這麼問，便遞出寫入校長電子簽名與核可的申請書。

「雖然附帶條件，但是批准了。」

「什麼條件？」

梓在五十里如此詢問的同時也抬起頭，視線離開顯示申請書的電子紙。

「雖然是理所當然，不過會有老師監督。這就是條件。」

「我想也是。所以是哪位老師要陪同？」

在五十里對達也的回答再度提出疑問的同時，響起了告知有人來訪的鈴聲。

「是廿樂老師。看來他專程過來一趟了。」

深雪確認螢幕之後，轉身回應五十里。

泉美立刻起身。雖然毫無精神抖擻的感覺，但她卻很有一年級的樣子，在學長姊們應對之前就到門口迎接廿樂老師。

學生會的活動因為廿樂來訪而暫時中斷了。正在進行學生會業務訓練的穗香與香澄，也停下手邊工作，坐在會議桌旁邊。廿樂坐在學生會長平常坐的位子，學生會室搖身變成了實驗的會議室。不過，本次實驗的企畫人是達也，而助手目前也只限於學生會幹部，所以在這個房間開會也不無道理。

「我看過實驗步驟了。我認為是一項有趣的研究。」

廿樂以琵庫希端來的茶潤喉，說出本次會議的第一句話。

「所以司波同學，你打算怎麼分工？」

這裡所說的分工，是指各個魔法要交由誰負責。這次使用的魔法是重力控制、庫侖力控制、第四相變、γ射線濾膜與中子護罩。

「首先，我想拜託光井同學負責γ射線濾膜。」

「我？」

穗香突然被點名而發出怪聲。她目前還不知道實驗細節，會這樣也是在所難免。

「就我所知道，關於控制電磁波頻率的魔法，沒有人能出穗香其右。穗香，妳願意接下這個任務嗎？」

「我明白了！我會努力！」

但結果穗香沒什麼在聽，就很有精神地點頭答應了達也的「請求」。考量到她的心情，她會這樣大概也是沒辦法的事吧。

「庫侖力控制要麻煩五十里學長。」

五十里默默點頭，這部分大概已經預先說好了。

「中子護罩的部分，我有一個一年級的人選，所以我打算拜託她。」

達也這句話，使泉美表情微微一顫。

「一年級？這樣不要緊嗎？」

廿樂不由得插嘴。他大概也不禁為此感到擔心吧。

「是的。她具備反物理防壁魔法的天分。」

「是誰？」

「她的名字是櫻井水波，我的表妹。」

「這樣啊。」

但廿樂聽完達也說明就露出放心表情，收回前傾的上半身。達也覺得廿樂的態度變化得過於乾脆。大概並非因為水波是自己的表妹而放心，而是因為水波是深雪的表妹所以值得信任吧。達也如此解釋。

「第四相變還沒有決定拜託誰。至於最重要的重力控制，我想交給舍妹。」

達也這麼說的同時，深雪坐著微微行禮致意。

「我覺得這人選很妥當。」

這次連廿樂也露出表示認同的表情。現在第一高中魔法力最強的學生，除了三年級就非深雪莫屬。廿樂當然也知道這件事。

「這麼一來，首先得定案的問題，就是第四相變要拜託誰負責。」

廿樂說著便看向梓。

「交給中条同學負責會不方便嗎？」

但回應廿樂提議的不是梓本人，是達也。

「我想請會長綜觀整體的平衡。」

「原來如此，這樣確實比較適當。」

廿樂收回自己的提議，再度露出思索表情。此時泉美舉起手。

「那個，不介意的話，可以將這份工作交給我們嗎？」

這個要求照理說很令人意外，但達也沒有將心聲寫在臉上，並以制式語氣回問：

「妳說的『我們』是指泉美與香澄兩人？」

「是的。光靠我一人的力量或許不足，但如果是和香澄一起，我想一定幫得上忙。」

場中另外六人（廿樂、梓、五十里、達也、深雪、穗香）聽到泉美這番話，其中有四人露出困惑表情。

「……廿樂老師知道這件事就算了，沒想到連司波學長也知道。」

不過以泉美本人的角度來說，他人對此覺得疑惑才正常。要是有人理所當然地接受這種事，泉美就不得不提高警覺。獲選為九校戰工程師以及論文競賽代表的學長，不可能不知道兩人負責單一術式的意思。明知如此卻完全沒有顯示驚訝模樣，無疑代表他知道泉美她們的底牌。

「這件事有機會再說吧。但或許沒有這種機會就是了。」

達也隨意帶過泉美試探般的視線，在牆面大型螢幕映出實驗模型圖。

「廿樂老師，光井同學與七草學妹還不曉得實驗細節。我想基於確認的意思，從頭到尾說明一次。」

達也得到廿樂同意之後，再度向學生會成員發表實驗細節。這是梓、五十里與深雪已經知道的內容，卻沒有人露出無聊的表情。

「……從技術層面來看，恆星爐依然有許多不成熟之處。但要是這些成員同心協力以團隊模式來運作，我相信號稱三大難題之一的這項實驗無疑會成功。」

在最後如此作結之後，達也的「恆星爐」踏出了小小的第一步。

◇◇◇

恆星爐實驗實質上的準備時間，是四月二十一日到四月二十四日這四天。考量到製作論文競賽所需的實驗裝置花費的時間，時間似乎不足到令人絕望。而且這次不能動員全校學生。因為照理說，原本達也他們應該還不知道神田議員預定前來視察。表面上，這個實驗的策畫與實行，非得和媒體的到校採訪無關。恆星爐實驗本身無須保密，但可以投入的人員只限於學生會幹部與志願協助的人。

但是，只有達也與深雪從一開始就不覺得狀況悲觀。正如五十里所說，這次並不是真的製作能量爐的成品，只是展示機制。本次實驗基本上是魔法實作，不像論文競賽那時得組裝實際能運作的實驗裝置。達也確實認知到了這項差異。另一方面，深雪則是絕不會對達也想做的事情抱持悲觀看法。

隨著準備工作確實完成，終點的樣貌逐漸成形，參與實驗的其他成員也逐漸收起焦慮神色。無論是板著臉露出非自願的表情，卻以正經到不輸給深雪的態度投入這場實驗的香澄；還是以態度提出「為什麼變成這樣」的疑問，手邊動作卻從來沒有停過的平河千秋；還是以無知的善意拉千秋加入的十三束，他們臉上的不安都已經消失，取而代之的是可以預見成果的表情——不過其中也混入一個異己分子，也就是朝達也投以憧憬目光，以全身表達「光是能幫忙就很開心」這份心情的銀色一年級學生——隅守賢人。

到了四月二十四日星期二，正式上場前一天的放學後，眾人在輻射實驗室進行最後預演。他們往耐高壓透明高強度耐熱樹脂製作的球形水槽，注入重水與輕水各半的混合水。大量的重水是廿樂所準備的。即使重水可以從普通海水進行工業生產，但「平凡」高中生還是很難取得大量重水。之所以能準備充分的重水，是因為廿樂完全活用自己所有門路帶來的成果。

「那麼深雪，開始吧。」

「是。」

發動最初的重力控制魔法。

「香澄、泉美。」

「進行第四相變。」

雙胞胎姊妹異口同聲說完，便開始使用第四相變魔法。

「穗香、水波。」

「γ射線濾膜生效。」

「中子護罩已穩定。」

達也不只依賴她們的報告，還以自己的「眼睛」確認實驗的各步驟一個個完成。

「深雪。」

「已設定焦點。」

達也再度呼喚深雪，深雪便出聲告知一切準備就緒。

「五十里學長。」

「開始中和電磁排斥力。」

最後的安全閥解除，位於測量儀器前方的成員們交相出聲回報。

「重力場穩定度，沒有問題。」「γ射線，未達測量誤差。」「中子射線，未達測量誤差。」「……」

達也邊聆聽眾人的聲音，邊冷靜地注視著自己夢想的第一步。

最終預演順利結束，結果相當令人滿意。如果這只是單純的實驗，今天就已經可以結束整個實驗了。但本次實驗是要對反魔法主義者展示，明天才是重頭戲。成員們將期許藏在心裡，離開實驗室。

梓與五十里接下善後與鎖門工作，其餘成員移動到學生會室。校門即將關閉，但達也認為或許會收到某些緊急通知。此外，其他成員形成「達也後方跟著深雪與穗香、深雪後方跟著泉美與水波、泉美後方跟著香澄」這樣的排列。香澄與水波並不是學生會成員，但現在這裡沒有人在意這件事。

「歡迎回來。」

出面迎接達也等人的是雫。雖然她也不是學生會成員，卻和長官（？）風紀委員長一樣，利用直達階梯逗留於學生會室。雖然從沉默寡言的外在難以想像，但雫個性其實相當無拘無束。即使如此，她的責任感還是比一般人重，所以只要拜託她留守，她就會像這樣確實完成任務。

「雫，抱歉讓妳等這麼久，感謝妳的幫忙。」

「沒什麼。別在意。」

雫搖頭回應出言慰勞的深雪，告知這段時間沒有異狀，然後轉頭看向好友。

「穗香，那個呢？」

「唔……」

穗香突然露出了怯懦的表情。雫似乎光是如此就知道答案了，顯露一副「真拿妳沒辦法」的傻眼表情。

雫起身移動到穗香身後，抓住好友的肩膀。穗香比雫高半個頭，但雫無視於這種事，用盡力氣轉動穗香身體，讓她和達也面對面。雫至此先放開手，環視四周找到穗香的書包，擅自從裡面取出包裝得很漂亮的小盒子，並將它塞到穗香手上，然後再度繞到後方，用力推好友一把。

被推了一下的穗香向前一步半之後便停下腳步，仰望比剛才更接近的達也。以要演出戀愛場面來說，兩人所站的位置有點太遠。不過旁觀的人這麼多，即使是容易不顧旁人一頭熱的穗香，也很難做出大膽舉動。她接下來要挑戰的是對她來說更加生澀的場面。

「那個……達也同學！」

穗香說完這句話後緊閉雙眼，以雙手遞出小盒子。

「今天是達也同學的生日吧！」

穗香不等達也回應就說下去。雖然速度快到令人懷疑她究竟是否有換氣，卻絕對不會讓人聽不清楚。

「雖然不足掛齒，卻是我拚命選的！請收下！」

「光井學姊與司波學長原來是這種關係？」達也聽見室內一角傳來香澄這句話，但穗香一定沒有聽到。

「我當然會收下。」

達也伸手碰到穗香禮物的瞬間，感覺到一道不是讓他覺得刺痛，而是貫穿他的視線。但是達也以眼角餘光觀察身後時，那道如同冰刀的視線卻已消失得無影無蹤。

「謝謝。」

「呃，不，別客氣。那個……麻煩私下一個人的時候再打開。」

「嗯？好，我知道了。」

達也露出有些詫異的表情點頭允諾，穗香隨即吐出一大口氣。她看起來無力到像是隨時會癱坐在地，幸好只有稍微踉蹌。或許是穗香充滿成就感的表情，使得雫判斷她沒辦法繼續說下去，所以雫便來到她身旁。

「達也同學，這週日有空嗎？」

雫說話唐突是司空見慣的事。達也雖然也完全習慣了，卻難免在瞬間感到困惑。

「什麼時候？」

不過，困惑只在一瞬間。對話毫無窒礙地成立。

「傍晚六點左右。」

「……沒有問題。」

雖然星期日預定在FLT開發第三課召開完全腦波操作型CAD的開發會議，但足以趕得及在傍晚六點回來。先不提總公司，但在開發第三課不會發生預定外的事情被迫久留。

「雖然晚了幾天，但我想在家裡舉辦達也同學的生日派對。可以嗎？」

這個「可以嗎？」包含「可以參加嗎？」、「會場可以設在我家嗎？」以及「可以擅自計畫生日派對嗎？」三個意思。

「當然可以。我就抱持感謝的心情上前打擾吧。」

無須確認就知道，雫的邀請是善意的表現，而不是利用達也的生日當工具。達也毫不思索就點頭答應，雫見狀也微微點頭回應。雖然看起來面無表情，但她嘴角綻放了一絲笑容。

「還有深雪與水波學妹。」

她立刻改為詢問深雪與水波，這大概是沒有必要的遮羞舉動吧。

「嗯，沒有問題。」

「請容我打擾。」

深雪微笑回應，水波以客氣笑容回應，一旁的香澄則以打量般的眼神看著達也。香澄一直認為達也應該是不受女性青睞的類型，但這個評價在她心中開始動搖。

[12]

放學回家途中，大約從三人和大家道別之後去搭乘電動車廂時開始，深雪就不對勁。表面上不到出現異狀的程度，是在親密好友眼中也覺得「她在想什麼嗎？」的程度。但是就達也看來，妹妹似乎非常煩惱。三人在最靠近住家的車站下車，越接近剪票口，深雪的異狀就越嚴重。

「深──」

「那個……哥哥。」

就在達也打算叫深雪的同一時間，看著下方的深雪抬起頭。

「嗯，什麼事？」

深雪沒有立刻回應達也的詢問，並在穿過剪票口後走到不妨礙他人的地方停下腳步。

「那個……方便借一些時間，陪我買點東西嗎？」

「是沒有關係……」

達也將「究竟怎麼了？」這句話吞回肚子裡。深雪並不是會在非假日晚上以逛街購物為樂的人。如果有無論如何都想買的東西，也只要上網訂購就會在凌晨十二點之前送到。不過說是這麼說，以現在氣氛來看也不方便當面詢問。

「水波，不好意思，可以麻煩妳一個人準備晚餐嗎？」

「遵命，深雪姊姊。達也哥哥，恕我先告辭。」

水波快步走向通勤車，看起來一點也不擔心深雪。這種態度同樣引人起疑。雖然她對深雪的觀察力不比達也，但水波應該也知道深雪態度不對勁。如果水波是信賴達也這個護衛，那她的態度姑且算是可以理解，但達也無法拭去內心隱約感受到的不自然印象。

和水波道別的達也，帶深雪前往最近的咖啡館。他打算無論如何先問出原因再說。

進入店內的深雪，莫名看似鬆了口氣。這也使得達也起疑。深雪明明說想逛街購物，坐在咖啡館時卻已露出「已經達到目的」的表情。即使是達也，看到深雪這樣也是摸不著頭緒。

女服務生前來接受點餐時，達也點了熱咖啡。深雪稍微煩惱之後點了紅茶，而且不是一杯，是一壺。看來她不打算立刻離開。達也推測深雪或許只是想和他單獨聊天而已。

「深雪。」

更加擔心的達也，等不及飲料上桌就向深雪搭話。

「是，哥哥。」

深雪回應時一如往常，會因為達也叫她名字而開心微笑，一直到剛才都還看得見的消沉樣子如同沒有出現過一樣。即使如此，達也依然無法就這樣讓事情不了了之。

「妳有什麼煩惱嗎？」

達也決定直接詢問。

「咦？不，已經不要緊了。」

看來深雪多少也有自覺到自己的狀況不太對勁。她慌張地微微搖頭，看似心裡藏著某些無法告訴達也的事。

兩人在女服務生端飲料過來時中斷了對話。深雪打開壺蓋確認茶葉狀況，蓋好茶壺等待片刻之後再將紅茶倒入杯中。她的動作過分鄭重，換言之就是緩慢。

深雪喝一口紅茶之後微微傾首，之後加了半匙砂糖到杯子裡，開始攪拌起紅茶，且不發出任何聲響。兩次、三次、四次……在攪拌超過二十次的時候，達也終於無法繼續保持沉默，以有些顧慮的語氣詢問深雪。

「雖然我想應該不可能，但難道是因為我收下穗香的禮物……」

茶匙撞到杯緣，發出礙耳的敲擊聲。

「怎麼可能！絕對沒有這種事！」

「抱歉，說得也是。我不是當真這麼認為，原諒我吧。」

深雪紅著臉頰拚命否定，達也以尷尬表情向她謝罪。

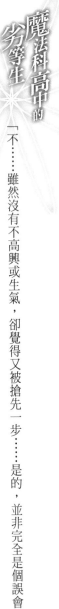

「不……雖然沒有不高興或生氣，卻覺得又被搶先一步……是的，並非完全是個誤會。所以那個……哥哥沒有必要低頭道歉。」

這次是深雪慌張地懇求哥哥抬頭。達也捱不過她的氣勢而抬頭，但疑問依然留在腦中。如自己剛才所說，達也並非真的認為深雪是因為嫉妒而產生異狀。她還沒有說明舉止可疑的理由。但達也判斷繼續追問下去也只會讓氣氛尷尬，所以就打消了這個念頭。深雪看著達也無法完全釋懷的表情，不安地歪過腦袋表示疑惑。兩人皆露出不知該如何是好的表情，但他們在四目相對之後便很有默契地同時笑了出來。

後來，兩人在享受約一小時的逛街購物時光後回到家中。達也在那之後也沒有再提到深雪的「煩惱」。雖然並非完全不在意，但他認為深雪已經自己解決煩惱了，所以沒有必要重提。

深雪在煩惱什麼事？達也回到自己房間換好衣服之後，被內線電話叫到起居室，在開門的瞬間，他就立刻得知了真相。

拉砲聲迎接達也的到來。色彩繽紛的紙帶雨封鎖他的視野，接著便掉落到他的腳邊。

「哥哥，生日快樂！」

深雪是只脫掉制服外衣與領帶的連身裙打扮。純白的無袖連身裙，很適合深雪修長的體型。

雖然是平常就看習慣的制服，但光是脫掉外衣，給人的印象就大不相同，簡直就像是為她設計的禮服一樣。

在深雪身後待命的水波，是一如往常的高領連身裙加圍裙的打扮。擺在桌上那些琳琅滿目的料理，應該全是她精心製作的。

「也就是說，妳們是為了準備這些才想拖住我嗎……」

達也稍微給深雪一個白眼。深雪縮起脖子移開目光。

「不過……很高興妳有這份心意。謝謝。」

簡單來說，就是想給個驚喜吧。直到去年這裡都還只有兄妹兩人，確實是做不到這種事。雖然達也覺得這個點子有點孩子氣，卻也明白這是為他著想的舉動。

「哥哥，請就座。我現在就去端蛋糕過來。」

達也露出笑容之後，深雪的表情就為之一亮，精神抖擻地開始忙碌。她無視於露出死心表情的水波，前去把蛋糕端過來並插上蠟燭，在達也面前擺上刀叉，為蠟燭點火之後指示水波也要坐下，然後關燈。至此深雪才總算坐到自己的位子上。

「哥哥，麻煩您了。」

不發一語地看著深雪忙完的達也在她的請求之下，一口氣吹熄十七根蠟燭。

雖然深雪與水波意外獻唱的這場生日派對僅有三人，但依然熱鬧結束。在情緒始終都很亢奮的妹妹帶動之下，達也也跟著打拍子之類的，玩得相當熱絡。他現在獨自在臥室休息。

明天的實驗當前，這也成為轉換心情的妙方。達也認為過於成材的妹妹一定也有考量到這一點。然後達也不經意想起穗香贈送的禮物，連緞帶都還沒有解開。

達也從書包取出扁平細長的盒子。體積不大卻相當沉重，大概是某種機械製品。如此預料的達也解開緞帶，小心翼翼拆開包裝紙，出現的是看起來很高級的淺色木盒。打開盒蓋一看，裡面是古典發條式的懷錶。雖然如今幾乎沒有當成實用物品的價值，但這種機械製品在現代被視為美術品受人喜好。

「這個很貴吧……？」

達也不由得如此小聲說道。翻過懷錶檢視製造刻印之後，達也露出了複雜的表情。刻在上面的廠商標誌，屬於雫父親經營的企業集團。換句話說，這個禮物是雫提供的。

錶蓋內側設計成可以放照片，但裡面果然還是空的。如果是雫，很可能會故意在這裡放入穗香的照片，但應該是被穗香本人阻止了吧。這幅光景歷歷在目，使得達也輕聲一笑。

獨自發笑的達也，聽到一陣小小的敲門聲。

「我是深雪。哥哥，方便打擾嗎？」

音量也很小，只能勉強傳入室內。似乎是基於某種意圖而不想被同居人聽到。達也也察覺她的意圖，靜靜開門。

站在門後的是服裝亮麗還上淡妝的妹妹。使用許多蕾絲的淡粉紅色連身裙，是大膽裸露背部與胸口的歐式晚禮服。長長的秀髮整齊地綰成複雜的髮髻，露出潔淨無暇的雪白美背，及踝的裙子以長度不同的數層薄布料重疊而成，從大腿中段展露無懈可擊的美腿曲線。深雪的這副豔姿，迷人到連失去情緒衝動的達也都差點在一瞬間為之一顫。

「那個……哥哥？」

「啊，抱歉。進來吧。」

達也不由得看深雪看到出神。達也愣在門口，聽到深雪困惑的聲音才回神，並移動到旁邊邀妹妹入內。

深雪並非空手前來。她右手拿著某種玻璃瓶，左手拿著兩個高腳玻璃杯，左手肘還掛著一個手提包。

達也代替雙手不方便的深雪輕輕關門。深雪道完謝便微微屈膝，然後在達也的桌面上擺上瓶子，並放好玻璃杯。

「這是穗香的禮物？」

深雪看著放在桌上的懷錶如此詢問。

「嗯。」

「好高雅的設計。」

「是啊。」

深雪應該沒有其他的意思，但達也總覺得狀況很尷尬，於是便將穗香的禮物連同盒子一起收進抽屜。

「所以，這究竟是要做什麼？」

達也從牆面收納櫃裡取出備用椅子讓深雪坐，自己則坐在桌子前面，看著瓶子與玻璃杯如此問道。深雪將附輪子的無靠背凳子移動到達也身旁，並坐在會和達也的膝蓋相碰觸的位置，隨即露出靦腆的笑容。

「哥哥，您還記得去年四月二十四日的事情嗎……？」

「當然記得。」

深雪回以完全和問題無關的詢問，使達也感到疑惑。但他領悟到得先回答這個問題，自己的問題才會得到回應，因此將自己的記憶原封不動地說出口。

「深雪突然穿長袖和服現身時，我還以為發生了什麼事。」

其實這次的晚禮服打扮也嚇到達也——但他還沒有說出口。

「確實發生過這種事呢。」

深雪微微移開視線，像是在自言自語般呢喃。即使當時的態度正經八百，隔一段時間之後再來回顧，似乎連她自己也忍不住難為情。

「不提這件事……在去年，只有我和哥哥兩人。」

「是啊。」

在這個階段，達也已經察覺了深雪想說什麼。達也懷抱憐愛的心情微笑，深雪也回以清澈的笑容。

「前年也是，只有兩人一起慶祝。」

「我記得。」

「今年有水波在，所以是三人一起慶祝，可是……」

深雪中斷話語，害羞地低下頭來。

「我還是希望……有一段……只屬於兩人的時間。可以給我一點時間，讓我單獨為哥哥慶生嗎……？」

達也坐著探出上半身，朝深雪的臉伸出手。

達也的手碰觸深雪的臉頰。

深雪的肩膀因感到訝異而顫抖。

達也沿著臉頰輕輕向上撫摸，深雪配合他的動作抬起頭。

達也與深雪四目相對。

深雪雙眼溼潤，臉頰泛紅。

她連忙轉過頭去。

如同是在避免哥哥經由碰觸臉頰的手，感覺到她火熱的溫度。

「哥哥，來乾杯吧。」

「香檳嗎？」

達也安分地放下手——但他的視線依然注視著深雪。

「是的，但是不要緊。這幾乎沒有酒精成分。」

「嗯，我來開吧。」

大概是軟木塞太緊的關係，深雪的手在顫抖。達也從她手中接過酒瓶並輕鬆地開瓶，沒有讓軟木塞噴走。之後便將酒瓶還給妹妹。

「謝謝哥哥……請用。」

深雪倒半杯香檳放在達也面前。接著她同樣為自己杯子倒入香檳，以右手高舉玻璃杯。

達也以左手拿起玻璃杯，靠近深雪的杯子。

發出清脆的乾杯聲。

「哥哥……祝您生日快樂。感謝哥哥留在我的身旁。」

「謝謝。感謝我能成為妳的哥哥。」

兩人同時舉杯對飲。

題外話，深雪準備的禮物在手提包裡。盒子裡是施加日月星造型精緻金工，有點大的圓形項墜。裡頭放著深雪身穿現在的服裝拍攝的立體半身照。雖然剛才深雪懊悔「被穗香搶先一步」，但這部分看來依然是深雪領先。

——達也則是無法理解妹妹的意圖，持續煩惱了約一個小時。

〔13〕

四月二十四日星期二。這天，七寶琢磨也和共同以「新秩序」為目標的同盟者——小和村真紀進行「密談」。

結束密談返家之後，時間已經是晚間十一點。為了不造成家人（包含幫傭）困擾，他已經在外面用過餐。琢磨有提早通知家裡不用擔心他，並告知自己會用完餐才回家。住在家裡的幫傭應該大多都已經就寢，因此琢磨從不會帶動門鈴響起的後門悄悄進屋，以免吵醒他們。

「琢磨先生。」

但琢磨脫鞋的時候，一名稍微比他年長且等待他已久的青年向他搭話。

「老師在書房等您。」

這裡說的「老師」是七寶家當家——七寶拓巳。這名青年是父親的助理，應該是受到父親吩咐才會等琢磨返家。琢磨雖然覺得麻煩，卻也不能無視。琢磨回應青年一句「我明白了」之後便走向書房。

七寶家表面上的家業是投資顧問業，尤其擅長於天氣衍生性金融商品的領域。農業走向品牌化，造成天氣衍生性金融商品在糧食產業的職責縮減，但是相對的，太陽能成為先進國家的供電主流，因此日照時間的預測也成了企業收益計畫中不可或缺的要素。七寶拓巳被稱為「老師」，也是因為他是公認國內預測年度氣象的第一把交椅。

不過，琢磨現在面對的七寶拓巳是師補十八家當家，魔法技能匹敵十師族的魔法師。

「坐吧。」

一進書房就聽到這句話的琢磨，坐在不同於父親所使用的厚重書桌的會客用沙發。

拓巳從書桌前面起身，坐在琢磨正前方。

「琢磨，高中生活過得怎麼樣？還愉快嗎？」

居然特地在這種時間找我來閒聊？琢磨反射性地心想。他也知道這是開場白，但不悅的情緒勝過理性。

「老爸，我說過很多次。對我來說，高中不是享樂的地方。」

拓巳對兒子這番話露出無可奈何的表情。

「你真倔強啊。用不著凡事都這麼繃緊自己吧？」

「我才要說老爸為何這麼悠哉！」

拓巳鬆懈的態度，使琢磨的不耐煩情緒因此爆發。

「明明不到一年就要舉行下屆十師族甄選會議了，再這樣下去，又會被牆頭草七草搶走十師族的地位，七寶將非得對那些傢伙低聲下氣不可啊！」

「甄選會議是從二十八家選出十家。」

拓巳教導琢磨的語氣中，充滿著徒勞感。

「只執著於七草家其實沒有意義。琢磨，你應該也明白這一點才對。」

拓巳並不是今天才第一次講這件事。拓巳甚至自覺在這一年，除了兒子完全不肯見他的日子以外，他每天都會講類似的事情一次。

「有意義。」

而且，琢磨也未曾同意父親的話語。

「七草家也只是二十八家之一啊。」

「那些傢伙不一樣。」

琢磨今天的態度也很頑固。

「琢磨。」

「不同。七草不一樣。」

拓巳嘆出洋溢疲勞感的一口氣。

「究竟是誰灌輸你這種堅持？」

「管他是誰都好！三枝背叛了『三』，還竊取『七』的成果才得到十師族的地位，這是無庸置疑的事實吧！」

「琢磨……『七草』還是『三枝』的時代，還沒有訂下十師族的準則。『七草』在宗師提倡十師族體制的時候已經是『七草』，而且能力在二十八家中也是出類拔萃。」

「他們出類拔萃的能力，不就是剽竊第三研與第七研的研究成果嗎？身為第三研的最終實驗體卻溜出第三研，而且七寶從基礎理論階段就參與開發的『群體控制』，他們明明只從快完成的階段稍微幫過忙而已，就厚顏無恥地當成自己的東西在利用。不只是我們七寶，三矢、三日月、七夕與七瀨都一起被七草騙了！老爸為什麼不以為意？」

「琢磨，七草家的魔法師也和我們一樣是白老鼠啊。」

拓巳以苦悶語氣說出的這番話，使激動的琢磨語塞。

「他們也是被打造出來的個體。只是他們不同於甘願成為白老鼠的另外二十七家——更正，不同於另外二十六家，選擇了自己的道路。這種事不應該被責備，反倒應該受到讚賞。」

「……老爸的意思是說，背叛、偷跑是值得讚賞的行為？」

琢磨費了一番工夫才擠出話來回應父親。

「你現在不是也想偷跑超越現在的十師族嗎？」

「這……！」

但琢磨的反駁如同落空的迴力鏢，回到他自己身邊。

拓巳面對懊悔不語的兒子，輕輕嘆了口氣。

「算了。我早就知道我說什麼都無法讓你接受。」

琢磨的「譴責」與拓巳的「說服」都不是今天才開始。如同剛才所述，這對父子曾經進行數十次類似的對話。之所以至今依然無法不起口角，反過來說應該是無法割捨父子之情吧。

「我今天找你來是要說另一件事。」

「……在這種三更半夜？」

琢磨盡可能地挖苦父親。

「因為必須在今天告訴你。真是的，既然會這麼晚回來，那你就應該預先把行程告訴我。這樣我就可以在你放學回來的時候先講。」

不過，這也是導致琢磨自掘墳墓的行為。

「……抱歉。」

「沒有必要向我道歉，但是去跟媽媽道個歉吧。她應該還沒有睡。」

琢磨露出「糟了」的表情，眼神游移不定。拓巳無視於他，進入正題。

「琢磨，明天請假別上學。」

「老爸？你突然講這什麼話？」

琢磨疑惑的表情不是裝出來的。他真的在質疑父親。

「明天，在野黨的神田議員會到第一高中視察。」

拓巳早已預料兒子會起疑，所以沒有特別賣關子就說明理由。

「在野黨的神田……奉行人權主義與反魔法主義的神田？」

「對。而且會帶著跟班的媒體記者。」

「他們來做什麼？」

琢磨如此詢問，但其實他也已經預料到他們的目的為何了。想想最近大炒新聞的神田議員言行，就能大致明白他造訪第一高中的用意。琢磨這個問題只具備確認的意義。

「大概是想作秀，藉此表現自己致力保護被迫學習魔法的青少年人權吧。」

「人權？」

琢磨明知不應該，卻依然不得不如此唾棄。他臉上寫著大大的「多管閒事」四個字。

「我明白你想說什麼，但對方是國會議員。鬧出問題會很麻煩。」

父親這番話使得琢磨再次露出不滿表情，但他生氣的理由和剛才不同。

「我就算再怎麼不欣賞對方，也不會不顧一切找碴。我沒有幼稚到這種程度。」

「即使對方主動找碴？」

「……那當然。我哪會這麼容易被對方挑釁。」

拓巳放鬆身體，完全躺在沙發椅背上。

「那就好。你斷言到這種程度，就為自己的話語負責吧。」

「我知道！只有這件事要說嗎？」

看琢磨逐一頂撞叮嚀的話語，即使是拓巳以外的人，應該也會懷疑琢磨是否真的「不會被對方挑釁」。

「琢磨，這件事由七草閣下處理。你可別去多管閒事喔。」

但拓巳這番話不是因為對兒子的態度感到不安，是刻意抓這個時間點說的。

「七草？」

琢磨果然強烈反彈。

「不准多管閒事。要為自己的話語負責。」

但琢磨已經口頭承諾過了。

「七寶家不介入這件事。琢磨，聽清楚了吧，這是既定的結論。」

琢磨事到如今不可能反悔。

「——我知道了啦！」

他只能如此回應。

◇◇◇

對於絕大多數的第一高中學生來說，他們是預料之外的客人，而且恐怕對於所有第一高中相關人士來說都是不請自來的客人。

十名男女搭乘三輛很有威嚴的黑頭車造訪。

是神田議員與他的祕書，還有議員的跟班記者及隨扈們。

他們在第四堂課，也就是下午第一堂課的時候，突然要求面會校長。當然沒有預先告知。一般來說都會鄭重拒絕，請他們直接離開，但是戴上國會議員徽章就可以像這樣強人所難。這部分的隱情和上個世紀完全沒有變。

第一高中的教頭（註：日本學校職級名稱，負責輔佐校長及副校長的教員）八百坂，面有難色地迎接無視於禮儀強硬要求面會的神田議員。

「神田議員，如我剛才所說，校長百山先生今天到京都出差不在學校。方便請您在校長在校的時候再度造訪嗎？」

「喔？把我神田當成三歲小孩，要我改天再來？」

「絕對沒有這個意思。」

「那麼教頭也好。我想參觀貴校的教學內容。」

「這無法以我的一己之見答應，還是得直接請示校長才行。」

神田與八百坂都是年約五十歲出頭。乍看之下，為求上相而擁有專屬化妝師與造型師的神田比較年輕，不過走近仔細看卻會發現神田的衰老程度也和他的年齡相稱。兩人年齡相近，但一人高傲地越說越生氣，另一人額頭冒汗卻得忍受對方的怒火且無法反駁。雖然這是社會上常見的光景，也依然有些滑稽。

順帶一提，神田也打從一開始就知道校長不在。甚至該說，他是刻意趁著校長不在才造訪還比較正確。

第一高中校長——百山東現年七十一歲，就任第一高中校長至今第十一個年頭。對外他因為在確立魔法師高中教育學程的過程貢獻良多而知名，但也因為放任一科與二科的差別待遇，反倒助長雙方的情緒對立而暗中遭到批判。不過批判他助長歧視的聲浪只限於背地裡的壞話。百山東不只在魔法教育，更是高中教育的權威，在各界擁有廣泛人脈。即使是神田議員，也不願意和他正面交鋒。

神田想趁著百山不在的機會，讓這次的作秀成功；八百坂以校長不在為藉口，想阻止媒體採訪。時間就在雙方的對壘由神田占優勢的狀況下不斷流逝。如果就這樣撐到時限，就是八百坂教頭所想要的結果。以神田議員的角度來看，則是「贏了對決輸了比賽」的結果。就在神田焦急起來打算強行進攻時，校長室響起模仿鐘樓鐘聲的鈴聲。

唐突響起鐘聲的同時，映出著名印象派風景畫的壁掛螢幕變黑，隨即切換為即時影像。

「校長？會議不要緊嗎？」

這具視訊電話具備一項功能，可以由發話者將系統切換為強制接聽狀態。在視訊畫面中登場的，是正在魔法協會總部開會的百山校長。

『我爭取了一些時間。』

百山校長一句話就回應了教頭的疑問，然後瞪向神田議員。

從螢幕四個角落安裝的攝影機演算相對位置的影像，令人誤以為當事人就在該處。神田承受百山的視線，像是感到不自在般稍微轉動身體。

『所以，神田議員，您今天有何貴幹？』

畫面中的百山，將雪白頭髮高高向後束起，下半張臉同樣覆著純白的鬍鬚。而白鬍鬚沒有覆蓋到的眼睛周圍也滿是深深的皺紋，無法辨別細部表情。即使如此，凹陷眼窩深處釋放的目光依然表現出對於議員無禮造訪的怒火，沒有讓人誤解的餘地。

「啊，不，沒有確定您的行程就前來打擾，我深感抱歉。」

神田的回應相當怯懦，和面對八百坂的時候截然不同。

『既然明白，那可以請您擇日再來嗎？』

百山抓住他的話柄，搶先在他說完前如此向他要求。要求他「改天再來」。

百山身為學校的總負責人──校長，確實有道理要求議員等他在學校時再來。神田差點反射性同意校長的要求，但跟班記者以著急的聲音輕聲呼喚「議員、議員」，使他勉強穩住陣腳。

「原本應該如校長先生所說，但我也有點自己的想法。」

『喔？』

百山依然以嚴厲的視線看著神田，並催促神田說下去。即使隔著螢幕，神田的氣勢也明顯屈居下風，只有一張嘴繼續堅強運作。

「最近，社會上出現了一些關於魔法科高中學程的不妥謠言。相傳九所魔法科高中是在洗腦學生從軍。」

『真荒唐。』

百山盡顯不悅情緒扔下這句話。雖然他是第一高中校長，不是處於統括所有魔法科高中的立場，但他改良過的魔法科高中學程也被其他八校當成標準納入。百山身為教育者，對自己建立的魔法師培育課程抱持著強烈的自負。

『神田議員知道本校學生的詳細升學資料嗎？像是去年的畢業生，其中有百分之六十五的人就讀魔法大學，就讀防衛大學的學生不滿一成喔。』

百山提出明確的數字反擊。但神田如同等待這個反駁已久般，露出得意的笑容。

「但是看去年魔法大學畢業生的出路，當中有百分之四十五的人加入國防軍或任職於相關單位。加上從高中直接就讀防衛大學的學生，在魔法科高中求學的學生，之後有過半數都成為了國防軍的相關人員。」

神田露出還以顏色的表情，但百山完全不為所動。

『這始終只是當事人選擇的路。大學最高年級的學生，已經是獨當一面的成人。旁人插嘴會造成什麼影響嗎？』

「確實如此。」

不知為何，神田深深點頭回應百山的正當論點。

「我認為校長先生說得沒錯。正因如此，我才前來貴校想參觀上課過程，證明魔法科高中不是國防軍的駐外機構，進而釐清這種不負責任的形象。」

神田這番說詞背地裡的意思，是想把魔法科高中套上自己偏好的形象來當成宣傳。不過對於閱歷豐富，懂得人情世故的百山來說，這點程度的企圖早被他看穿了。

『傷腦筋。魔法的實技課程很細膩，要是外人突然造訪，學生會亂了分寸。』

「我不會造成各位的困擾。」

神田至此改為高壓態度。與其說是取回自己的步調，更像是說不贏百山而賭氣。

『……既然您這麼說，我就准許您參觀吧。』

百山「假裝」稍微思索之後一改態度，表態接受神田的要求。他無視於神情中摻雜著驚訝與疑惑的八百坂教頭，以不容分說的語氣繼續說下去。

『不過，麻煩只參觀第五堂課。』

「這……不，這樣就好。」

神田聽到出乎意料的條件，差點反射性地出聲反駁，但他剛才斷言「不會造成困擾」，所以說不出這種話。

『教頭，預定在第五堂課實習的是哪些班級？』

百山假裝沒有察覺神田的內心糾葛，如此詢問八百坂。

八百坂內心的情緒，從驚訝與疑惑各半變成百分之百的疑惑。因為無須八百坂回答，百山應該隨時掌握全學年所有班級的課程內容才對。

「沒有班級預定在第五堂課實習。」

即使如此，以他的立場在這時不該提問，而是回答。八百坂如此回應百山的詢問。

「只是，雖然並非正規課程，但二年E班學生申請的課外實驗，預定在操場進行。」

『神田議員，如您所聽到的，還是改天比較好吧？』

「怎麼這樣！那麼至少讓我從第四堂課中途開始視察……」

要是變成得在今後磨合行程，將會允許百山預先打通關節。百山校長和神田所屬民權黨的高層交情甚篤。今天突擊造訪是害怕百山的影響力才採取偷襲，要是重新來過將會失去優勢。

神田基於這樣的考量而不肯退讓，但他已經做出承諾。

『神田議員，實習途中帶著麥克風跟攝影機前去採訪，會打斷學生的注意力。這麼一來，最壞的狀況，學生將會因為魔法失敗的經歷受到重創而無法重振。議員應該也不願如此。』

神田在魔法方面終究還是個外行人，沒有證據能否定百山這番話。神田打著為學生著想的名目，因此要是對方宣稱會毀掉學生的未來，他就不能強人所難。

「……我知道了。那麼，可以只讓我參觀這項課外實驗嗎？」

『這樣啊。教頭，叫史密斯老師安排神田議員參觀。』

神田不甘心地回應，不過百山校長沒有特別誇耀勝利，對八百坂教頭下令後結束通訊。

第五堂課開始，眾人在珍妮佛的帶領之下，前往正在準備的輻射實驗室。途中一名跟班記者輕聲向神田搭話。

「議員，您不覺得有些奇怪嗎？」

「哪裡奇怪？」

神田的語氣中盡顯不悅情緒，但記者不以為意，繼續說下去。

「就是完全沒有實習課啊。簡直像是早就知道我們會來一樣。」

「不……應該是巧合吧。他們不可能知道我們的動向，因為我甚至沒有向黨報告。」

「可是，這場採訪從一開始就有點奇妙。只要是關於魔法的採訪，總是在計畫階段就會遭受各種妨礙，卻只有這次完全沒人有意見。」

神田想反駁這是廢話，卻沒有說出口。魔法協會沒有妨礙他這次的作秀，是因為有人預先處理過協會高層。是誰出面處理不得而知，但神田大致猜得到。只是現在重新思考過後，就發現確實有某些地方令人無法釋懷。

神田以反魔法主義者的立場行動，卻沒有將魔法師視為人類以外的生物。他其實也承認魔法有益，只是在「媒體面前」提倡反魔法主義當成政治主張。坦白說，就是為了迎合大眾而抨擊魔法師。神田認為，預先阻止外力妨礙本日採訪（名為採訪的政治宣傳）的幕後黑手也是明白這一點，才會默認他進行這種譁眾取寵的表演，以防真正厭惡魔法師的政治家崛起。

然而光是這樣，就能構成那個人放過神田標榜反魔法主義作秀的理由嗎？如果是那位人物，或許是想利用神田以政治家身分做出的這些經過精打細算的行動。但無法保證十師族所有人都這麼想，而且那位人物也不是十師族的最高統治者。

他逕自思索這種事，讓跟班記者繼續抱著擔憂的心情。不久，由珍妮佛帶領的眾人抵達了輻射實驗室。

進入輻射實驗室的神田等人，因為感受到不友善的視線而佇立不動。正在準備實驗的學生們向他投以冰冷的目光，如同早就得知他的來訪。但這真的只是一瞬間的事，後來學生們就彷彿完全沒有察覺政治家與記者一群人般，專心進行手邊的工作。甚至讓神田與記者都以為剛才感受到的視線是錯覺。

「史密斯老師，這幾位是？」

前來搭話的人──明確關切他們的人，只有正在監督學生工作狀況的廿樂。

「是來本校參觀的神田議員與記者們。」

「國會議員就算了，為什麼記者也同行？到學校採訪應該需要事先申請許可才對。小生未曾聽說這種事。」

乍看之下像是學者，充滿文弱書生氣息的男性，投以出乎預料的強烈視線，使得神田表情差點因此抽搐。

「校長批准了。」

幸好神田沒有必要回應廿樂。珍妮佛回答了他的疑問。

「但校長應該正在出差啊。」

「校長似乎有空，所以來電批准。」

「原來如此。」

光是這樣的說明就讓廿樂輕易接受，使得神田與跟班記者感到掃興。但與其被過度敵視，接下來這樣還比較好辦事。神田如此說服自己之後，便向廿樂搭話。

「抱歉在上課時打擾。」

「不，這並非小生的課。」

只是神田一開始就碰了釘子。旁邊傳來小小一聲忍不住發笑的聲音，但朝傳出聲音的方向看去，學生們都以正經表情在忙碌著，無法知道剛才笑出來的是誰。神田以毅力壓抑住無從宣洩的憤怒，再度嘗試和廿樂交談。

「記得這是課外實驗。這究竟是在做什麼？」

「學生自主進行課程以外的實驗。」

廿樂裝傻（神田如此感覺）的回應，使得神田必須要利用深呼吸來克制不耐的情緒。

「請問這究竟是要進行什麼樣的實驗？」

這個問題是記者提的。廿樂會朝這名記者投以責備的目光，應該是因為他沒有自報姓名。但場中無人回答記者的問題，也無人詢問記者的身分。

「老師，準備好了。可以移動實驗裝置嗎？」

成為這項實驗領導者的五十里如此詢問廿樂，打斷了記者和廿樂的對話。

「……好，可以。」

廿樂以A4大小的情報終端裝置，檢視五十里傳送的清單之後出言許可。負責輔助的機研社社員，像是等待已久般操作牆上按鍵。

儘管神田的表情還是不為所動，但跟班記者誇張地瞪大雙眼。

輻射實驗室的牆壁無聲無息地開啟。

這單純只是大型機器的搬運路線，但完全無窗的實驗室緩緩打開一面牆的景象，讓人覺得有種像是祕密基地的感覺。

不過，只有局外人有這種感覺，看慣這項機關的學生們不等牆壁完全開啟，就將裝入了重水與輕水的混合水（只裝一半，另一半是以水蒸氣方式充滿），直徑兩公尺的球形水槽連同台座一起推出去。雖說是用推的，但台座滾輪裝有馬達，所以無須使力推動，只要穩定方向就好。學生們紛紛前往操場，廿樂也隨後跟上。

「我們也走吧。」

珍妮佛如此說道，於是神田議員與記者也連忙跟了過去。

「話說回來，為什麼在上課時間進行不是正規課程的實驗？這種事經常發生嗎？」

「不。」

追過來的記者如此詢問，不過廿樂卻冷漠回應。但他大概也覺得光是這樣太不親切，立刻補充說明。

「這項實驗原本也預定在放學後進行。但知道詳情的教職員們，大多表示想讓自己的學生參觀，所以這個時段的實習課全部中止，讓想參觀的學生自由前來。會選擇在操場進行實驗也是這個原因。」

「這是學生提議的實驗吧？」

另一名記者詫異地詢問。

「因為這項實驗，在學術與實用層面都具備很大的意義。」

「您說實用，難不成這個實驗，跟開發能將敵軍艦隊一網打盡的兵器有關嗎？就像在『灼熱萬聖節』時使用的兵器那樣。」

記者露出討厭的笑容詢問，對此廿樂投以冰冷的眼神。

「這個實驗，是為了挑戰加重系魔法技術層面三大難題之一。」

廿樂如此回應之後，走向聚集在球形水槽下方的學生們。

記者重新振作，改為想詢問珍妮佛，但反被她主動搭話。

「要開始了。」

或許是身為媒體人的專業意識使然，他們的注意力，被固定在操場中央靠校舍位置的實驗裝置所吸引。

恆星爐的實驗裝置構造很簡單，只是將球形水槽放在台座上。而抽水機則在輻射實驗室時就已經拆除了。水槽的水平中央處套上寬十五公分的金屬環，並由從台座延伸出來的四根支柱來支撐這個環。正上方的注水口以直徑三十公分的圓蓋封鎖，正對的另一邊也安裝相同圓蓋。

許多學生從校舍窗戶觀看實驗裝置。應該幾乎所有教室裡都沒有好好在上課吧。正因為預料到這種狀況，教職員室才會中止這堂課的實習，改為使用終端機的聽講課。

光是從窗戶遠眺仍無法滿足的學生們，來到了操場。尤其是二年E班，包含沒有參加實驗的學生，所有人都在現場見證。此外，去年的一年E班學生，以及去年九校戰新人賽女選手也全部到齊。圍觀的不只是學生，也看見不少教師的身影。

「開始實驗。」

達也以擴音器廣播。聚集在操場的學生們停止交談，現場安靜了下來。在師生緊張地屏息注視之下，達也發號施令。

「重力控制。」

深雪發動重力控制魔法。水槽內面產生不限定範圍，只定義方向的重力力場，只裝一半的重水加輕水混合水滿滿貼附在水槽內側，使中央變成空洞。

「第四相變。」

香澄與泉美發動相變魔法——發散系魔法。這是將液體轉變為第四相，也就是電漿狀態的魔法。因深雪的重力控制魔法而產生空洞的水面上，產生了氘電漿、氫電漿與氧電漿。

「中子護罩、γ射線濾膜。」

水波在重力控制魔法與第四相變魔法的領域之間，插入中子護罩。中子護罩正如其名，是製作力場反彈中子的魔法。

穗香進而在中子護罩與第四相變力場中間，插入γ射線濾膜。γ射線濾膜是擾亂γ射線，取出熱能轉換為可視光線的魔法。

γ射線濾膜與中子護罩都被歸類為釋放系魔法。釋放系魔法的定義，是對基本粒子與複合粒子的運動與相互作用進行干涉的魔法。操作γ射線的魔法被當成干涉光子的魔法而被歸類在釋放系魔法，但就某種意義上來說，這是事後進行的分類。這兩個魔法是為了消弭核分裂武器的毒性而開發出來的。這兩個魔法從現代魔法即將興起的時期開始就是高度優先開發的魔法，而且基於其性質，兩者經常是一起被研究。就是為求方便研究，才將γ射線濾膜與中子護罩同樣歸類為釋放系魔法。

「重力控制。」

深雪發動第二個重力控制魔法。

球形水槽中央出現直徑十公分的高重力領域。正確來說，最初的重力控制魔法使得重力朝向球體外側，這次的魔法則是在直徑十公分的球狀領域內反轉重力方向，產生朝向中心部位的重力力場，同時提升物質之間的引力。

套在水槽水平中央位置的金屬環，是連結六十個特化型ＣＡＤ使用的瞄準輔助裝置而成。這個環狀瞄準輔助裝置，可以將球形水槽中心直徑十公分的空間裡各物質的質量與分布狀況，轉換為可以使用在魔法瞄準的資料。這些資料經由水槽支柱裡的管線，傳輸到在本次實驗設置在深雪前方的大型固定式ＣＡＤ。

演算能力遠勝於隨身式ＣＡＤ的固定式ＣＡＤ，整合六十個瞄準輔助裝置的資料，連同啟動式一起將資料傳送給術士。多虧這些瞄準輔助資料，深雪不用費太大工夫，就能構築、執行與目標領域內部隨時變化的質量相對應的重力控制魔法式。這當然是以她的魔法力才做得到。但如果沒有藉由飛行魔法所收集來的那些關於連續干涉重力力場的訣竅，以及整合六十個資料而成的精密瞄準輔助系統，即使是深雪應該也不可能如此持續穩定地固定高重力力場。這個瞄準輔助系統，正是「恆星爐」實驗裝置之要。

「庫侖力控制。」

五十里的庫侖力控制，使得高重力領域的電磁排斥力降低到萬分之一。質子之間運作的電磁力，是氘原子核相對重力的一澗（十之三十六次方）倍。光是將電磁力降低到萬分之一，再將重力增加為一百倍，還不足以產生核融合，但是點燃核融合反應所需的熱能（電漿動能），確實會相對減少到光靠電漿化提升的壓力就能達到反應條件。

淡淡的光芒誕生。參觀的學生之間，出現了默默無言的騷動。光芒增加亮度，持續閃耀一分鐘、兩分鐘。

球形水槽裡的水開始劇烈沸騰。這個實驗裝置取出熱能的原理，基本上和磁控熱核融合爐相同。以慢化劑撞擊加速的中子，將中子的動能轉換為熱能。這種形式的核融合爐基於其構造，會使得熱回收裝置的牆面直接暴露在大量的高速中子下，因此無法避免爐槽遭受中子照射而脆化。這種中子照射脆化，是提升爐體實用耐久度的一大瓶頸。本次的實驗裝置使用水作為慢化劑，以水打造的中空球體完全包覆反應源，藉此排除非得讓中子射線穿越容器牆壁傳至慢化劑的問題。這個構造也能有效防止牆面腐蝕。這種中空水球也是因為有重力控制魔法才能製造出來。

掛在球形水槽旁邊的數位溫度計，顯示水槽內沸騰的混合水溫度達到三百度。推算球體內部平均壓力達到約一百大氣壓。只要重力控制魔法維持運作，容器就不會破損。雖說如此，若是除去魔法的補強效果，容器本身也差不多要達到抗壓極限了。

「實驗結束。」

實驗開始三分鐘後，達也親口宣告實驗結束。庫侖力控制魔法與第二個重力控制魔法停止，實驗容器裡的光芒因此消失。

「解除γ射線濾膜。」

確認核融合反應完全停止之後，防止中子捕獲產生γ射線的γ射線濾膜魔法解除。

「解除重力控制，中子護罩維持現狀。」

覆蓋於容器內側的水牆，依循地心引力落到容器底部。

機研操作的機械手臂，在球形容器頂端連結通風管。通風管另一邊是氣體成分分析機。調節閥一開啟，容器內部的氣體就因為氣壓差距，而迅速灌入分析機。

「氣體成分為水蒸氣、氫、氘與氦。沒有觀測到有氚或其他輻射物質混入！」

位於分析機前方的賢人，高聲告知簡易測量的結果。雖說是簡易測量，但只是沒有計算成分比例而已，其實能偵測得到所有物質成分。參觀人群各處產生難掩興奮的騷動聲。

「請開始注水。」

在達也的指揮之下，通風管連接水管，開始注水冷卻容器內部。球形水槽內部產生濃霧，不過立刻就消失了，接著水槽便裝滿透明的水。

「解除中子護罩。」

水波放鬆肩膀的力氣，達也向她投以慰勞的目光，然後視線接連投向穗香、香澄、泉美與深雪，最後和五十里四目相對，並相互點頭示意。達也將麥克風遞給實驗進行時，在他身後忙碌檢視許多測量機器的梓。

梓反覆用力搖頭想退回麥克風。但甜美微笑的五十里與默默注視的達也，兩人所造成的壓力

使她無法違抗，她只能哭喪著臉接過麥克風。

梓反覆進行深呼吸後，將麥克風拿到嘴邊。她以下定決心（看起來也像自暴自棄）的表情，向在場見證的所有學生宣布：

「以常駐型重力控制魔法為核心技術的永續熱核融合實驗，順利達到期望的目標。『恆星爐』實驗成功。」

操場與校舍一起響起歡呼聲。這是狂熱到近乎暴力的歡呼聲，聽起來也像是讚揚「魔法」可能性與未來的咆哮。

神田議員與跟班記者懾於學生們的歡呼聲而僵住，直到球形水槽運回輻射實驗室，操場學生們也開始回到教室，才終於回過神來。

「剛才那個究竟是什麼？」

一名記者以稍微破音的聲音，詢問站著交談的廿樂與珍妮佛。

「是常駐型重力控制魔法式熱核融合爐的實驗。」

但是記者這麼問，也只能以這句話回答。這使得記者不耐煩地想加重語氣。至於神田，只能說不愧是在爾虞我詐的政治世界打滾的人，不會輕易急躁。

「這是什麼樣的東西？世人應該都已經放棄了核融合爐的實用化才對啊。」

神田如此詢問。

「要說是否放棄……」

「並沒有放棄……」

廿樂與珍妮佛同時回答。聲音重疊的兩人以眼神禮讓對方，最後由珍妮佛再度開口。

「並沒有放棄。只是因為太陽能系統群率先完成，優先順位被往後推移了而已。以大型實驗裝置進行的研究，因為資金遭遇困難而中止，但研究本身依然在魔法學以外的領域進行。」

「喔，這樣啊……」聽得到廿樂輕聲這麼說，但神田與珍妮佛都沒有理會。

「使用魔法的核融合研究也是其中一環。以電磁控制魔法的核融合系統過於複雜而作廢，相較之下，以重力控制魔法的核融合系統比較簡單，魔法學世界還在研究當中。」

「所謂核融合的研究，是期望以魔法造成核融合爆炸嗎？」

「例如『灼熱萬聖節』時使用的那種魔法？」

兩名記者接連提出暗藏惡意的問題，使得珍妮佛蹙眉。

但她沒有說出語中帶刺的反駁。

「哈哈哈哈！」

廿樂咄咄逼人的笑聲，使珍妮佛目瞪口呆、記者神情怯懦。

「核融合爆炸？恕小生冒昧請教，敢問各位剛才欣賞的是什麼？」

刻意使用雙重敬語，應該是貌似恭敬，心實輕蔑的說法吧。即使沒有這種洞察力，也明白這是在暗諷「你們的眼睛都瞎了」。看來，這個叫作廿樂的男性，不只是具備學者會有的旁若無人作風，連個性也很惡劣。

「如果只是引發小規模的爆炸，沒有必要像那樣構築精密術式，而且如果想引發各位所說的大規模爆炸，就不會使用那種術式。再說，大規模核融合爆炸的成功案例，至今也只有巴西國軍米吉爾．迪亞斯的戰略級魔法『同步線性核融合』，而且目前還沒有人能重現迪亞斯的術式。即使本校學生很優秀，各位覺得他們做得到這種事嗎？」

記者的臉扭曲成不悅的表情。他們明白對方是專家，自己只是外行人。而且他們根本不知道「同步線性核融合」的難度有多高。既然對方表示全世界只有一個成功案例，就算是實驗等級，也無法強辯高中生做得到這種事。

不過，到此都是一如往常。令他們超乎預料又不悅的原因，在於己方記者被當成「普通人」而瞧不起的態度。記者們覺得不只是廿樂，包括教頭、校長、在場的女老師，甚至是學生們，都沒有人對他們這些「輿論代言人」表現「應有的敬意」。

「今天的實驗是探求社會基礎能源的核融合實驗。雖然還有許多問題要解決，但如果恆星爐得以實用化，人類能利用的能源，將遠勝於太陽能循環提供的能源。」

說出這段話的廿樂，雙眼只看向神田。記者們被迫得知廿樂沒有將他們看在眼裡。

「神田議員，您覺得本校學生和平的社會貢獻精神如何？」

「這個……想為社會繁榮盡一份心力的態度，我覺得非常出色。」

廿樂不曉得究竟是哪個開關打開，居然厚臉皮地強勢詢問。神田懾於氣勢，不情不願地同意這番話。

廿樂朝神田露出頗為假惺惺的笑容行禮致意。

「神田議員，謝謝您。我將您的話儲存下來了。我想用來激勵學生，您不介意吧？」

「慢著，這……」

「應該不會造成您哪裡不方便吧？」

「啊，不，能幫上孩子們就好。」

神田移開目光敷衍點頭，只留下簡單的問候就離開了。不是離開操場，是離開第一高中。他不希望繼續被錄下脫離原本意圖的發言，所以打算今天就此打道回府。

若是沒有神轎可扛就無法加入祭典，只能脫離神轎的行列。記者們也被迫中止採訪，離開了第一高中。

珍妮佛目送唯恐天下不亂的國會議員與記者等人離開。待對方身影消失之後，她立刻向身旁的廿樂搭話。

「廿樂老師。」

珍妮佛完全適應日本的習慣，除了外表，她和道地的日本人沒有兩樣。呼叫同僚教師時也不是稱為「先生」，而是「老師」。

「剛才是不是說得太過火了？」

不過，如果連這種貼心都解釋為日式作風，肯定是對美國人的偏見。

「哎呀，讓您見笑了。」

受到指摘的廿樂，看起來真的很不好意思。

「對方故意曲解學生們的氣魄，我不由得火上心頭。」

「氣魄……嗎？」

珍妮佛並非聽不懂這個詞。其實珍妮佛認識魔法大學時代的廿樂。雖然珍妮佛比他年長了許多，但兩人在大學的立場相同──也就是共事的研究員。而且真要說的話，交情很好。

珍妮佛會對廿樂的話語感到疑惑，是因為這不像他的作風。廿樂在第一高中是公認的怪人，但這是因為他極端地割捨不必要的東西，秉持「別具個性的合理主義」。他總是不會承認「氣魄」這種情緒上的事物有價值。對於平常的廿樂來說，「幹勁」或「目標意識」是分析的對象，不是評價的對象。珍妮佛知道這一點，才會不禁將疑問輕聲說出口。

而且廿樂也自覺這一點。他之所以難為情，是覺得自己不適合講「氣魄」這種字眼。

「嗯，總之……這次的實驗從技術層面來看尚未成熟，過於仰賴個人的魔法技能了。是因為由那些成員進行才會成功，若要成為實用技術普及，該解決的問題太多了。」

珍妮佛同意廿樂的指摘。她也和廿樂抱持相同意見。

「但我認為，無論技術完成度如何，他想以魔法改變社會現狀的這份挑戰精神很有價值。他想改變自己對社會的意義，我認為這份氣魄相當寶貴。」

大概是無法承受難為情的情緒，廿樂補充說了一句「雖然我不是講這種話的料就是了」，然後移開目光。

四月二十六日，星期四。在上學途中的電動車廂裡，依照往常習慣拿著情報終端裝置看新聞的達也，露出「哎呀？」的表情。

「哥哥，有什麼讓您在意的新聞嗎？」

達也的表情變化一如往常不顯眼，但深雪也一如往常沒有漏看。

坐在深雪正對面的水波抬起頭。她只是情緒表現比較含蓄，並非撲克臉。水波投向達也的目光，代表她對深雪詢問達也的事情感興趣。

「是關於昨天請妳們幫忙的實驗。」

達也面向坐在身旁的深雪，以讓坐在斜對面的水波也聽得到的音量回應。

「正如預料，善意與敵對的報導並存。我甚至覺得善意報導出乎意料地多。」

深雪以目光與表情一邊詢問「那就沒有什麼好奇怪的吧？」一邊催促達也說下去。

「先不提對風向敏感的國會議員，我不認為大型報導機構的記者，會因為那種程度的把戲就舉白旗。我也預料到他們會賭氣寫下獨斷的單方面報導。老實說，我原本打算以此為底，操作輿論來反擊。」

深雪聽到達也的「表白」，如同要驚呼般瞪大雙眼。

「雖然事到如今也不需要強調了……不過哥哥，您好壞。」

深雪也不是真的在批判，但達也只能苦笑回應——不過水波則是真的一副傻眼的樣子。

「雖然他們如我所料，寫了這種相當歇斯底里的報導……」

達也說著，便拿起行動情報終端裝置的畫面給深雪看。上面顯示「魔法科高中生挑戰氫爆實驗？」這樣危言聳聽的標題，比起刊登在大型新聞網站，更適合刊登在八卦小報。

「但我沒有預料到會出現這種報導。」

達也邊說邊關閉剛才顯示的報導，接著被呼叫到裝置畫面上的，是比較長的專欄報導。

「〈年輕人的挑戰，朝向二十二世紀〉嗎……這是這家報社的系列專欄，對吧？這裡有提到昨天的事？」

深雪大概和達也同樣感到疑惑，歪過腦袋詢問達也。從系列標題就能看得出來，這個專欄是善意介紹青少年族群創新嘗試的評論報導。根本層面和反魔法主義的煽動言論不相容。

「嗯。這家報社的記者昨天也有來，所以他們寫出報導沒有什麼好奇怪。但是我記得直到昨天為止，這裡都相當積極地發布反魔法主義的報導啊……」

「會不會是因為被哥哥的恆星爐感動了？」

達也露出無法理解的表情，相對的，深雪說得像是理所當然。

「……如果是喜歡新奇事物的記者，有可能以個人立場產生共鳴。畢竟這是專欄，而且編輯部裡盡是怪胎的可能性也不是零。」

組織這種東西絕對不是團結一致，一旦巨大化，就越容易傾向分裂。達也同樣理解——應該說實際體認到這一點。一個單位也可能偏離公司的方針失控吧。達也暫時以這種方式解釋。

其實事態沒有這麼單純。清一色屬於反魔法主義的大型報導機構，會在今天出現袒護魔法師的論調，確實有部分原因是因為昨天的實驗。高中生讓國會議員大吃一驚，認定這件事具備新聞價值的媒體人也不只一兩個，但當然不只是這個原因。

廿樂錄下神田議員的發言，並透過魔法大學時代的門路送到議員本人手中，還拐彎抹角暗示議員稍微收斂相關的活動。跟班記者的報導之所以限定於文字媒體，沒有以影視方式播放，大部分是基於這個原因。

議員沒有事先徵詢就帶記者進入校內，百山校長向在野的民權黨高層提出嚴正抗議。不只是神田議員，反魔法主義陣營的其他議員，也不得不暫時縮小活動規模。就某個層面來看，達也的企圖被百山校長巧妙利用了。

而且，產業界也提供支援射擊。

「喂，達也，你看，這個專訪還在做耶。」

午休的學校餐廳，雷歐指著牆面螢幕顯示主動播放型的影視新聞。達也默默繼續用餐，看都不看雷歐食指所指的方向。

「哥哥，羅瑟家的人上日本新聞節目很稀奇呢。」

但達也即使能無視於雷歐，也不可能無視於深雪。

「加上姓羅瑟的人來到日本就任，或許他們進行了大規模的方針改變吧。」

達也刻意不看向艾莉卡與幹比古，做出不痛不癢的的回應。

分割成十六個畫面的牆面大型螢幕，其中四個畫面播放著羅瑟魔工所日本分公司社長——恩斯特．羅瑟的專訪。畫面中的恩斯特．羅瑟以流利日語回答主播的問題。

『——高中生居然能夠使用那麼高階的魔法技術，實在是出乎我的預料。日本技術水準之高令我驚訝。』

「讚不絕口耶。」

「…………」

艾莉卡從剛才就堅守沉默，不像平常的她。雖然稱不上取而代之，但雷歐愉快地搭話。達也再度以沉默回應。

『第一高中的學生昨天成功的實驗使我見識到，魔法很有可能成為促進人類社會更加繁榮的技術。』

「好厲害，提到人類社會的繁榮。」

雫毫無心機，純粹地感到佩服並加以稱讚，而達也再度回以「這是大家的努力」這種不痛不癢的話語。

「嗯，深雪與穗香都好厲害。」

「我……我並沒有……」

達也看著雫與穗香展開的嬉鬧，內心抱持「羅瑟究竟有什麼企圖？」的疑問，以及「原來他還有保護高中生隱私的良知」這種意外感。

◇　◇　◇

恆星爐實驗出乎意料得到許多善意的報導，振奮了第一高中的學生。即使自己不是當事人，同校學生獲得社會認同的事實，雖然只是表面上的，依然藉由群體效應滿足了這些年輕人想被認同的慾望。

不過，其中還是有例外。該說這是理所當然的嗎？

第五堂課，下午最後一堂課剛結束的時間。在一年A班教室準備參加社團活動的琢磨，聽到今天不曉得第幾次「令人不悅」的閒聊。班上女生討論的話題是羅瑟日本分公司社長的專訪，以及專訪提到的昨天那件事。她們在稱讚參加實驗的別班女生。琢磨突然起身，毫不隱瞞不耐煩的情緒。琢磨釋放的危險波動，使得正在聊天的女學生緘口。

他的態度和班上的氣氛格格不入。A班沒有人直接參與昨天的實驗。香澄與水波在C班，泉美在B班，操作機器的輔助成員也沒人在A班。即使如此，得到世界知名企業幹部的高度評價，使得絕大多數的學生——應該說除了他以外的所有學生，都把這當成自己的事而感到興奮。

琢磨心想不妙，但這時候的他無法巧妙控制情緒。琢磨無法忍受他人稱讚七草家的所作所為（他堅信是七草家）。最後他甚至無法為自己打圓場，如同逃走般離開教室。

在社團活動時間，鬱悶的心情仍然沒有消散。欠缺注意力導致術式變得粗糙，平常總是輕鬆完成的事情反覆失敗，造成挫折感的無謂累積。放學時，琢磨的不耐煩情緒達到最高潮。

看來對於琢磨來說，今天是非常不順的一天。

琢磨去領取放在事務室保管的自用CAD之後，放學回家途中，在校舍前庭巧遇戴著風紀委員臂章的香澄。

社團招生週結束之後，風紀委員恢復為輪值制。巡邏基本上是由一個人進行，即使是新生也一樣。香澄也是單獨巡邏。從時間來看應該是正要回去總部。因此，香澄只朝琢磨一瞥，沒有說什麼就準備從他身旁經過，這種舉止一點都不奇怪。

所以這大概是琢磨的被害妄想。

「七草，事情挺順利的嘛。」

琢磨覺得香澄在對他哼笑。

「……你是指哪件事？」

香澄停下腳步疑惑地回問琢磨。這個反應並非裝出來的。

但琢磨自從前天晚上受到父親叮嚀開始，就一直累積壓力至今。在他的眼中，香澄看起來是在裝傻。

琢磨就這麼抱持著誤解，把香澄當出氣筒。

「昨天的公開實驗。甚至引起了羅瑟分公司社長的注意，真了不起啊。」

「公開實驗？七寶，你是不是誤會了什麼？」

香澄絕非個性溫和的少女。即使會裝乖，實際性格卻堪稱火爆。為人不陰險，相對的個性過於直接。現在她也沒有隱藏自己對琢磨語中惡意的不悅情緒。

「別裝傻。你們知道將魔法師當成眼中釘的國會議員要來，才設計昨天的實驗吧？還巧妙地利用司波學長來打響自己的名號。」

「利用？別胡亂找碴好嗎？」

香澄的反駁有些支支吾吾。這是因為琢磨猜中他們預先知道神田議員來學校視察，但琢磨判斷這是自己的推理完全正確的證據。

「我太大意了。那個人不只在這所學校，在九所魔法科學校之間也相當有名。不愧是七草，真是無孔不入。是跟姊姊一樣用色誘誆騙嗎？因為妳們姊妹就只有外表是頂尖的啊。」

「開什麼玩笑！」

香澄情緒突然爆發，這股氣勢甚至令琢磨瞬間語塞。但香澄只在一瞬間火大。

「……居然說誆騙，七寶的想法真下流。我們七草從來沒有想過要色誘。你長得挺可愛，乾脆別當魔法師，去當小白臉給人包養吧？不過現在會養的，頂多只有好色的藝人吧。」

這次輪到琢磨面有慍色。

香澄的揶揄沒有太深的意義。她提到好色的藝人，只是因為某資深女星的少年買春事件在情色新聞網站鬧得沸沸揚揚，使她留下印象罷了。男性成為年長女性情夫的過時形容詞「小白臉」，香澄也不是知道這個詞真正的意思而使用，只不過是從這則緋聞借用的而已。

但是對琢磨來說，這番話只讓他覺得是在影射自己和小和村真紀的關係。

「……七草，妳在找碴？」

「是你先找碴的，七寶。而且，記得我有說過吧？我會奉陪到底，把你修理到再也不敢找七草的碴。」

琢磨與香澄互瞪，兩人都將右手放在左袖口。兩人使用的ＣＡＤ都是手鐲造型。彼此已經跨越了一觸即發的界線。

「那邊那兩個！你們在做什麼？」

「兩個人都把手放下！」

然而，兩人正要操作ＣＡＤ的瞬間，背後就傳來了制止的聲音。

琢磨背後傳來男學生的聲音。

香澄背後傳來女學生的聲音。

琢磨邊以右手捲起左袖，邊轉身看向男學生。

香澄放下右手，轉身看向女學生。

在琢磨的視野中，一名曾經見過的學長露出嚴厲表情，將右手放在左側懷中。

琢磨判斷，學長正要抽出肩掛式槍套裡的手槍造型ＣＡＤ。

琢磨是反射性地做出反擊。

他的右手已經碰到ＣＡＤ的按鍵。

對方學長還沒有完全抽出ＣＡＤ。

贏了。琢磨如此心想。

但緊接著，琢磨身體被前後搖晃引發了腦震盪，受到暈眩感襲擊的他因而雙腳跪地。

香澄感受到身後有魔法發動的徵兆，不由得轉過身去。她知道這種行動從己身立場來看不太妙，但即使不是衝著自己，她也不能無視於戰鬥魔法的發動。

正要施展魔法的，是直到剛才都在和自己對峙的七寶琢磨，以及風紀委員會的森崎學長——在香澄如此判斷當下狀況的同時，魔法發動了。

先發動的是森崎的魔法。雖然被琢磨的情報強化遮蔽，使得威力大幅減弱，但森崎這個魔法是劇烈前後搖晃對方身體，發揮的效果足以中斷琢磨的攻擊。

「藏槍（drawless）……」

香澄輕聲低語。她受到不小的驚嚇。ＣＡＤ的準備速度明顯是琢磨較快。特化型的速度比泛用型快，但是在那種狀態下，即使泛用型與特化型速度有差，也應該是琢磨比較快。前提是森崎有按照「拔槍再瞄準」的正常程序。

但森崎沒有拔出ＣＡＤ，他把ＣＡＤ留在槍套中，只以自己的感覺來瞄準並使用魔法。這是手槍造型ＣＡＤ的高階技術「藏槍」。手槍造型ＣＡＤ具備「朝著ＣＡＤ所指的方向瞄準」這個輔助功能，因此很難不抽出ＣＡＤ就擊發。森崎無損特化型ＣＡＤ發動速度快的特色，就做到了這種事情。

老實說，香澄對森崎的評價不高。魔法式規模與事象干涉力都只是平凡水準，雖然構築速度快，卻也只是頗有能耐的程度。香澄甚至曾經質疑森崎憑什麼以這種實力獲選為風紀委員，但她現在在心中老實承認是自己沒有眼光。

感覺森崎的魔法力只有平凡水準，這一點至今沒變。香澄心想，原來無關於天生魔法力，高年級可以很理所當然地就做到這種程度的技術。

（我也得繼續努力才行！）

香澄在心中緊握拳頭。

「香澄。」

不過後方有人以缺乏抑揚頓挫的聲音叫她名字，使她像是彈起來般伸直背脊。

「北山學姊……」

香澄尷尬地轉身一看，發現雫正板著臉注視著她。

香澄與琢磨被森崎與雫帶到風紀委員會總部，嘗受著如坐針氈的感覺。場中成員包括風紀委員會的委員長花音、帶兩人前來的森崎與雫（雫沒有值班，只是湊巧經過而被波及），以及社團聯盟的總長服部與執行部代表十三束。此外達也不知為何也代表學生會列席。

「香澄，妳這風紀委員在做什麼啊？而且還是在巡邏的時候……」

花音深深嘆氣，香澄尷尬地移開目光。

「七寶，未經許可使用魔法是違反校規，這種事你應該知道吧？光是想使用魔法打架就是重大違規了，居然還攻擊出面阻止的風紀委員……」

琢磨僵著身體，將視線固定在正前方，聆聽十三束的慨嘆。

「總之，我覺得應該先問清楚狀況。」

花音帶著不悅表情點頭同意服部這番話。

「真是的……想說招生週終於結束了，沒想到卻又發生麻煩事……」

花音沒教養地搔著腦袋看向下方，接著抬頭以銳利目光瞪著香澄與琢磨。

「我話先說在前頭。香澄完全是未遂，雖然不會退學，卻可能遭受停學處分。七寶雖然同樣未遂，當時卻已經在操作ＣＡＤ了，最壞的下場是退學。」

琢磨動也不動地聽著花音的宣告。為了不讓身體發抖，他使出力氣穩住全身。

「你們記住這一點再回答我。究竟是什麼事情讓你們吵起來？」

花音看向香澄。

「因為七寶同學侮辱七草家。」

花音的視線移向琢磨。

「七草對我進行難以容忍的侮辱。」

香澄與琢磨說什麼都不看彼此。

「唉……服部，你覺得該怎麼解決這件事？」

閉著眼的服部聽到花音的詢問，睜開雙眼。

「七寶是社團聯盟的自家人。我沒有自信做出公平的判定。」

「那香澄也是風紀委員會的自家人啊。」

「既然這樣，就由社團聯盟與風紀委員會以外的第三方——學生會來裁定吧。」

花音與服部將目光投過來，使得達也內心嘆了好大一口氣。這嘆息是「事情發展正如預料」的意思。說到底，他之所以被派來這裡擔任學生會代表，就是因為梓預料到這件事會很麻煩而逃跑了。五十里也宣稱「學生會長的代理人是副會長」，以笑容逃避責任。雖然副會長還有一人，但是總不能扔給妹妹處理，因此達也是抱著火中取栗的心態赴會。所以他在進入這個房間之前，就已經做好了要處理麻煩事的心理準備。

「讓兩人比試就好了吧？」

服部眉毛微微一顫。

「咦，意思是要放過他們兩個？」

花音疑惑地回問達也，但服部卻是不發一語。達也可以想像服部內心的感覺，但這種事不應該說出口。

「無法以溝通解決的事情，就用實力來決勝負。前任委員長說本校鼓勵這種做法。」

達也的發言使十三束露出驚訝神情，但花音與服部一副理所當然的表情。順帶一提，雫睡眼惺忪地看著旁邊，一副「可以早點結束嗎？」的表情。

「擅自使用魔法是重大違規事項，但是沒有必要連未遂的學生都得遭受處分吧？畢竟新生經常如此。」

這次輪到森崎面有難色地別過頭。幸好場中無人落井下石。

「既然攸關彼此的尊嚴，我覺得以實力分出高下，也不會有後顧之憂。」

「我覺得可以採用副會長的意見，服部呢？」

花音聽完達也的意見之後，想都沒有想就如此詢問服部。

「我沒有異議。司波，可以拜託你處理相關手續嗎？」

「我明白了。」

達也點頭回應服部這番話。達也為了取得梓的書面認可，走向直通學生會的階梯。

「司波學長。」

琢磨從後方向達也搭話。

「七寶，你不服氣嗎？」

出言責備的是十三束。

「不是！既然獲准和七草比試，那我有個請求。」

以琢磨的立場沒有資格談條件。他本人應該也明白這一點。

「說說看。」

所以花音才反而催促他說下去吧。因為花音對於他會提議什麼事情感興趣。

「請讓我對付七草香澄、七草泉美兩人，而不是只有七草香澄。」

「七寶，你這傢伙瞧不起我是嗎？」

先不提香澄在學長姊環繞的狀況使用這種遣詞用句是否妥當，她會如此質詢是當然的。

「理由呢？」

但香澄決定暫時先緘口，聆聽達也對琢磨提出的詢問。

「這是攸關七寶家與七草家尊嚴的比試。而且『七草的雙胞胎在聯手時才會發揮真正價值』，這是廣為人知的事情。」

「所以必須同時對付兩人並且戰勝，才算是真正的勝利？」

「正是如此。」

達也暫時打住對話，看向香澄。

「雖然七寶是這麼說，不過香澄不介意嗎？」

「不介意。我會讓他為自己的自以為是感到後悔。」

「那麼，就這麼辦。」

達也說完，便上樓前往學生會室。

達也拿著學生會長蓋章裁決的許可證回來時，泉美跟在他身後，但不知為何連深雪與穗香也跟來了。

「委員長，麻煩在這裡蓋核可章。」

「咦，核可章？……放到哪裡去了？」

花音不知所措時，她身後的雫從櫃子取出存放重要物品的小盒子。花音露出明顯是在遮羞的客套笑容接過小盒子，在許可證上蓋章核可。

服部用力咳了一聲，如同要驅趕鬆懈的氣氛。

「地點要用哪裡？」

「請使用第二演習室。」

服部詢問達也，卻是由穗香回答。所有人不用經過說明就知道，她拿了第二演習室的開鎖密碼過來。

「司波同學，妳是裁判？」

這個問題來自十三束。他看起來從剛才開始就很在意深雪為何在這裡。

「不，我是見證人。」

深雪嫣然一笑，否定十三束的詢問。

「那麼，裁判是達也同學？」

雫的問題是針對達也，但花音在他回答之前就先插嘴。

「就這樣吧。」

「我也不在意。」

服部跟著花音這麼說。兩人似乎都不打算徵詢達也的想法。

「——走吧。距離學校關門沒剩多少時間了。」

這場比試是由達也提議，事到如今不允許他拒絕。他忍住嘆息催促眾人移動。

移動到第二演習室的人，包括以比試為名進行決鬥的當事人琢磨、香澄、泉美，擔任裁判的達也與見證人深雪，還有保管鑰匙（門鎖開關密碼）的穗香，以及社團聯盟代表十三束與風紀委員代表雫，合計八人——依照風紀委員的輪值制度，原本應該由森崎見證，但是雫要求代理，所以變成這樣的陣容。

見證的成員令琢磨感到困惑。在他的認知當中，達也與深雪是七草那邊的人。這是一場裁判與見證人都成為敵人的不利對決——不如說是作弊之戰。

另一方面，對於琢磨來說，穗香與雫是七寶家為了取回「應有地位」非得延攬的人材。琢磨很單純地相信著，要是能在這裡展現己身實力就能降低說服她們的難度——十五歲的少年會這麼想也不無道理，很符合琢磨的精神年齡。一般來看，達也他們比較不像是少年。

絕對不利的狀況，以及顛覆險境勝利之後可以得到的果實。

琢磨和七草姊妹對峙的時候，困惑已經昇華為鬥志。

香澄與泉美沒有辦法像琢磨這麼積極。香澄的真實心境是「琢磨單方面找她結下梁子」，泉美只覺得自己完全是遭受池魚之殃。兩人對七寶家沒有什麼想法，只是覺得被敵視很煩。如果琢磨願意安分，即使他考試成績較高或是獲選為學年代表，兩人都不甚在意。

她們原本就不關心世俗地位或名譽。雖然兩人都喜歡被稱讚，非常討厭被鄙視，卻不會因而想得到什麼東西。在某種意義上，她們是因為已經擁有而無慾，但這並非她們主動爭取的。

兩人一致希望這件麻煩事就此結束。為此，必須在這裡徹底擊潰對手，使其再也不會前來找碴。兩人下定決心之後便和琢磨對峙。

第二演習室內部比一年前達也與服部交戰的第三演習室來得長，是設想可能會使用中程魔法的教室。地板以藍色與黃色分為前後兩區，距離前後牆壁一公尺的地面塗成紅色。

琢磨在藍色區，香澄與泉美在黃色區。

琢磨沒有換掉制服，左腋下抱著一本又大又厚的精裝書。

香澄與泉美換上便於行動的實習服。那是以厚實布料製作的長袖及踝連身工作服。在後方人工樹林進行野外實習時，會加穿一件無袖外衣兼作收納用途，但兩人現在都沒有穿外衣。貼身的女用工作服凸顯兩人苗條的身體曲線，但場中正苦惱著不知道該把視線往哪裡擺的，就只有十三束而已。

「這場比試採用禁止碰觸規則。」

達也站在藍黃界線宣布。「禁止碰觸規則」用在禁止身體接觸的比試，只要不是特別狀況，異性比試都採用這項規則（女性之間的比試也大多選擇這種方法）。

「雙方應該已經知道規則，但我姑且說明一下。禁止離開自己顏色的區域。進入對方區域或紅色區域也算失去資格。此外也禁止碰觸對方身體，以武器碰觸也算失去資格。不過……」

達也說到這裡朝琢磨一瞥。

「以魔法遙控的武器不算犯規。」

達也立刻將視線移回視野範圍中能平等看見雙方的位置。

「最後，禁止使用可能造成死亡或永久傷害的攻擊。我判斷情況危險時會強制中止比試，請注意。」

琢磨瞬間露出哼笑般的表情，大概是在心想「你做得到就試試看」吧。達也、深雪、穗香與雫都察覺到了，但沒有人責備琢磨的傲慢態度。

「那麼，雙方預備。」

香澄與泉美移動到區域中央。

琢磨沒有離開界線附近，抱在腋下的書「咚」一聲掉在腳邊。

達也交互看向三人。三人皆點頭回應。

達也退到牆邊，將右手舉到頭上，用力揮下。

想子光閃爍，雙方施放魔法。

琢磨與香澄以魔法互擊，泉美則展開領域干涉，專心防禦。

琢磨非得獨自攻擊兼防禦，但是香澄可以專心攻擊。

條件明顯是香澄有利。

「妳覺得如何？」

雫輕聲詢問穗香。

「目前算是平分秋色吧……」

穗香有些沒自信地低聲回應。

香澄主要使用移動系魔法，她以魔法攻擊琢磨本人，或是以移動空氣塊的方式造成強風吹襲琢磨，是企圖以出界取勝的戰法。而琢磨則以情報強化與物理護壁防禦她的攻擊。

另一邊的琢磨一開始是以振動系魔法直接攻擊，但發現無法突破泉美的領域干涉之後，將戰法改為在手心製作壓縮空氣彈來射擊。這是名為「氣彈」的普及魔法，效果和普及程度一樣可以打包票。不過泉美的領域干涉範圍比想像中的廣，而且空氣子彈一進入她支配的領域就會擴散，難以造成有效打擊。

「香澄學妹似乎在避免害七寶學弟受傷，因此攻擊幅度受限。」

「是啊。」

「至於七寶學弟……似乎還不曉得氣彈的使用方法。」

「香澄在這部分也一樣吧？」

「嗯。除非能像深雪將整個房間納入掌控，否則光靠領域干涉無法防禦氣彈。難道兩人都是因為太有天分，而沒有練習在使用方法上下工夫嗎？」

「畢竟是新生嘛。」

「聽妳這麼說也對。我們直到九校戰以前也和他們大同小異。」

琢磨並非聽到穗香與雫的對話，卻強烈感覺「不能繼續這樣下去」。他拚命安撫焦慮的心，在編織魔法的同時，絞盡腦汁試著突破僵局。

他不覺得自己的魔法力不如對方。即使一打二也絕對不會輸，而且堅信自己動用王牌一定會贏。但琢磨自覺到他的王牌很可能會讓對方受重傷。達也雖然是大一屆的學長，不過琢磨不認為「不屬於二十八家」的達也有辦法阻止他的魔法。但他擔心之後會被判定犯規落敗。

然而──

（糟了！）

一邊思考一邊操作魔法戰鬥，果然還是過於勉強。

琢磨以「擴散」術式覆寫從背後襲擊的空氣塊。琢磨藉由至今的魔法互擊，幾乎已完全掌握了對方與自己的實力差距。魔法的規模、連射性能與多樣性是香澄占上風。干涉力是琢磨高於香澄，但泉美和琢磨幾乎不分上下。

琢磨的「擴散」干涉力較高，加上魔法式本身也單純，因此發動時間不長，在千鈞一髮之際讓香澄的「風槌」失效。但是從壓縮狀態釋放的空氣化為強風，襲向琢磨的背部。風槌的壓縮程度遠低於氣彈，釋放的空氣威力無法傷害琢磨身體，卻足以令他重心不穩。琢磨身體前傾，魔法準心向下偏。

構成氣彈的各要素之中，子彈大小、空氣壓縮率以及子彈的加速度，是寫入啟動式的常數項目，發射方向與最遠射程是魔法師輸入的變數。雖然不是一定要以眼睛來指定方向，但配合視線發射還是比較簡單，因此這個方法相當普及。

空氣子彈向下方發射。落入領域干涉網而解除壓縮的子彈，撞擊距離泉美所站位置很遠的前方地面，然後就這麼滑到她腳邊。

泉美發出短促的尖叫聲，有些站不穩。因為出乎意料的強大氣流襲擊腳邊，使她失去平衡。

琢磨見狀察覺自己誤會了一件事。領域干涉只消除空氣壓縮與持續賦予的加速度，並非連已經產生的空氣動能也能消除。

在空中解除壓縮的空氣，朝三次元的所有方向呈球狀擴散。但是在地面附近膨脹的空氣受到地板阻礙，擴散方向受限。原本向下擴散的空氣被前進的動能增強，成為強烈氣流命中對方。

（簡單來說，就是射擊時即使魔法失效，只要攻擊不會也失效就好！）

琢磨在前方空間設置了七顆空氣子彈，分別是正六角形的頂點以及中心。他擊發正中央的子彈，而另外六顆子彈也在幾乎毫無延遲的狀態下射出。

七寶的——第七研開發的魔法是群體控制。這裡所說的「群體」並非生物學上的個體族群，而是法則上無相關之事物的集團。將個別獨立的複數物體或現象視為單一生物操縱。使數百顆乾冰子彈並非隨意灑落而是集中攻擊的技術，也是這種群體控制的應用。對於七寶家長子來說，要讓七顆氣彈一同射出簡直易如反掌。

第一顆子彈受到泉美的領域干涉，解除聚合而擴散，卻被隨後射來的六顆膨脹空氣塊圍繞，導致空氣擴散遭到妨礙，且因為位置略微位於前方而被往前推。結果就是空氣子彈降低密度，化為暴風碎粒襲擊泉美。

「呀！」

泉美尖叫不是因為碎粒命中，是因為突然被推倒。香澄撲向泉美的速度，很明顯是以魔法輔助造成的。恐怕是將原本要對琢磨使用的移動魔法改用在自己身上了。

無視於加速程序的移動魔法，會對身體造成沉重負擔。即使是自己使用的魔法也一樣。被推倒的人應該也會受到同等創傷。琢磨心想這是大好機會。

琢磨在胸前拍掌。這個領域的聲音性質被經過改編，琢磨拍手的音量被增幅，音波被壓縮到極細，朝著香澄釋放。

即使魔法因為領域干涉失效，增幅的音量也不會受影響。就算聚合的音波稍微擴散，在極近距離下爆炸，也可以給予香澄相當於震眩彈爆炸的聲音衝擊。這樣的威力足以剝奪她的意識——照理來說應該會是如此。

然而，琢磨的音波攻擊被香澄展開的真空斷層擋下了。

空氣被吸入真空斷層。隨著尖銳聲響捲起的強風，猛烈吹襲香澄與泉美的頭髮。先不提短髮的香澄，泉美及肩的頭髮被風吹得凌亂不堪，但她只以手指簡單梳理。

「香澄，妳沒事吧？」

泉美坐起上半身，詢問依然騎在她身上的香澄。

「謝啦，泉美。剛才好危險。」

香澄從泉美身上離開，並如此回應。

琢磨現在依然持續在攻擊。香澄與泉美交互發動防禦魔法才勉強擋下。

但兩人臉上沒有焦慮的神色。

「看來，我們有點太小看那個傢伙了。」

「先不提『小看』這個形容方式是否適當，但看來確實如此。」

「這樣下去狀況會越來越糟。」

「但妳不打算認輸吧？」

「當然。泉美，用那招吧。」

「好的，香澄。一如往常。」

「我來射擊。」

「我來強化。」

「那麼，開始吧。倒數三秒。」

「Three……」「Two……」「One……」

「Cast！」

香澄高喊之後，襲擊琢磨的魔法威力暴增了數倍。

事象干涉力在自己的背後、頭上與側邊亂竄。和至今無法相比的強力魔法即將發動。琢磨察覺這個徵兆，將全力攻擊切換為全力防禦。

他感應到的魔法，是以氣體為對象進行聚合與移動——氣流控制的魔法。他沒有餘力繼續解讀，幾乎是以直覺設下全方位的氣密護盾。琢磨能夠先完成護盾，只不過是因為他的魔法式構造比香澄與泉美正要發動的魔法單純。

強風席捲範圍狹窄的室內。從頭頂往下吹的風壓住身體，緊接著又是從後方與側面襲來的強風。身體差點連同周圍形成的氣密護盾一起被吹走。護盾導致承受強風的表面積增加，承受更強的風壓，即使如此也不能降低氣密度或是縮小護盾。琢磨以魔法師的知覺發現，襲擊自己的風絕大部分由氮氣組成。

提升空氣中氮氣密度的魔法，以及移動空氣塊的魔法。這是聚合、移動系複合魔法——「窒息亂流」。稍微吸入這種氧氣濃度極低的氣流，就會因為缺氧而突然昏迷。要是為了避免被氣流吹走而縮小護盾，護盾內部的氧氣將立刻不足。

在使力穩住腳步的琢磨腳邊，響起書頁持續翻動的響亮聲音。書之所以沒有飛走，是因為魔法之風只在膝蓋以上的高度肆虐。琢磨帶來戰場的那本又大又厚的精裝書，從頭到尾每頁都印著相同的幾何學圖樣。琢磨看著書頁，下定決心要打出王牌。

「這是……窒息亂流？」

「對。」

深雪以驚訝又感嘆的語氣詢問，達也則以簡短的肯定句回答。

「居然能熟練使用這種高階魔法，該說不愧是七草學姊的家人嗎……」

「稱不上熟練，但還是了不起。」

在引發缺氧症狀癱瘓對手的魔法這方面上，這個魔法和真由美對人戰鬥的王牌——「乾雹流星」屬於同類。香澄與泉美使出這個魔法當成絕招，恐怕是也是受到真由美的影響。但說到魔法的難度，窒息亂流在乾雹流星之上。如果是事前準備，必須大量收集空氣裡極少量二氧化碳的乾雹流星比較辛苦，不過窒息亂流必須一邊維持氣體成分組合一邊操縱氣流，是非常難以控制術式的魔法。

香澄與泉美的窒息亂流，在氣流操作的粗略程度很顯眼，因此達也才說她們「不到熟練的地步」。但這絕對是基本上不會在高中生身上看見的高階魔法。

「這就是乘積魔法啊……不愧是號稱『七草的雙胞胎在聯手時才會發揮真正價值』。」

香澄與泉美至今一直使用算是初級的魔法，在陷入危機的現在終於使出高階魔法。這並不是負責攻擊的香澄捨不得使用或是放水，而是因為窒息亂流難度過高，不是香澄可以「獨自」發動的魔法。

七草香澄與七草泉美，之所以拿「七草的雙胞胎」這個普通名稱當成具備特殊意義的別名，正是基於這兩人專屬的特殊性質。兩人「同心協力」時，就可以使出她們所無法獨力施展的高威力、高難度魔法。

不是魔法師的人，聽到這種事並不會覺得特別奇怪，但這對於魔法師來說是異常現象。複數魔法師進行單一儀式，進而能夠使用獨力不可能執行的大規模魔法或高階魔法，這樣的技術確實存在。尤其在古式魔法領域，雖然實際執行的例子不多，但在代代相傳的法術之中並不稀奇。不過這種魔法儀式必須要有詠唱、祭壇、舞蹈之類的媒介或程序，使術士的五感能夠同步。

光是複數魔法師同時發動相同魔法，魔法力並不會因而累加或增幅。只有魔法力最強的魔法師能發揮術式效果，其他魔法師的魔法力反而會妨礙事象改寫。在多人進行的儀式魔法中，參與儀式的魔法師必須以不重複的方式分擔魔法式各個部分，藉以完成複雜或巨大的魔法式。咒語或符號是用來分配各魔法師魔法力的記號，或是用來當作迴路。

不過，香澄與泉美兩人光是和發動普通魔法一樣接受ＣＡＤ的輔助，就可以增幅魔法力。而且這兩人並非分工負責魔法式的不同部分，而是直接將魔法力組合起來。

香澄朝目標施放魔法式，泉美賦予事象干涉力。兩人施展魔法時，彼此的魔法力不是相加，而是相乘。之所以做得到這種事，是因為兩人不只是肉體具備相同基因，連精神上的魔法演算領域特性都完全一致。琢磨剛才分析香澄的優勢是魔法發動速度與魔法式構築規模較強，泉美則是干涉力較強，但這是錯誤的。是因為香澄與泉美以這種方式使用魔法力，才讓他有這種感覺。即使兩人的職責互換，也同樣能施展魔法。

就算改造基因也不可能發生這種狀況，完全是以巧合打造出來的例外。這就是「七草的雙胞胎」實力的祕密。

屏息踩穩腳步的琢磨突然單腳跪地，將內頁不斷被強風吹動，像是隨時會解體飛走的書本闔上。接著琢磨再度打開精裝書封面。這一瞬間，所有內頁同時化為紙雪飛散。

琢磨帶來的書，是變形Ｂ５版型的七二〇頁精裝書，又大又厚。內頁長一八二公釐，寬二五六公釐。內頁只留下膠裝側二公釐的寬度，其它皆碎裂為四公釐見方的正方形紙片。每兩頁（一張）是兩千八百八十片，內頁共七二〇頁、三六〇張，所以總數為一〇三萬六千八百片。

超過一百萬張的小紙片形成風雪，違抗強風湧向雙胞胎。不用說，四公釐見方的紙片不是普通的紙張。如果有人的動態視力強到能看清複雜轉動飛舞的每一張紙片的動作，應該會發現小紙片沒有彎曲或摺疊，而是化為如同以玻璃之類的堅硬材質製成的方形薄刃。百萬之刃乍看胡亂飛翔，但確實逐漸包圍香澄與泉美兩人。

無論是香澄與泉美，或是達也與深雪，都知道這陣紙風雪是以無數利刃組成。知道七寶家魔法的七草雙胞胎，也知道這是什麼魔法。

七寶家的王牌之一——「百萬銳鋒」。以群體控制技術操縱百萬張紙片，形成利刃雲層來撕裂敵人的魔法。

雙胞胎一邊操作窒息亂流，一邊施展其他魔法。讓氧氣成分較高的空氣從各個方向吹襲紙風雪，藉由斷熱壓縮製作超越紙張燃點的熱風，試圖燒燬紙刃。

這是名為「熱亂流」的改編魔法。是比單純製作斷熱壓縮空氣塊更高一階的魔法。雖然雙胞胎同時發動窒息亂流與這個魔法，不過對現在的她們來說，這完全在她們能掌控的範圍中。第三研的研究主題是「多種類多重魔法控制」。他們深究魔法師能同時發動並控制多少不同的魔法，並提升這個極限。這就是第三研採用的魔法師強化計畫。在魔法師開發研究所之中，第三研是罕見的開放型作風，第十研也利用了他們的成果。十文字家的「連壁方陣」就引用了多種類多重魔法控制的成果。對於習得這項成果並轉移到第七研的七草家魔法師來說，無論是哪種高階魔法，區區雙重、三重的多重發動不算是困難技術。

不允許生物呼吸的暴風吞噬琢磨，超過攝氏五百度的空氣塊試圖燒盡紙片。

百萬利刃邊承受著超越燃點的熱度，邊在化紙為刃的魔法保護之下，依循琢磨的意志席捲而來，尋求香澄與泉美的血。

這樣下去，琢磨將會因缺氧昏倒，香澄與泉美將承受沒能燒盡的利刃攻擊而遍體鱗傷。可以預見雙方都可能留下後遺症這種令人擔憂的結果。

「到此為止！」

達也的右手動了。

往前伸的手，握著閃耀銀光的ＣＡＤ。手槍形態特化型ＣＡＤ——「銀鏃」。

窒息亂流。

百萬銳鋒。

熱亂流。

三個魔法式粉碎散落，想子洪流捲走魔法式的碎片。

達也宣告比試中止的聲音，不曉得是否有傳入三人的腦海中。

在所有攻擊魔法全被打散的寂靜中，琢磨、香澄與泉美都不曉得發生什麼事，呆呆佇立在原地。並非場中所有人都不曉得發生什麼事而感到愕然。語塞、呆站著的只有比試的當事人——三名一年級學生。

十三束也瞪大雙眼，不過從他的表情看來，他並沒有受到太大的衝擊。要說受驚確實是有受驚，但他看起來，反倒像是因為理解發生了什麼事而感到佩服。另外三人——深雪、穗香與雫則露出「不愧是達也」的表情。

其實完全理解到發生了什麼事的只有深雪，但是一年級的三人甚至沒有能理解「達也的對抗魔法瞬間消除琢磨、香澄與泉美的魔法」這個表象。

「這場比試，雙方都失去資格。」

達也以裁判身分做出裁定。當機的一年級三人至此總算重新開機了。

「這判決是怎麼回事？」

首先逼問達也的是香澄。

「我在比試前說過了，禁止使用會造成死亡或永久傷害的攻擊。在我判斷危險時，會強制中止比試。」

「那麼，這場比試的勝負如何？」

泉美如此詢問。她的語氣比雙胞胎姊姊穩重，話語卻比平常強硬。

「雙方失去資格，換句話說兩邊都算輸。」

不是平手，是兩邊都輸。達也刻意這麼說，是在暗示「不接受再度比試」，但是不曉得泉美她們是否理解這一點。

「可是，司波學長，窒息亂流和百萬銳鋒不同，並不是致命的魔法，也不是會留下後遺症的魔法啊。」

泉美的主張是「應該算七寶同學犯規戰敗吧?」的意思。琢磨也立刻理解這一點。琢磨幾乎在她說完的同時就想出言反駁，但達也更快開口。

「窒息亂流確實可以將威力控制到不會讓對手留下重大後遺症的程度。不過泉美，剛才的妳們應該沒有這種餘力。」

達也投以「難道不是嗎?」的眼神詢問，使得雙胞胎都不敢說話。

「不是這樣!」

雖然不能形容為取而代之，但這次輪到琢磨向達也抗議。

「比試在那之前就分出勝負了!」

達也眼中亮起了蘊含有趣之意（不是看好戲，是深感興趣的意思）的光芒。

「你想宣稱是你獲勝?」

「是的。」

琢磨不畏達也冰冷的視線，傲然放話。

「七草的熱亂流沒能阻止百萬銳鋒。而在窒息亂流突破我的氣密護盾之前，我的攻擊就已經命中了七草!」

達也的視線除了冰冷，還加入了挖苦的要素。

「也就是說，如果我剛才沒有出手，百萬張的紙片應該會夾帶高溫，蹂躪高一女生的柔嫩肌膚。這就是你的主張嗎？」
隱約傳來忍不住發笑的聲音。不小心笑出來的至少有兩人以上。
琢磨的血氣衝到臉上，臉色紅到所有人都看得出來。
「那麼七寶，這場比試是你犯規戰敗。」
達也在激動的琢磨情緒爆發之前，以冷靜到冷酷的語氣宣布琢磨敗北。冰冷如鋼的聲音，使琢磨猶豫是否要反駁。
「別說你不知道百萬銳鋒直接命中的後果。」
琢磨似乎想開口說些什麼，但達也不打算讓他解釋。
「只有互相廝殺可以允許進行過度攻擊。有規則的比試不允許做出這種事。」
「那麼！」
琢磨如同要擺脫達也交纏在他身上的壓力，以過分強烈的氣勢出聲反駁。光是說出這短短的一句話，他就明顯消耗了不少精力。
「我使用百萬銳鋒就算輸，這是從一開始就決定的事情嗎？」
「只要無法控制攻擊力，就算犯規。」
「怎麼這樣，這太不合理了！」
相對於氣沖沖的琢磨，達也則是始終保持冷靜應對，這更加煽動琢磨的激動情緒。不只是社團聯盟的學長十三束，連剛才和琢磨交戰的香澄都提心吊膽地看著他激動的樣子。

「這代表我在比試之前就被禁止使用王牌！這條件對我太不利了吧？」

「條件相同。七草姊妹同樣禁止使用高殺傷性的魔法。」

不過，目前只有這兩人擔心這場口角的結果。二年級女生──深雪、雫與穗香，則是只向琢磨投以溫暖的目光。

「這是狡辯！那些傢伙根本沒有會被禁用的高殺傷性魔法！」

「窒息亂流就具備了足夠的殺傷力。我沒有在一開始阻止，是因為她們將威力控制在規則範圍內。」

達也的語氣就算說客套話也稱不上愉快，這使得琢磨語塞。冰冷的視線注視著他。不只是達也，琢磨感覺三名學姊也在對他冷笑，因而拚命尋找反駁的切入點。

「不過七寶，你沒能壓抑百萬銳鋒的威力。」

「這是藉口！我有好好控制術式！」

琢磨的反駁毫無根據，是情緒化又未經思考的反射動作。琢磨的百萬銳鋒並沒有充分降低威力，在場見證的二年級所有人都明顯看得出來。

如果達也不只是秉持自己的判斷，還向深雪、穗香、雫、十三束所有人徵詢意見，琢磨應該也不得不讓步吧。先不提達也的「自家人」，倘若連十三束都支持達也的裁決的話，琢磨一定難以堅持下去。

「這場比試的裁判是我，由我進行判定。這我應該也在一開始就說過了。」

但達也沒有這麼做。判定是裁判的工作。達也覺得沒有必要更動這個原則。

「——啊，我知道了啦！換句話說，使用百萬銳鋒就等於過度攻擊吧！既然這樣，打從一開始這麼說不就好了？要是我早知道百萬銳鋒違反規定，我就有其他打法！」

琢磨沒有察覺自己的發言正是幼稚的藉口。

而他以外的所有人都察覺了這一點。

十三束看琢磨的眼神，從提心吊膽變成不知所措。

深雪看琢磨的雙眼，以犀利的光芒取代溫暖的光芒。

然而達也依然以冰冷論理，回應琢磨的刁難。

「七寶，別撒嬌了。沒能控制威力是你學藝不精。你會無法遵守比試的條件，就只是因為你的技能不足。」

「你這個雜草沒資格說我！」

室內鴉雀無聲。刺痛肌膚的緊張感充斥於寂靜之中。

琢磨染成通紅的臉，失去血色變得稍微鐵青。他原本應該也不打算說到這種程度吧。感覺像是氣過頭而不小心說出無法挽回的話語。

穗香與雫的臉色因為別的理由而變得鐵青。她們害怕室內隨時會捲起暴風雪。但幸好達也在變成這種結果之前開口。

「不滿被我這麼說？」

琢磨自覺自己的發言在雙重層面上有不適當之處。至少「雜草」不該是在這裡說出口的詞，而且達也是憑實力從二科生晉升為魔工科生的「例外」。琢磨拚命思考該如何挽回這個失態，但他處於陷入絕境而失去冷靜的狀態，難以想出好點子。即使如此，琢磨依然沒有閉口。

「我……我是對缺乏公平性的判決不滿！七草有控制好窒息亂流，我沒有控制好百萬銳鋒，這只是司波學長的主觀看法吧？我完全控制了百萬銳鋒！司波學長的判決明顯偏袒七草！」

「七寶……你說得語無倫次。」

琢磨任憑情緒反彈說出耍賴般的藉口，以傻眼語氣責備他的不是達也，是十三束。

「剛才要是繼續打下去，你的魔法會讓七草學妹她們受到超越比試限度的傷，你自己剛才不就承認了嗎？」

「那是因為七草使用熱亂流！」

琢磨的說法並非毫無道理。但是很遺憾，此時此刻聽起來只像是在推卸責任。

「七寶，夠了啦。」

一個語氣聽來掃興的聲音介入琢磨與十三束之間。聲音來自香澄。

「既然這麼不想輸，就算你贏吧。」

「香澄，真的沒有關係嗎？」

即使程度不同，但眾人全都露出意外表情。如此詢問香澄的，是最理解她的泉美。

「嗯。仔細想想，剛才也不應該投入到那種程度。何況在高中的非正式比試使用乘積魔法，還使用窒息亂流加熱亂流的多重演算，怎麼看都做得太過火了吧？司波學長說得沒錯。」

正如她所說的這番話，香澄似乎完全冷靜下來了。看向琢磨的目光也已經沒有敵意，而是變得毫不關心。

「……既然香澄都這麼說了。」

泉美也相當乾脆地接受了香澄的說法。她原本就只是在幫忙雙胞胎姊姊。既然香澄說這樣就好，那泉美也沒有什麼好執著。

似乎想大喊什麼的琢磨，全力克制自己不開口。「開什麼玩笑！」這句怒吼已經來到喉頭，但他察覺說出這句話太不像樣。多虧這段感到意外而語塞的空檔，他的理性判斷力也恢復到可以如此思考的程度。

香澄走向達也，泉美緊跟在後。

「司波學長，抱歉為您添麻煩了。」

香澄與泉美向達也低頭致意。不過，泉美的注意力約有七成是朝向深雪，這部分該說是美中不足吧。

——琢磨咬牙切齒地看著這一幕。

「只是，方便讓我說句話嗎？」

但香澄並非只是單純要道歉，這很像她的作風——不對，在這個場合，應該形容為很像香澄對達也的作風才對吧。

「要說什麼？」

達也的表情也和面對琢磨時完全不同，帶著苦笑。

「我——我們的魔法控制沒有失手。學長在那時候中止比試是誤判。」

香澄帶著倔強的眼神迅速說完，不等達也回應就離開演習室。

「那……那個……」

泉美交互看著香澄背影與達也的臉，難得打從心底感到為難。

「泉美。」

「有！」

明明並非出乎預料，但是被達也呼叫名字的泉美，像是跳起來般挺直背脊回應。緊接著就因為聲音走音而害羞低頭。

達也沒有笑泉美，但也沒有展現嚴厲態度。他以溫柔表情繼續說下去。

「麻煩幫我轉告香澄，如果她有所不滿，我隨時願意擔任她的對手。」

泉美大概是因為感到意外而睜大眼睛。她立刻理解達也這番話是在關心香澄。這完全不符合她對達也的印象。

「……我明白了。謝謝學長。」

泉美如此回應達也，隨即深深地鞠躬致意。她結束不長不短的鞠躬之後抬起頭，不知為何留在原地。

「怎麼了？」

達也問完，泉美「首度」向達也露出率直的笑容。

「我『稍微』對學長刮目相看了。看來學長真的『有些地方』像是深雪姊姊的哥哥。」

這番話可以吐槽的地方多到根本就已經超載了，甚至給人一種超載到差點因此導致貨物散落的感覺。但或許是過於正直反而令達也驚訝，達也只是默默地目送說了聲「告辭」之後，便離開演習室的泉美。

香澄與泉美離開演習室之後，琢磨依然默默佇立在原地。不能否定這景象在二年級眾人眼中看起來的確就像是被扔下來一樣，但琢磨自己沒有這麼想。

「司波學長。」

至少在他的表意識上，他是想在礙事的人離開後和達也說話。他是為此才刻意留下來。

「你還有什麼想說的嗎？」

達也語氣依然冷漠。不過沒有人責備這種做法「不成熟」。至少，從至今這個房間內進行的所有對話來研判，任何人都會覺得錯在琢磨吧。其實現在理性已經恢復到某種程度的琢磨，自己也是這麼認為。但他同時對自己的言行絕望，認為現在道歉已經太遲。他認定自己必須要收回禮節以外的失地才行。

「我還無法接受。」

「無法接受什麼？」

「我犯規落敗的判決。」

「七寶！」

十三束像是無法忍受般大喊。但琢磨將視線固定在達也身上，沒有看向十三束。

「你有什麼願望？」

達也可以駁回琢磨的抗議。說到底，這場比試就是為嚴重違反校規的琢磨與香澄，所採取的補救措施。尤其對最壞的狀況得接受退學處分的琢磨來說，補救的色彩相當濃厚。無論是偏袒還是作弊，琢磨都沒有立場計較。

但達也仍然詢問琢磨要說什麼。與其說這是達也的溫柔，應該說是不希望麻煩事拖延下去的心態使然。

「請讓我證明。」

「證明什麼？」

「證明我可以控制百萬銳鋒。」

「怎麼證明？」

「請和我較量！我會使用百萬銳鋒，讓學長毫髮無傷地投降！」

琢磨這番話令深雪柳眉倒豎。但是室內並未被白色的黑暗完全覆蓋。

在她的情緒爆發之前，接連響起劇烈的打擊聲與某人倒地的聲音。這幅意外光景中斷了深雪的怒火。

倒地的是琢磨。

打倒他的是十三束。

「……十三束學長？」

琢磨雙手撐地，一副不曉得發生什麼事的表情。

「七寶，你鬧夠了吧！」

十三束臉色大變，怒罵琢磨。大概是原本的長相就不適合動怒，他的表情完全無法形容為厲鬼或憤怒，但可以確定他是真正動怒。

「我從剛才聽到現在，你盡是講一些自大又沒有禮貌的話……你以為你是誰啊！二十八家這麼偉大嗎？」

「我……沒有這個意思……」

琢磨坐在地上，像是自言自語般低語。他只撐起上半身坐在地上，一定是因為受到太大的打擊而忘記起身。

琢磨真的沒有發現。他真的沒有自覺。固執於十師族地位的他只往上看，未曾往下看——不對，即使他會「面向」下方，卻也沒有「看」下方。琢磨認為沒有成為十師族的七寶家沒有價值，下意識地瞧不起沒有資格成為十師族的魔法師，如同他對自己父親的看法。

「七寶，如果你想證明自己的實力，由我奉陪！還是說你不滿意由我來應付？百家十三束不成材的『Range Zero』不配當你的對手？」

琢磨大概是懾於十三束的氣魄，維持著坐姿在地上後退。十三束將會就這樣撲過去？還是琢磨將實際上演「窮鼠齧貓」的戲碼？無論如何，現在演習室洋溢著劍拔弩張的氣氛，隨時開戰都不奇怪。

「十三束同學，請冷靜。」

冷卻即將點燃的戰火熱度的，是深雪冰涼的聲音。

「只要沒有學生會長與風紀委員長的認可，就不容許進行比試。何況七寶學弟也需要時間思考吧？他應該也需要準備百萬銳鋒的發動媒介。」

「……說得也是，抱歉。」

深雪的指摘，使得十三束為自己的激動感到難為情。

「七寶學弟，你站得起來嗎？」

穗香代替退到牆邊的十三束，走到琢磨面前。其實她也很氣琢磨對達也那麼沒有禮貌，但她生性過於善良，無法扔下一直坐在地上的學弟。

「我沒事！」

琢磨迅速起身。之所以會稍微臉紅，是因為自己丟臉的模樣，被想延攬加入派系的女生看見——琢磨決定如此解釋。

覺得自己插嘴將無法收拾而保持沉默至今的達也，看時機差不多之後開口。

「七寶，我不打算和你較量。十三束，如果要和七寶打，最好先知會服部總長。」

「咦，啊，說得也是。」

十三束尷尬地回應。琢磨默默瞪向達也。

「穗香，抱歉麻煩妳鎖門。」

「好的，達也同學。」

達也迅速離開現場，如同再也不想鬧出糾紛。

只帶著深雪一起離開。

但是很遺憾，達也無法輕易擺脫這個事件。

這是穗香鎖門回到學生會室，大約十五分鐘後的事情。就在達也心想今天該回家了而正要起身時，學生會室的門鈴響起。

「是，請進。」

「打擾了。」

梓用遙控解開門鎖，入內的是社團聯盟總長服部。

達也抱持著不祥的預感——應該說是確信，再度坐回椅子上。

服部以有苦難言，或者可以說是過意不去的表情，走到梓面前。

坐在桌子前面的梓表情毫不畏懼，這讓達也感到意外。

「中条，有件與其說非常難以啟齒，應該說丟臉的事情……」

「服部同學，怎麼了？」

梓也只能如此回應吧。

「抱歉，又要麻煩妳批准比試了。」

「又要？這次究竟是誰？」

服部此時不會滿嘴藉口，堪稱是反映他正經個性的優點。

至少比起早就預料到事情會發展至此，卻因為不想繼續牽扯下去而完全不報告的達也，更具責任感。

「十三束與七寶。」

「又是七寶學弟嗎……」

服部與梓眉心的深深皺紋，顯示兩人的心境相同。

「……他拒絕加入學生會的時候，我就預料到他個性多少有點問題。這次的事情也是，或許應該好好斥責他，逼他反省才對。」

深雪與穗香一起點頭附和，但服部沒有看見。

「不過，他的天分令人惋惜。我覺得他要是學會稍微謙虛，七寶家將突飛猛進。」

「妳認為呢？」「不可能吧。」深雪與穗香相視，以眼神如此討論。服部依然沒看見。

「若要挫他的威風，與其嚴厲斥責，讓他嘗一次敗北應該比較好。」

「為此進行比試啊……不過靠十三束學弟不要緊嗎？如果是這個原因，由澤木同學或服部同學自己上場比較可靠吧？」

克人、真由美與摩利畢業之後，現在第一高中表面上是服部與澤木兩人的實力最強（但這是學生們的評價，並不是真的舉辦過淘汰賽）。

「我也想過親自教訓他，但十三束表達強烈意願。反正至今也都是十三束負責教育七寶，他的實力也夠。所以我打算這次交給他處理。」

「我覺得這樣應該沒有問題。」

至今靜靜聆聽服部述說的五十里出言建議梓。

「十三束學弟很強喔。如服部同學所說，實力層面不用擔心。」

十三束家與五十里家因為彼此擅長的領域，使得兩家有著相當深入的交流。就算五十里啟會知道十三束鋼的實力也不奇怪。

「而且十三束學弟個性也很正經，即使處於那種境遇，心態也沒有扭曲。我覺得讓他和七寶學弟比試不會產生負面結果。」

梓知道這一點，所以率直接納五十里的建議。

「所以，希望哪一天比試？今天距離學校關門沒有多少時間，所以沒有辦法准許。」

梓這個問題的答案，服部已經準備好了。

「後天不行嗎？」

「不選明天嗎？」

「我不希望讓他拿連日戰鬥當成藉口。留一天休養應該比較好。」

「後天是週六，不確定演習室放學之後是否空著……」

梓說著便主動調閱設施的預約狀況。

「啊，第三演習室三點以後可以用。一個小時可以嗎？」

「能不能留兩個小時？」

「呃……沒有問題。」

雖然梓對於服部的要求感到疑惑，但依然預約了演習室。

「那我發行許可證。」

「抱歉，勞煩妳了。」

服部低頭道謝，他面前的梓忍不住輕聲一笑。

「……哪裡好笑嗎？」

「總覺得服部同學越來越像十文字學長了。」

這以梓的立場來說無疑是稱讚。但對於自覺和克人明顯屬於不同類型的服部來說，感覺梓就像在說他是藉由模仿來彌補器量的不足，內心五味雜陳。

◇◇◇

深雪在起居室入口，關心地看著先換上居家服坐在沙發休息的哥哥。

從學校回家的路上，達也似乎在想事情。不過這只是深雪的感覺，看不出達也的態度和平常有所差別。向他搭話就會確實回應。不只是被動進行對話，達也還詢問水波校園生活的感想，也打聽今天的事情是否已經迅速在一年級之間傳開。

不過，即使看起來再怎麼一如往常，達也無疑是在煩惱。深雪如此確信。原因不在於她是否擁有觀察力，而是她隱約感受到哥哥的迷惘。

或許應該形容為內心相連。

深雪最近才明顯察覺到這件事。她覺得這可能是一種心電感應，也覺得可能並非如此。無論真相如何，深雪都很高興。光是能實際感受到自己和哥哥內心相連，她就覺得很幸福了。

可以像這樣察覺哥哥的煩惱，這也令深雪相當高興。所以她更加在意達也在煩惱什麼。既然知道哥哥在煩惱，深雪實在無法視而不見。

「哥哥。」

最後深雪決定直接詢問。雖說內心相連，但這不是心電感應，無法讀取思緒。假設這是心電感應能力，她也實在不敢擅自偷窺哥哥的想法。即使有她能做的事，若是不曉得要做什麼就無法成為助力（順帶一提，根據二十一世紀末的現行研究結果，已經確定心電感應只能讀取化為言語的表面思考）。

得到許可而坐在達也正前方的深雪，以相當苦惱的表情（她自己沒有察覺）詢問達也。

「哥哥，您在煩惱什麼事嗎？」

說是直接，但再怎麼說這個問題也過於直截了當。達也也以驚訝表情看向妹妹，但或許正因如此，他才不會想多做掩飾。

「我有點在意七寶的事。」

「……哥哥，若您覺得他的傲慢態度不可原諒，請吩咐我一聲。」

「不不不，深雪，別急著下定論。」

深雪眼中蘊藏著幾乎是殺意的危險光芒，達也見狀連忙搖手制止。

「那個傢伙的態度確實不像樣，但我並不是在意這件事。再說，關於對待前輩的態度我也沒有什麼資格說別人。」

「沒有那回事。哥哥總是表現得很出色。」

達也知道深雪這句反駁近似反射動作，決定不予置評。

「我在意的是七寶為何能倔強成那樣。先是拒絕加入學生會，又糾纏七草家，甚至不惜和學長姊為敵。」

「或許他什麼都沒有想吧。」

妹妹毒辣的意見，使得達也不禁笑出來。

「不，看起來不像這樣。七寶具備奮發向上的心態。看到那個傢伙，就會覺得他是不是對於

「……可是既然這樣，我覺得一般來說，他更應該加入學生會建立人脈啊。」

「我也認為這樣才正常。」

深雪露出恍然大悟的表情，單手掩嘴。

「所以會不會是因為有某些不尋常的隱情——哥哥就是在想這件事嗎？」

「嗯，算是吧……」

達也支吾其詞時，水波說聲「打擾了」進入起居室。

她端著托盤，上面擺著咖啡杯。

深雪露出像是在說「糟糕」的表情，朝水波投以怨恨目光。但水波裝作不經意地移開視線，假裝沒有發現深雪的目光。

「我端咖啡過來了。」

「啊，謝謝。」

達也也察覺了這段視線攻防戰，但他沒有笨到刻意插嘴。

「對了，我也想聽水波的意見。坐一下吧。」

達也之所以這麼說，並不是認為水波的推理能力比深雪可靠。

深雪過度受到達也思考模式的影響。她傾向於和達也從相同方向觀看事物。不過她這麼做可以補足達也的分析，所以達也也是相當珍惜。但現在需要不同角度的意見。

「好的。」

水波回應之後沒有坐下的意思，只是站在桌旁待命。達也從這點窺視到她堅定的專業意識，決定不要浪費時間。

「水波對七寶琢磨抱持什麼印象？」

「沒有自知之明的愚者。」

水波回應時毫不猶豫。

坐在正對面的深雪大幅點頭，表示同意她的說法。達也朝她一瞥，反省自己不應該這麼問。頭痛症狀則當成只是自己多心了（並非真正生理上的頭痛）。

「──為何這麼認為？」

總之達也決定先詢問理由。水波同樣毫不遲疑就回答。

「他簡直是瘋狗。沒有考慮自己和對方的實力差距與利害關係就亂咬。那種毫不節制的攻擊性，看起來不像是認為自己最強，而是誤以為自己必須要變成最強。」

水波不同於以往，滔滔不絕地述說自己的想法。看來琢磨也讓她感到相當不耐煩。

「必須要變成最強嗎……」

雖然不知道水波是想得多深入才說出這番話，但達也覺得她的感想意外地正中紅心。

「大概是有人如此煽動他吧。」

達也這句話並非對兩人說的，而是類似整理思緒的自言自語。但深雪沒有這麼解釋。

「煽動……是七寶家的教育方針嗎？例如七寶家長子必須比任何人都強……」

真要說的話，深雪的推測比較近似四葉家的作風。但是這裡的三人都完全受到四葉這種信念的感染，所以沒有人察覺這件事。

「不，聽說七寶家當家七寶拓巳的個性慎重到膽小的程度。如果這是七寶家的方針，先不提實際想法，他應該會更稍微自重一點才對。」

「達也哥哥，我覺得七寶琢磨那種態度，與其說是被人煽動，更像是被人奉承慫恿。」

對水波這番話有所反應的是深雪。

「意思是並非有人和七寶學弟利害關係一致，而是有人想利用他？」

「我沒有想這麼多……但我覺得似乎正如深雪姊姊所說。」

水波點頭同意深雪這番話，一旁的達也也在心中附和。是的，如果講難聽一點，琢磨是受到某人的「操控」。看他引發的一連串騷動，這兩個字就浮上了心頭。

「真令人在意。對方究竟是基於什麼目的……稍微調查看看吧？」

「要拜託老師？」

深雪詢問是否要委託八雲。

「要為您打電話給黑羽大人嗎？」

水波提議利用黑羽。

「不。」

達也沒有向她們任何一人點頭。

「我不想因為這種含糊的推論就勞煩師父出動，也不能請姨母大人協助。但光靠我一個人，實在是……」

達也像是要擺脫迷惘般搖頭。

「感覺扔著不管的話，不會發生什麼好事……沒辦法了，只能暫時觀望。」

這個結論很消極，但達也想不到其他的應對方式。如果是發生在面前的暴力事件，他可以獨自靠蠻力解決，但調查事情需要時間與人手。如果擁有真田或藤林那種駭客技術或許不在此限，但以他現在的技能來說強求不得。達也決定乖乖放棄。

不過，看來麻煩事之神（應該是惡魔？）始終要讓他不得閒。

達也喝完咖啡正要起身的時候，電話響了。達也看向顯示來電對象的訊號，疑惑地蹙眉。來電的是藤林響子。

「喂，我是司波。」

起居室螢幕以他的回應為暗號，變為視訊電話的螢幕。

『達也晚安，還不到晚餐時間吧？現在方便說話嗎？』

「好的，沒關係。」

達也一邊回應，一邊朝旁邊使眼色。

『啊，一起聽也沒有關係喔。包括深雪與水波都是。』

達也正是示意兩人迴避，但藤林搶先留下兩人。難道是想把她們兩人也拖下水？雖然這樣的思緒掠過達也的腦海，不過更重要的是藤林剛才說得好像非常熟悉水波，使達也更加提防。

『其實是跟七寶家長子今天引發的騷動有關的事……』

「請等一下。」

達也打斷藤林的話語。他沒有辦法就這麼不發一語地聆聽藤林要說的事情。

「您為什麼知道這件事？這件事和挑選九校戰選手不同，沒有對外公開。難道您派了情報員潛入學校？」

達也的詢問，使得藤林露出像是忍著不發笑的表情。

『看來得發獎金給那個女生才行了。因為她沒有讓達也察覺自己在監視他。』

「原來一直在監視我嗎……」

達也收起表情詢問。

『唔～不太一樣。並不是監視你，是監視接近你的人。我指示她不要直接注意你與深雪，看來她忠於我的指示，所以達也的知覺才捕捉不到吧。』

「為什麼……不，是因為我是戰略級魔法師嗎？」

『是的，這是當然的吧？軍方不可能毫無防備地扔著戰略級魔法師不管。』

藤林以毫無罪惡感的笑容，表明她那邊的偷拍竊聽行徑。

「就算我詢問是誰……」

『當然不能告訴你。』

達也嘆口氣放棄追究。達也與獨立魔裝大隊原本就不是毫無條件站在同一邊。而且，達也也能理解即使戰略級魔法師是自己人，也必須緊盯其動向的道理。

「我明白了……所以，七寶的事情怎麼了？」

達也將剛才的對話放在一旁，以若無其事的表情詢問。藤林以剛接電話時的表情回應。

『我覺得你可能想知道他的幕後靠山是誰。』

這番話聽起來，簡直是連達也等人剛才的交談內容都被她完全竊聽。

「……您為何這麼認為？」

但即使對方是藤林，達也也並未笨到沒有察覺自家被安裝竊聽器。而且，要是連自家對話都被竊聽，她與她的長官也不可能粗心到讓達也察覺這件事。

輔佐十師族的師補十八家之一——七寶家。某人對七寶家的繼承人造成不小影響。將魔法視為國防力重要構成要素的獨立魔裝部隊，鐵定將這個人物當成不可忽視的危險因子，也可能已經查到詳細的情報。

藤林對達也這個問題的答案，是達也預料的兩個答案之一。

『因為我很在意。』

將這個答案照單全收很危險。雖然不全是謊言，但也應該不全是真心話。

『所以，要不要一起查？這就是我的提議。』

不過，她的提議確實正中達也的下懷。

「具體來說，我要做什麼？」

『我們會負責監視住處。達也，要是七寶去找幕後靠山，希望你可以跟我們來。』

「我反倒希望您讓我這麼做……但您為何要這麼做？」

『因為管轄範圍的緣故，我們不介入國內的事件。達也那邊，只要解釋成以學長身分擔心學弟就好了吧？但我們也不能因為這樣，就讓「正當」學生做危險的事情……』

我做就沒有關係嗎！這句吐槽甚至沒有浮現在達也的腦海中。

「我明白了。既然這樣，我願意接受。」

『有動靜就通知你。那麼深雪，就是這麼回事，到時候要向妳借用達也喔。』

對此深雪以吃驚愣住的聲音回應，藤林聽完送個秋波，結束通話。

[15]

「是誰背叛呢……」

周公瑾秀麗的臉孔蒙上陰影，同時閱讀自動捲動的報告書。眉心出現皺紋。他難得像這樣顯露出不悅表情。

不久前，日期從四月二十六日變成了四月二十七日。但周公瑾沒有察覺。他就是如此專心閱讀手上的報告書。

文件停止捲動，周抬起頭，將視線從情報終端裝置上頭移開。他輕輕嘆息之後，伸手拿桌上的酒杯。這是第三次閱讀這份報告書，卻找不到記載內容有錯誤的地方。到頭來，這麼做也只是重新確認這個令人不悅的事實而已。雖然他並非認真覺得報告有誤，但要抹滅這份徒勞無功的感覺，得稍微藉助酒精的力量。

這份報告書，是關於輿論動向的調查報告。這份報告是利用合法手段外加非法手段調查而來的，內容是關於非魔法師對魔法師的印象。

以紙張列印應該會很厚一疊的這份報告書顯示，世人對魔法師的負面觀感比去年底高。這一個月的惡化尤其顯著。他的媒體操作確實立下了成果。

但這個成果不如周的期待，明顯沒有達到他預估的水準。第一高中學生的精彩表現，確實是預料之外的因素。但是期望值與實際值的差距，無法只以這種程度的反常事件來解釋。

「即使算上羅瑟的介入也無法解釋……果然有電視台並未依照這邊的指示行動嗎？」

他顯示在畫面上的資料，是對魔法師進行批判報導的影片每日總播放時數。看得出明顯沒有達到計畫要求。換句話說，包含電視台在內，經營主動播放型影視媒體的企業中有人毀約。

「居然做出違反契約這種蠢事……不過動粗不是我的興趣。」

周始終只是在幕後布局，並沒有簽訂具備法律效力的合約書。正因如此，他必須親自確保合約的效力。即使是口頭承諾——不對，正因為是口頭承諾，所以要不擇手段——在履約時回以報酬，在違約時進行處罰。

「話說回來，邀請孫大人的侄子前來至今半年了嗎……差不多該拜託他工作了。」

周公瑾決定藉助「朋友」的力量來懲罰叛徒。

◇◇◇

四月二十七日星期五。琢磨請假沒有來學校。

他是今年的新生總代表，在一年級之間是名人，也有許多同學知道昨天發生的騷動。琢磨在騷動隔天缺席。這使得一年級教室的樓層出現各種傳聞。

——敗給七草姊妹之後臥床不起。

——不對，臥床不起是因為受到學長制裁。

——雖然沒有受傷，但戰敗造成打擊所以足不出戶。

——雖然戰勝，但主動留在家裡反省，為自己引發的騷動負責。

——事情結束之後接受禁足處分，現在正在家裡計畫以下犯上，忤逆高年級。

這些傳聞大多基於惡意。但其中也有一部分觸及真相。

『達也哥哥，今天七寶琢磨缺席。』

因此，達也在水波規規矩矩地寫電子郵件通知之前，就知道了這件事，也幾乎正確推測出缺席的原因。

琢磨沒有遭受禁足處分。這不是推測，是事實。傳聞之中（推測是）正確的部分，是他在準備和高年級比試。

堪稱七寶家固有術式的百萬銳鋒，是不使用ＣＡＤ發動的群體控制魔法。本質是預先將魔法設為即將發動的待命狀態，以術士想子為鑰匙來發動的條件發動型延遲術式。先不提群體控制的難度，使用延遲術式來省略ＣＡＤ操作程序的構想本身並不稀奇。例如英國格爾迪家的「魔彈塔斯蘭」就是以相同構想研發的魔法。

百萬銳鋒的獨到之處，在於維持待命狀態的技術。處於發動前一刻的術式是以符號紀錄。這種技術乍看之下和刻印型術式相同，但刻印型是將想子注入符號來構築魔法式進而改變事象。相對的，七寶這個魔法是徹徹底底的條件發動型延遲術式，不需要當場構築魔法式。因此在敵人當前的時候不用花這個時間。

這麼做的代價，是必須事先記錄魔法的待命狀態。以刻印型來說，只要有包含構築魔法式所需的情報，甚至可以由機械來刻符號。因為這本質上其實和「將啟動式記錄在ＣＡＤ中」相同。但是七寶這個術式的發動步驟和實際發動魔法的步驟相同，所以必須由術士來記錄魔法。

而且，這份記錄無法回收再利用。由於這只是凍結即將發動的魔法，在使用時才解除靜止狀態，所以理所當然地和達也正在研究的「可以反覆使用的魔法記錄」性質不同。換句話說，百萬銳鋒是事前準備非常耗費工夫的魔法。

琢磨現在應該正努力製作百萬銳鋒的發動媒介，準備應付明天的比試吧。若他想贏明天的比試，今天會請假不上學也不無道理。

話說回來，水波之所以轉達琢磨的動向，是因為達也決定參與調查琢磨的背景關係。水波擔心達也等人這邊非得待在學校上課時，琢磨可能會和「幕後黑手」接觸，但達也覺得這是無謂的擔憂。今天是星期五，即使不是魔法科高中生，一般少年在這個時間都得上學。要是外出走動，即使不會被警察管束，也會很顯眼。（企圖）籌備陰謀的琢磨應該不願意引人注目。達也認為琢磨會在入夜後才和幕後人士接觸。何況現在有藤林他們在監視，發生狀況的話會由那裡通知。

達也決定在入夜之前專注於學業，當個稱職的高中生。

◇ ◇ ◇

「懲罰對象名為小和村喜夫。是文化交流網——通稱『文網』的社長。」

周公瑾邊向坐在桌子正對面的青年羅柏特．孫說話，邊將一個皮製公事包擺在桌上。

羅柏特打開公事包，裡頭放的東西有自動手槍、大型刀、塑性炸藥、無線引爆裝置，以及黃銅色的戒指。

「你要我用這些解決那個男的？」

羅柏特語氣冷淡地詢問，周公瑾露出遺憾的笑容搖頭。

「原本想這麼做，但是很可惜，小和村喜夫正在巴黎出差。」

周一邊說，一邊將一本大開數的活頁筆記本遞給羅柏特。

羅柏特翻閱這份現今罕見的紙本文件。上面有年輕女性的照片，並記載詳細的個資。

「由女兒代替是吧？」

「應該足以殺雞儆猴了。」

羅柏特「啪」的一聲闔上筆記本，將視線移回公事包，雙眼看著黃銅色金屬——晶陽石製成的戒指。

「她有魔法師護衛？」

「不是護衛，但最近經常出現在她身邊。雖然還是孩子，卻是師補十八家的人。」

「這樣啊。」

羅柏特的嘴唇呈現出猙獰的笑容。

「日軍打造的魔法師啊……」

嚴格來說，羅柏特的認知是錯的。十師族與師補十八家，這二十八家是魔法師開發研究所打造的魔法師，並不是軍方開發的魔法師。但是周不打算糾正這種瑣碎錯誤。對於羅柏特來說，日軍魔法師是家族的仇人。他好不容易提起幹勁，在這時潑冷水是愚蠢的做法。

「步驟正如上面所述。雖然戒指只能準備兩人份，但槍與刀已依照人數準備齊全。」

「這樣夠了。交給我吧。」

羅柏特．孫拿著公事包與筆記本起身，周公瑾以笑容目送他離開。

◇　◇　◇

放學後難得在複習課業的達也，看向在桌子一角響起的鬧鐘。是藤林的通知。雖然沒有詢問她是以何種手段監視，但獨立魔裝大隊人手不多，不可能是以人力監視。恐怕是入侵市區監視器的個人識別系統，監視琢磨是否外出吧。如果是這樣，達也就會成為非法使用公共系統侵害隱私的共犯，但他完全沒有罪惡感。

將道德放到一旁——應該說從一開始就沒有注意過道德問題的達也，從椅子起身。這麼做當然是為了去和藤林會合。他吩咐深雪與水波看家，也就是命令絕對不能跟來，然後跨上愛用的電動機車。

琢磨在達也等人的注視之下，進入了構成高級住宅區的其中一棟中型大樓。他看起來並未察覺有人監視。雖然他多少有在意自己是否被人看見，但他觀察的方式實在外行又天真。

「看來七寶家當家沒有對兒子進行軍事訓練。」

「不過與其說是軍事訓練，從分類上來說應該算諜報訓練就是了。話說回來，為什麼不只藤林少尉，連真田上尉也來這裡？」

達也在車站停車，如今則在大型房車後座監視琢磨進入的住宅大樓。旁邊是將桌上型情報終端裝置放在大腿上的藤林，前座是正在操作大型平板裝置的真田。

「有才華卻和十師族處得不好，那他很適合來我們的部隊呢。」

真田從前座轉身回應。感到意外的達也微微揚起眉角。

「您想要延攬那個傢伙加入獨立魔裝大隊？」

「哎呀，達也不願意？如果你不欣賞七寶，那我們也只能打消念頭了。」

藤林這番話，令達也感到有些抗拒，因而蹙眉。

「怎麼回事，講得好像我擁有決定權一樣。」

「因為啊，『大黑龍也特尉』是本隊最強戰力嘛，不能惹你不高興吧？」

藤林當然是在開玩笑。但是達也直覺認為，在這時候生氣不會有好結果。

「……我並沒有討厭七寶。老實說，只要他別找我碴，隨便他想做什麼都好。」

「喜歡的相反是漠不關心，是這個意思嗎？」

藤林開心地出言消遣，但達也以沉默回應。

「……那你為什麼協助這次的調查？」

真田從藤林手中接棒提出的問題很正經，所以達也這次也無法緘口。

「如果躲在幕後的是像恐怖組織Blanche那樣的傢伙，即使讓七寶安分，也只會出現下一個問題兒童。」

藤林在達也話講到一半時噗哧一笑。大概是在想「你說誰是問題兒童？」吧——達也並不是特別在意。

「原來如此，如果只有七寶調皮搗蛋，還在可以容許的範圍，但要是持續出現第二、第三、第四人就很煩。」

「不只是很煩……但就是這麼回事。」

達也回應真田時，話中夾雜著嘆息。

「啊，好像開始講話了。要聽嗎？」

單耳戴著耳機交談的藤林詢問達也。看來從安裝在琢磨身上的竊聽器，開始聽得到他和「幕後黑手」的對話了。

「好的，麻煩您。」

藤林面帶甜笑回應達也，將聲音輸出切換到車內的喇叭。

◇　◇　◇

琢磨基本上總是掛著心情不好的表情。至少小和村真紀眼中的七寶琢磨就是這樣的少年。即使聊到入學考試拿下榜首獲選為新生總代表，他也沒有露出「心情好」的表情。

但琢磨今天心情比以往更差。或許琢磨自認表情一如往常，但是對真紀來說是一目了然。真紀是擅長佯裝表情的女演員，而且不只是天生麗質，她還能在銀幕上隨心所欲地展露喜怒哀樂好惡愛恨，以「表情」的演技穩坐新生代第一把交椅。琢磨瞞不過她的眼睛。

「琢磨，我今天還沒有吃晚飯，方便簡單陪我吃一頓嗎？」

要是直接進入正題，可能會落得聽他發牢騷宣洩煩躁情緒的下場。因此真紀試圖以「用餐」的名目爭取冷卻時間。

「這麼晚才吃？對美容不好吧？」

「所以是簡單吃。幾乎都做好了，我去端過來喔。」

琢磨沒有說出「會胖喔」這種失禮的話語。真紀在心中為他加分，並且進入飯廳。

她端來的是以切片法國麵包夾生火腿、鮭魚片、番茄、酪梨等為內餡的法式前菜料理。看起來確實是簡餐，但無法保證熱量是否算少。

琢磨已經吃過晚餐，即使如此他仍然將手伸向真紀做的前菜。接下來約五分鐘，琢磨的嘴主要都用在飲食。其實在他吃較鹹的前菜時配的水果水裡摻有少許酒精，但琢磨並沒有察覺。前菜也有用到利口酒，他同樣沒有察覺。

真紀看盤裡的「簡餐」幾乎由琢磨掃光之後，以「具包容力的大姊姊」的聲音搭話（順帶一提，藤林就是在這時候切換聲音輸出）。

平常絕對不會示弱的琢磨，今晚「不知為何」很健談。

「……這樣啊，原來發生了這種事。琢磨，你很不甘心對吧。」

真紀以影迷若是聽到，可能會為此讚嘆的甜蜜聲音安慰著琢磨。她坐在三人沙發上的琢磨旁邊，搭著他的肩，以窺視他臉孔的姿勢說話。

「我沒有不甘心！這比賽一開始就不公平！要是當時繼續打下去，我早就贏了！」

琢磨從剛才就一直重複這段話，但真紀沒有露出一絲厭惡表情配合他。

「琢磨，那當然。『其實』你已經贏了。照理說你早就贏得與勝利者相匹配的敬意與稱讚了。之所以沒能如此，一定是你運氣不好。」

「運氣不好……？」

「對。有人說運氣也是實力的一種，但這種說法並不正確。『真正』有實力的人不會受運氣影響，『最後』一定會贏。但每一場小型勝負，還是有可能受到運氣的左右。我也曾有好幾次運勢不佳，而被搶走好角色。」

真紀依然以單手搭著琢磨的肩，並將另一隻手放到琢磨手背上。柔軟的觸感撫摸著琢磨的皮膚，花蜜般的香氣刺激他的嗅覺。

「所以琢磨，不要緊。昨天只是剛好運氣太差。這種小比賽不會左右你的未來。」

「是嗎……」

相同的對話已經重複好幾次，但琢磨終於做出了不同於至今的反應。真紀內心鬆了口氣，心想只差臨門一腳。

「是啊，所以打起精神來吧。」

真紀引導琢磨的手放在她膝蓋上。色誘違反她的主義，但示弱的琢磨刺激了她的玩心。

琢磨的手慢慢地從真紀膝蓋滑向大腿。是真紀在移動他的手。她身穿前開式的寬鬆連身裙，裙襬很長但胸口大幅敞開，布料也薄到能看得見肌膚。真紀肌膚的觸感隔著裙子傳來，琢磨本來就受到酒精影響而鬆弛的自制心逐漸瓦解。

琢磨甩開真紀的手，將手掌移開她的大腿。

下一瞬間，他的雙手抓住真紀的肩膀。

真紀只有做個樣子，抵抗這股推倒她的力氣。

◇　◇　◇

「哎呀哎呀，感覺變成不得了的狀況了呢。」

藤林明顯是在看好戲，但達也並未給她白眼，也沒有感到傻眼或是輕蔑她的樣子。順帶補充一下，那張平靜的表情也和激動或害羞無緣。

「這樣或許是個好機會。」

達也一邊聆聽竊聽器傳來的火熱聲音，一邊以極為冷淡的語氣回應。

「哎呀，你在打什麼鬼主意？」

藤林維持愉快表情，深感興趣似地詢問達也。

「因為最近，女藝人的少年買春事件才在媒體鬧得沸沸揚揚。」

達也依然以制式化語氣回應。

「……恐嚇？」

藤林的笑容出現裂痕。

「我們這邊偶爾也利用一下媒體，應該無妨吧。」

「……你居然可以『立刻』想到這種點子。」

只要牽扯到技術，就想得到各種惡毒手法的真田，表情略微抽搐地述說感想。不過看他強調「立刻」兩個字，看來應該是覺得自己花點時間也想得到這個點子。

「要是他真的下手，校方受到的傷害會過大，可能無法當成『協商』材料，所以壓抑在未遂的程度吧。」

達也淡然提議，完全不為藤林與真田的反應所動。

◇　◇　◇

被琢磨壓倒在沙發上的真紀，冷靜觀察琢磨的模樣。她愉悅的表情並非百分之百的演技。雖然相較於琢磨算是少量，但她攝取的酒精使得理性難以克制。不過，她雖然雙眼浮現陶醉神色，同時卻也以清醒的視野看著少年壓在她身上的醜態。真紀早已學會，如何將身體知覺與內心的快樂分離。

所以即使琢磨沒有察覺，真紀也察覺到了異狀。陽台落地窗發出輕微聲響逐漸開啟。明明窗戶有確實上鎖，而且陽台有裝設攻擊力達到法律允許上限的保全裝置。

但警報裝置卻沒有響。護衛似乎也沒有察覺。

「來人啊！有小偷！」

真紀強烈後悔自己過度信任保全設備而沒有關閉防盜鐵捲門，同時推開琢磨並大喊。

摔落地面的琢磨，因為她的叫聲而有所反應。

他連忙站起來，轉身看向真紀視線的方向。但他還沒有認出歹徒樣貌，臉部就感受到了輕微的衝擊。琢磨才想到是某種東西扔中臉部時，就受到難以抵抗的睡魔侵襲再度倒地。

「琢磨？」

真紀情急之下以衣袖摀嘴，因此發出的尖叫聲很模糊。她知道琢磨昏倒的原因。打中琢磨臉部的海綿球，內含極為速效的安眠藥，拍片時用過贋品當成小道具，真紀當時也連同贋品看過真品。藥效持續時間很短，不過也不是五分鐘或十分鐘就能醒來。

真紀違抗恐懼情緒轉身看向陽台。落地窗與窗簾已經關上。窗前站著一身黑衣，戴黑面具，背著如同折疊翅膀般物體的人影——外型彷彿是某部蝙蝠題材老電影裡的怪客。要是面具再加上「耳朵」的話就一模一樣了。其實這套服裝是以會吸收電波的材質製作的隱形裝備，但真紀不可能會知道這種事。

「大小姐，您沒事嗎？」

此時，兩名護衛總算衝進了起居室，此時怪客正把背上翅膀放到地面上。女性護衛們一確認歹徒身影就縱身撲過來。

黑衣歹徒大概只準備了一顆安眠藥球，他選擇留在原地迎擊她們。護衛雙手握著室內戰鬥用的棍棒。不是單純的棍棒或警棍，是握柄以彈性材料製作並將重量集中於橡膠包覆的棍頭上，兼具鎚鋅與鉛頭棍功能的「武器」。

怪客面不改色地接住護衛揮下的棍棒。不是以手臂，是以戴手套的手掌來接。

怪客斜踏一步向前，進入一名護衛會妨礙到另一名護衛的位置，置身於兩根棍棒只有一根打得中的地方。這樣只須防禦一根棍棒。怪客接下這一棍，反過來限制對方行動，接著一拳打向逃不掉的護衛。

女性護衛輕易地就被他打飛了。

遠勝於己方的戰鬥力，使另一名護衛畏縮。

怪客的行動毫不留情。

黑色的拳頭揮出。

真紀的護衛沒能報一箭之仇就失去了戰鬥力。

怪客站到癱軟坐在沙發上的真紀前方，以真紀聽過的聲音開口說：

「可以穿好衣服嗎？」

真紀聽他這麼說，想起自己是半裸狀態。連身裙完全敞開，只有袖子遮掩軀體。雖然內衣依然發揮功能，但裸露的肌膚到處留下「上一個階段」的痕跡。

「哎呀，我可以穿衣服嗎？」

真紀全力控制差點發抖的身體，展現剛出道時飽受導演數落的「看似婀娜的舉止」。如果這個怪客是她推測的那名「少年」，他一定會撲過來。雖然不曉得對方究竟有什麼目的，但是只要發生關係，真紀有自信將局勢引導為對自己有利。

不過，她的企圖在第一步就受挫。不對，她甚至踏不出第一步。

「當然。不過如果妳覺得這樣就好，我也不在意。」

真紀感覺從頭頂被潑了一盆冷水。自尊受創所產生的冰冷憤怒勝於怯懦。她以不悅的表情整理服裝。

「……這樣就可以了吧。話又說回來了，你打算戴著那種東西多久？這可不適合你喔，司波達也。」

真紀以瞧不起的語氣形容為「那種東西」的，是假扮為蝙蝠怪客的達也頭戴的漆黑面罩（實際上是新開發的軟性材質頭盔）。不過她真正想說的是「司波達也」這部分。換句話說，就是講明「我知道你的真面目」。但是真紀非常清楚，以面罩隱藏表情的達也絲毫不感到慌張——應該說是被迫理解到他根本不慌張。

「那就開始來談事情吧。」

達也極為自然地忽略真紀的挑釁。

「談事情？你究竟有什麼目的？」

真紀不執著於自己的尊嚴。她明白自己現在是弱者，比蠻力沒有勝算，這點不用看剛才的場面也可以明白。女人的武器似乎也沒有什麼用。真紀自覺幾乎別無選擇。

「首先請聽一下這個。」

遣詞用句客氣得很「正常」，使真紀覺得不對勁。但是當她聽到達也手上的終端裝置播放出來的聲音，這種念頭瞬間飛到九霄雲外。

是她和琢磨在沙發上纏綿的聲音。

「你剛才偷聽是嗎？你這個變態！」

真紀不由得如此臭罵，不過考量到現狀，她這麼罵並不太好。她罵完瞬間心想不妙，卻無法克制火上心頭。

「要是這東西落到媒體手中，應該是大問題吧。」

不過，達也停止播放之後說的這句話，使得真紀內心冷靜到發涼。

「畢竟前幾天才鬧出類似的新聞……連過氣的前偶像都會鬧出那種騷動，要是現正當紅的美麗女星……」

「你有什麼要求？」

真紀打斷達也的話語，歇斯底里地大喊。比起眼前提出卑鄙威脅的少年，真紀更氣自己剛才太過大意。

「我有兩個要求。」

達也語氣沉穩，和真紀成為對比。平淡的音調激發她的不安情緒。

「第一，請和七寶斷絕往來。啊，我這番話不是『那種意思』，請別假裝聽不懂。」

「我知道。」

真紀正準備以「那種解釋」轉移話題卻先被警告，使她只能以鬧情緒的語氣允諾。

「第二，請不要對高中生以下的人出手。」

「……這是什麼意思？」

真紀並不是在裝傻。她不懂達也這個要求的意圖。即使理解箇中意義，也不知道為何他要如此要求。

「關於妳的目的是什麼這點，我並不知道詳情。或許對魔法師有益，但我對此沒有興趣。只是，可以請妳不要擾亂我周圍的人際關係嗎？」

「咦……？」

真紀以愕然的表情看著蒙面黑衣的達也。

「如果是大學生以上的話，那對方也已經是成年人了，妳想怎麼做，我都不打算干涉。不過前提是不影響到我的利益。妳願意接受這個要求嗎？」

「呃，嗯……如果這樣就好的話，我接受。」

她感覺有點掃興。心想達也居然為了這種事，做出類似強盜的行徑。

而且，這反而令真紀感到毛骨悚然。非法入侵、傷害、恐嚇。依照法律，達也的所作所為確實會是重罪。而他居然為了這種小事就輕易這麼做。

這個少年不害怕法律，不害怕國家公權力……

真紀突然領悟到這一點。

「你……是什麼人……？」

真紀戰戰兢兢地詢問。她的理性告訴她最好別問，但她無法不這麼問。真紀在這天晚上首度得知，身分不明的人物會如此令人不安。

「只要確認妳達到要求，我就刪除錄音檔。」

她的問題沒有得到回應。

「這是一場有意義的談話，感謝妳。」

達也重新背上「像是折疊翅膀的物體」，說出咄咄逼人的這番話，再度走到陽台。

真紀連忙追過去。

黑衣少年的身影，突然從陽台消失。

◇◇◇

達也從「上方」確認真紀在陽台探頭往「下方」看，然後縮回身體。他站在大樓樓頂。一開始預定是以背負式滑翔翼降落到地面，但他在夜空發現可疑影子，因而變更計畫。

黑影是小型飛船。達也一瞬間以為，是介入兩個月前那個事件的國防軍情報部某單位擁有的隱形飛船，不過從船身形狀立刻知道是自己誤解。這個輪廓是報導機構或電影公司經常使用的空拍用飛船。但船身卻完全塗成漆黑，應該是基於不正當的意圖才這麼做的吧。黑色的攝影用飛船出現在夜空，達也認為目的必定是偷拍。

「少尉，有看到飛船正在接近小和村真紀的大樓嗎？」

他以通訊機呼叫藤林。

『嗯，從達也進入女星住處時就捕捉到了。但我沒想到它會降低高度。』

「知道是哪裡的飛船嗎？」

『從飛行計畫來看，是電視台的。』

藤林提到的企業名稱，是擅長挖掘藝能八卦新聞的南關東在地有線電視台，整體來看和真紀父親納入旗下的電視台打對台。

「是想挖出小和村真紀的醜聞嗎？」

『我覺得這個可能性也不是零。』

藤林的聲音透露出厭惡感，大概是對偷拍行為的情緒反應。

「少尉，可以關閉這個區域的想子雷達嗎？大約五分鐘就好。」

『你要阻止偷拍？』

「是的。」

另一方面，達也之所以想妨礙偷拍，是因為他不想讓剛才和真紀的協商付諸流水。如果琢磨待在真紀住處的樣子被拍到，即使不是正在做「那檔子事」，也會變成天大的醜聞。

『麻煩三分鐘解決。』

對達也如此要求的聲音來自真田。

「收到。」

達也以右手抽出愛用的銀鏃改造機──「三尖戟」，在他仰望飛船的時候，艙門剛好打開，放下了繩梯。

不只是單純的偷拍，還打算非法入侵嗎？達也在心中，說出這句無視於自己剛才行徑的話語之後，便朝船艙入口發動跳躍術式。

達也一衝進飛船就遭到眾人怒罵，但達也聽不懂他們話中的意思。聽起來像是東亞大陸那邊的語言，但達也沒有學北京話與廣東話。

不過他立刻理解到，狀況和他預料的不一樣。以手槍瞄準他的這群男性不是電視台的人，這一點一目了然。

達也當然不會讓他們開槍。因為他右手握著處於待命狀態的三尖戟。切換分解對象時不會發生延遲。

瞄準達也的槍口共五個。

五把槍全部失去槍的外型，散落在船艙地面。

槍枝遭到達也分解魔法分解的這群男性，反應速度快到令人意外。

左右兩邊的兩人向達也伸出拳頭。他們的中指戴著帶有深沉光輝的黃銅色戒指。船艙充滿想子雜訊。是晶陽石釋放的演算干擾波動。

位於內側的兩人，在搖晃的船艙中舉刀衝向達也。

達也放在ＣＡＤ扳機上的手指動了兩次。

首先以分解情報構造的魔法，消除演算干擾的雜訊構造。

接著五名歹徒的雙腿股關節都被貫穿而倒地。

但事情並未因而結束。達也察覺站在中央的男性在即將倒地時，做出緊握左手的動作。

達也從開啟的艙門縱身跳到空中。

船艙隨著閃光發出爆炸聲，被火焰籠罩。

直接墜落可不是鬧著玩的，這點小事達也當然也知道，但是有件事必須更優先處理。飛船要是落到住宅區，會造成嚴重災情。

正遭到爆風吹襲的達也扭動身體轉向，以ＣＡＤ三尖戟瞄準因氣囊破裂而墜落的飛船。

他一邊以背部朝下的狀態墜落，一邊發動雲消霧散。

達也邊看著飛船殘骸化為粉塵消失的光景，邊從記憶裡的魔法式呼叫慣性控制魔法。緊接著達也背部就感受到了強烈的衝擊。

達也墜落的地方，是不同於真紀住處的另一棟大樓樓頂。多虧大樓夠高，墜落的距離不長，再加上不完整的慣性控制魔法有發揮一點效用，還有背上的滑翔翼也成為緩衝，他才免於全身骨折。但要是「重組」沒有發揮效果，他大概再也無法站起來走路了吧。

『達也，剛才發生了什麼事？』

從通訊機傳來藤林焦急的聲音。即使是她，也難免會為此感到焦急。

「不清楚。我覺得電視台那邊會有線索。因為那艘飛船似乎是被劫持的。但也可能不是被劫持，說不定電視台也是同夥。」

達也以不悅的聲音補充最後兩句話，從被湮滅掉墜落痕跡的樓頂起身。

◇　◇　◇

周公瑾立刻得知羅柏特．孫襲擊小和村真紀的作戰失敗。在當地待命，等到作戰成功時要拍下女兒死狀寄給叛徒的部下們，將這個消息回報給他。

（燃燒墜落的飛船消失了……做得到這種事的人是……）

很可惜沒有拍到影像，部下的報告也是不得要領，但周從「在空中消失」的報告內容，正確推測出妨礙作戰的人物真實身分。

（……可恨。又是那個人嗎？）

雖說知道真實身分，但也只知道對方以頭盔隱藏長相的樣子，以及「惡魔的右手」、「摩醯首羅」等別名。他在「橫濱事變」安排的侵略軍，因為這個身分不明的魔法師而吃盡苦頭。「摩醯首羅」造成的重創，堪稱侵略作戰失敗的重要因素。

大亞聯軍在橫濱事變遭受的損害，對周來說沒有任何不便之處。他原本就希望日本軍與大亞聯軍兩敗俱傷。雖然不同於預定計畫，成為日本軍的單方面勝利，但是大亞聯盟因而弱化。就某方面來說，這樣正如他的希望。

不過，這次的事件讓周也無法一笑置之。

（看來需要正式查明對方的真實身分。）

他如此心想，另一方面也覺得現在進行的媒體計畫必須轉換方針。

（到頭來，大師的真正意圖，是報復消滅大漢的人……真正的目標不是「日本魔法師」這個在某種層面上具備抽象意義的集團，而是「那一族」。）

而說到對「那一族」抱持特殊情感的有力人士，周心裡有底。

（雖然不到「離間之計」這麼誇張，但試試看應該沒有損失。）

周低頭看著沒有動過的酒杯，開始在腦中構築計畫的步驟。

四月二十八日星期六，下午三點。

十三束與琢磨在服部帶領之下，準時出現在第三演習室。

這場比試由服部擔任裁判。而且不知道是基於何種緣分，或者是理所當然的結果，達也今天以見證人的身分再度參與琢磨的比試。

話說就達也所見，琢磨沒有昨天的後遺症。不只是身體方面，心理方面也沒有。大概是那個女星巧妙地打了圓場吧。但同時也可以推測，她還沒有提到「斷絕往來」的事情。達也心想得觀望一陣子。

此外，場中還有代表學生會的深雪、代表風紀委員會的澤木與幹比古，以及代表社團聯盟的桐原，陣容非常堅強。桐原甚至帶木刀到場，而且獲准使用ＣＡＤ。

他負責在必要時出面調停。

會這麼做，也是因為這場比試以稍微特殊的規則進行。正確來說，是在規則中加入特殊的例外。那就是「百萬銳鋒沒有使用限制」。關於百萬銳鋒，無論威力強弱都不禁止使用。只有在明顯會給予對方過度傷害時才中止比試。以常理來判斷的話，這個規則風險過大，而且對於比試對手單方面不利。不過提出這個規則的人，就是擔任比試對手的當事人十三束。

十三束恐怕有某種完全封鎖百萬銳鋒的妙計吧。琢磨也認為是如此而感到不悅。因為這感覺就像是在說七寶家的王牌不足為提。不過說到底，就是因為琢磨抗議上一場比試以「使用百萬銳鋒」為理由被判定失去資格落敗，才會安排這場比試。對於琢磨來說，這種規則應該要舉雙手歡迎，不應該表達不滿。

十三束與琢磨保持距離對峙。

今天琢磨是穿野外演習用的工作服。

另一邊的十三束則是穿魔法格鬥武術的制服。上半身是手肘加裝緩衝墊的無釦長袖上衣，下半身是膝蓋加裝緩衝墊，只有腳踝部位束起的寬鬆無腰帶長褲，雙腳是格鬥技使用的軟底鞋。雙手戴著露指手套，除了拇指之外的八根手指各套上一枚寬指環，這些指環是魔法格鬥武術用的特化型ＣＡＤ輸入裝置。每個指環相當於一個按鍵，以手指動作（用拇指按）或是將想子集中在手指，就可以挑選啟動式傳輸到和手套相連的手腕ＣＡＤ主體。此外，這種指環為了讓人無法把它當作武器使用，而加裝了軟性樹脂護套。這是正式比賽用的裝扮。換句話說，十三束完全是以認真模式應戰。

服部站在兩人之間說明規則。雖說如此，但也沒有什麼要說明的事，只是一種像形式一樣的東西而已。
服部離開兩人，舉起手。
緊張感一鼓作氣增加。在場中見證的所有人都感覺到，十三束與琢磨之間，有某種不同於想子波的非物質波動正在相互撞擊。
十三束微微壓低重心。琢磨將右手放到至今左手所抱的發動媒介書上。
除了當事人，所有人都動也不動，沒有發出任何聲音。鴉雀無聲的室內，甚至聽得到服部輕輕吸氣的聲音。
「開始！」
服部的聲音打破了這股寂靜。
首先行動的是琢磨。
或許形容為十三束沒有動比較正確。
琢磨打開「書」，以右手手指夾住前面數十頁一起撕下——不，是書頁在他使力的同時，化為了紙風雪。
四公釐見方的紙片之刃，總數約八萬。看來琢磨選擇的戰術不是一次顯現百萬紙刃，而是精密控制「少數」紙刃。

相對的，十三束在原地不動，只注視著分成四群湧過來的紙片。他看起來像是在靜靜蓄力。而這個推測是正確的。

白色紙片形成帶子，在半空中蜿蜒前進，如同在雲端爬行的四條蛇。其利牙瞄準的是左右上臂與左右大腿。琢磨打算先傷害十三束的四肢來封鎖他的行動。

紙片流在抵達十三束的前一刻縮短長度，並增加密度。進攻動作停止，接著驟然加速。紙刃群纏在十三束的手腳，試圖撕裂皮膚。

同一時間，十三束全身迸出爆發性的想子光。在不可視的光輝閃耀之時，紙刃恢復為普通紙片。八萬紙片失去在空中爬行的力量，化為紙雪四散飄落。

澤木、桐原與幹比古三人不由得遮住眼睛來擋光。達也、深雪與服部三人也因為強光而瞇細了雙眼。

他們知道這是什麼光輝。

「術式解體……？」

幹比古愕然低語。

「除了達也，這所學校還有人能用那招……？而且是同年級……？」

術式解體是幾乎無人使用的罕見技術。這不是幹比古個人的想法，是事實也是常識。然而同校同年級卻有兩人會使用，他會為此感到驚訝也不無道理。

「前面應該加上『接觸型』三個字吧。」

深雪為幹比古的話語補足說明。

「一點都沒錯！不愧是司波學妹，真清楚！」

澤木接續她的話語，以大得過分的力道點頭回應。

「話說回來，十三束那傢伙還真有幹勁。」

十三束的社團學長澤木，知道他會使用深雪說的「接觸型術式解體」。這是讓碰到自己的魔法無效的技術，對於利用魔法造成的持續事象改變，將普通紙片化為飛天利刃的百萬銳鋒來說，堪稱是天敵。

十三束會提議特別規則，正是因為對自己這個技術有自信。澤木也理解這一點。所以澤木有預先提防十三束的術式解體，但今天的十三束比他預料的還要「耀眼」。澤木對此感到愉快——澤木沒有失去「少年心」的部分還不算少。

但是琢磨和在場見證的學長姊不同，無暇佩服。他充分理解到剛才這段攻防的意義。

百萬銳鋒對十三束不管用。

光是這一次攻擊，他就體認到了這一點。

（——不，只不過是從正面進攻不管用罷了！魔法端看使用技巧，我不是前天才學到這個道理嗎！）

十三束目不轉睛地看著以這個念頭鼓舞自己的琢磨。現在的琢磨滿是破綻。十三束知道如果自己有心，也可以立刻結束這場比試，但是這樣就沒有意義了。十三束知道，不能讓這場比試輕易結束。

琢磨終於重新擺出架式，同時十三束也提升想子活性。琢磨做出翻頁的假動作，將手伸向手腕上的CAD。

發動的魔法是氣彈。經過壓縮的七個空氣塊高速射向十三束。

琢磨沒有確認成果就發動了下一個魔法。即使是琢磨，也不認為能以氣彈解決十三束。這波攻擊只具備障眼法的功效。琢磨使用自我加速魔法，試圖繞到十三束的側邊。

然而，十三束卻已經先出現在琢磨移動後的位置。

「咕噗，呃！」

腹部重拳與勾拳的組合。琢磨連站穩都來不及，就被打到摔倒在地。他沒有放開用為發動媒介的書，是他最後的骨氣。琢磨以氣魄趕走出現在意識裡的薄霧，尋找十三束的身影。

十三束沒有追擊，只是俯視著琢磨。平常看起來甚至有些孩子氣的親切臉孔，正以看到骯髒野狗般的侮蔑表情俯視著琢磨——他瞧不起琢磨。就琢磨看來是如此。

猛烈燃燒的激動情緒，暫時勝過了怯懦。琢磨以單腳跪地的姿勢打開拿在左手的書。

比第一招的八萬還要多一倍的紙片襲擊十三束。這次不是分成四條，是集中為一條。群體控制的「群體」數量，和干涉力的強度成反比。琢磨將分散為四條的魔法力集中為一條，正面挑戰十三束的術式解體。

——看似如此，但真正的主力攻擊，是緊接著施展的下一招。

十三束釋放的想子光輝，使得由十六萬張紙片組成的紙風雪化為紙屑散落地面。

緊接著使出的二十萬利刃化為龍捲風，突破這朵白雲，從十三束的腳底襲擊！

琢磨心想自己贏了。術式解體是一次釋放大量想子的招式。不只是單純釋放，還得加壓到足以捲走魔法式再釋放，不可能在這麼短的時間內連續使用。

但是，琢磨的預料落空。他直到很久之後才察覺到這不是預料，是自己的願望。

這時候的他沒有能理解，術式解體與「接觸型」術式解體這兩種技術似是而非。

二十萬利刃在接觸十三束身體的瞬間，化為二十萬張紙屑。

琢磨嚇得呆站在原地，而十三束這次真的出招給予決定性的一擊。

「到此為止。勝利者是十三束。」

服部叫名宣布勝利之後，十三束簡單行禮致意。

然後便跪在癱坐在地上的琢磨旁邊。

「七寶，你還醒著嗎？」

痛苦呻吟的琢磨當然還醒著。因為十三束是刻意以不會打昏他的方式所出招，所以這樣正如他的意圖。

「醒著。」

琢磨咳嗽數次之後，才終於回應了這兩個字。

「那就站起來，到牆邊休息一下。」

「──是。」

受到敗北感打擊的琢磨，就在不曉得十三束為何如此指示的狀態下，聽話地前往牆邊。他踩穩踉蹌的雙腳，按著剛才挨打的腹部，緩緩走到和見證人們相對的另一側牆邊。他背靠牆面，就這麼緩緩滑落，癱坐在地。

十三束確認琢磨正看向他這邊，然後走到達也面前。

「……怎麼了？」

達也問完，看起來有什麼事難以啟齒的十三束才終於開口。

「司波同學，可以和我打一場嗎？」

十三束擺脫躊躇之後所做的提議，使達也感到納悶。

達也投以充滿疑惑的視線，使十三束不自在地別過目光。但他立刻透露出跳下清水舞台──這麼說有點誇張，但至少是挑戰高空彈跳的決心，再度承受達也的視線。

「我想讓七寶見識你的實力！」

十三束以充滿鬥志的眼神注視達也。他一定正在心中想像，達也點頭回應自己這份男子氣概的樣子吧。但達也只是感到更加困惑。

「我不懂，怎麼回事？」

在達也這麼說的瞬間，十三束便奇妙地開始感到慌張。

「呃，對喔，這樣太唐突了。換句話說……」

「可以讓七寶見識真正實力派的比試嗎？」

就在十三束不知所措的時候，服部接話如此說明——但光是這段說明，達也依然不曉得是什麼意思。

「要展現真正實力派的比試，由服部總長與澤木學長來對打還比較合適吧？」

「司波，展示你的實力才有意義。」

服部的說明實在不夠充分。

「哥哥，這樣不是很好嗎？」

不過在這個時候，支援十三束與服部的最強力射擊發動了。

「擔任學弟妹楷模的工作，我覺得很適合由學生會幹部負責。」

聽到她這番話的高年級與同年級學生（除了達也），不知為何都將「學生會幹部」這個部分翻譯為「哥哥」。

「我也覺得差不多該請哥哥展現實力了。」

深雪的動機明顯和十三束等人不同。她的笑容背後堆積了許多不耐煩的情緒，而且已經達到讓達也覺得「扔著不管會不太妙」的程度。

「……既然妳都這麼說了。」

達也的回心轉意——應該說是決定，照理說應該如十三束所望。但十三束不知為何，無法克制自己漸漸感到掃興的心情。

不只是他一個人有這種想法。

服部在預約時延長這個房間的使用時間，打從一開始就是這個用意。在場的三年級早已經知道這場比試的計畫。如今比試也獲准，整理好場地就可以立刻開始。

「請交給我。」

深雪自願打掃散落滿地的紙屑。她一操作CAD，室內氣流就幾乎在同時開始平緩捲動了起來。氣流走遍室內每個角落，並複雜地捲動著，轉眼之間就將垃圾集中在一處。深雪以房內設置的吸塵器吸光紙屑。

她理所當然似地實際表演複雜又精緻的魔法，這份本領使得三年級投以稱讚的目光，令幹比古與十三束感動嘆息，讓琢磨受到打擊——深雪剛才展現的魔法，除了硬化紙片的工序，在技術層面上勝過琢磨的百萬銳鋒。

「司波同學穿那樣就好？」

「嗯，沒有問題。」

達也將外衣交給深雪保管，脫下外衣之後就是原本的制服裝扮了。

「我脫鞋比較好嗎？」

「不，維持這樣無妨。」

十三束的意思，是達也穿硬底鞋踢腿出招也無妨。

達也與十三束在中央對峙。

裁判繼續由服部擔任，但這次省略了說明規則的步驟。

「兩人都準備好了嗎？那麼，開始！」

服部下令的同時，達也與十三束一起蹬地。

十三束和上一場比試截然不同，積極主動地衝向達也。

不過，達也後退的速度更快。

他一鼓作氣地跳到演習室角落，將手槍形態的特化型ＣＡＤ指向十三束。

裝填的是分解魔法——雲消霧散。

即使深雪神情驚訝，達也依然不以為意地扣下ＣＡＤ的扳機。

——什麼事都沒有發生。

（果然。）

不同於臉色鐵青摀著嘴的深雪，達也掛著正如預料般的表情跳到一旁，躲開十三束以自我加速魔法輔助揮出的正拳。

不是逞強，他早就預料到雲消霧散會被消除。

達也的「視野」裡，映著被濃密雲層覆蓋導致輪廓模糊的十三束主體。這是從情報體次元看見的十三束。

濃密雲層是厚厚包覆十三束身體——包覆情報體的想子鎧甲。

術式解體是以想子壓力來剝離目標對象魔法式的對抗魔法。

但十三束並非以發射想子砲彈的方式來擊飛魔法式，是以包覆「身體」的厚實想子裝甲來抗拒魔法式入侵。

如果術式解體是大砲，那十三束的接觸型術式解體就是銅牆鐵壁。而且這道護壁沒有情報體構造，只是將大量想子凌亂地披在身上而已。即使是達也，要讓魔法穿透這道牆壁「直接」作用在十三束身上，也不是件容易的事。

如果以魔法引發事象來間接攻擊，就可以忽略這套想子鎧甲。

不過達也是缺陷魔法師。只要不使用後天植入的低威力虛擬魔法領域，就只能使用直接作用於目標對象的魔法。

第五次突擊被閃躲時，十三束心中開始產生焦慮的心情。

被稱為「Range Zero」的他，沒有遠程魔法可使用。但是相對的，他自認比常人加倍致力於鑽研近戰魔法的技能。

他的攻擊被輕易化解。

對方不是使用魔法，是使用魔法加體術的複合技能。

（雖然早就預料到了，但沒想到會這麼高明……）

內心率直感嘆對手的實力，同時心中也湧現了鬥志。

（但我不會輸。不能在這個距離下敗北！）

七寶的事情從十三束的意識中消失。這場比試的目的以及自己的職責，也逐漸從意識之中消散。他的意志收斂為一心求勝。

「兩人都好厲害！我知道十三束的實力，卻沒想到司波學弟會這麼厲害。」

「我則是驚訝於十三束的實力不輸給司波兄。」

幹比古聆聽學長們的對話，內心只有驚嘆。他和桐原抱持相同意見。沒想到同年級居然有人的格鬥能力與達也匹敵。幹比古覺得自己是第一次看見達也陷入苦戰。

達也已經無法只閃躲十三束的攻擊，達到非得反擊才能拆招的程度。達也右手握著ＣＡＤ，條件較為不利。因為依照比試規則，不能以ＣＡＤ毆打對手。但即使除去這一點，十三束的猛攻也確實將達也逼入了絕境。

幹比古不禁在意一件事，看向身旁。

深雪面露無暇分心的表情，專心注視著哥哥。

琢磨依然背靠牆壁而坐，為眼前進行的攻防感到震懾。

乍看只是普通的互毆——不對，偶爾會踢腿出招，所以是看似單純的格鬥技比賽。不過每一招都編入了高超的魔法。他具備的天分讓他能理解這一點，所以受到更強大的震撼。

十三束以目光跟不上的速度拉近間距。雖然他以自我加速魔法提升肉體動作速度，但絕對不是「快速就好」這種粗糙的做法，而是控制在能夠注意並且控制的範圍，控制在意識勉強追得上的領域。

十三束的腳步微微失常。因為在他踏腳前進的瞬間，局部晃動的地面使他的知覺失準。這個振動當然是達也的魔法所造成。但即使朝十三束站立的位置注入振動波，也只會被（看起來）持續發動的術式解體消除，琢磨剛才親身體會到這一點。不過在這一瞬間之前產生的「餘震」純粹是物理現象，不會被術式解體消除。在泥土或柏油地面，餘震應該只有知覺感受不到的規模。但演習室地板打造為具備適當的硬度與彈力，可以吸收倒地的衝擊又不會妨礙行動。達也的魔法妨礙甚至考量到這一點。

原本完全掌控的身體計算失準，十三束的動作為了再度最佳化而產生停滯。達也趁著這一絲破綻，以CAD瞄準十三束並扣下扳機。完全在同一時間，琢磨甚至來不及感應到魔法式展開，振動魔法就襲擊了十三束。是撼動想子，同時屬於振動系與無系統魔法的術式。

這個魔法的威力不足以突破十三束的防禦，琢磨推測恐怕是重視速度大於威力的術式。琢磨覺得之所以從剛才開始就沒有辦法認知到啟動式，應該是因為達也刻意如此調節，或者是CAD的性能使然。

但即使威力不足以打倒對方，也並非代表這招毫無效果。十三束身披的想子力場也因為遭受想子振動波影響而稍微晃動，接著化為噪音與煙幕妨礙十三束的知覺。

下一招才是重頭戲。達也朝十三束施展左掌打。琢磨感應到他的掌心蘊含著某種魔法。

達也的反覆攻擊中完全沒有相同形式的招式。十三束這次也成功防守。蘊含術式解體的右手臂，接住蘊含振動魔法的左手掌。十三束以相同的盾持續擋下千變萬化的攻擊。

十三束將左手伸向達也腹部。這記緩慢的攻擊反而難以擋下，使得達也好不容易才讓右手鑽入十三束的攻擊與自己的腹部之間。

十三束發動加速系魔法「速裂彈」。這次輪到達也以術式解體破壞發動中的魔法。

達也朝側邊用力一跳，躲過追擊。琢磨甚至忘記呼吸，專注地凝視這一幕。他無法相信剛才「感受」到的事。甚至害怕自己的「魔法師感性」是否失常。

十三束的加速魔法在發動途中失效。達也將這個中斷的事象改寫作為踏腳石，發動自己的自我加速魔法。

（居然做得到這種事？）

琢磨好想這樣大喊。如果內心受到的震撼再「小」一點，他應該會放聲大喊吧。的確，如果是相同種類的事象改寫，就可以在不被剛才產生的事象改寫力妨礙的狀態下，發動新魔法。而且「速裂彈」是從發動位置產生半球狀的加速向量，所以朝側面加速並沒有違反定義。

但這只是「不會被妨礙」而已。達也利用別人的魔法，朝物理法則抵抗力變弱的方向接續進行新的事象改寫。琢磨甚至沒有想過這種可能性。

眼前所見的「魔法」，確實和自己使用的魔法相同，是屬於相同體系的技術。但是卻和自己的魔法屬於不同次元。眼前上演的異次元攻防，徹底擊垮了琢磨的內心。

（無法進攻到底！）

十三束逐漸感到焦急。

交戰時間還沒有很久。比試開始至今大概還不到十分鐘吧。但是他的心理不同於身體知覺，感覺像是已經交戰了幾十個小時。

運勢在我這邊。我無疑占了優勢。十三束對這個判斷有自信。畢竟剛才是自己先發制人，而且雖然沒有確實造成打擊，但自己的招式確實穿透對方的防守造成傷害。十三束覺得打下去時有這種感覺。

但並非只有達也受創。十三束也感覺自己的創傷逐漸累積。但其實十三束有完全擋下對方的攻擊。他感受到的並非身體的創傷，換言之是錯覺的創傷。不過這種錯覺一點一滴地確實撼動著自己的防壁。每次都改變形式的攻擊之中，只包含了一個共通點，也就是無系統的振動魔法。被防壁反彈之後會消失的這股振動，會在消滅瞬間傳輸波紋到防壁本身。十三束感覺這種波紋撼動想子粒子時，會如同固體受熱膨脹般促使想子力場膨脹，導致想子力場的密度相對降低。

十三束無法將自己的想子釋放到遠方，只能擴張到堪稱貼合身體的範圍。他無法順利使用遠程魔法就是因為這種缺陷。父母找來的魔法學家，說明他的「核」非常堅固，而且強烈地吸引想子，因此一般來說會外流的想子緊緊附著在「主體」上。深雪與澤木所說的「接觸型術式解體」，就某種意義來說算是他的「詛咒體質」形成的產物。

十三束已經和這種「體質」妥協。他鑽研至今已經「稍微」能使用遠程魔法，還將這種特性轉變為其他魔法師沒有的近戰武器。如果對上純粹以物理力量進行的攻擊，例如澤木讓拳頭加速所發出的衝擊波（這位魔法武術社的社長，為自己的招式取了「音速拳」這種丟臉的名字，這是社員之間的祕密），只具備「還算強」的防禦力，但如果對上魔法式直接碰觸身體的術式類型，他抱持絕對的自信。

不過，本應不可能擴散的想子力場，卻因為遭受達也的攻擊而逐漸擴散。

這使得十三束遭受無法言喻的打擊。不只是單純的畏懼或害怕，是如同窺視了潘朵拉盒子底部的震撼感。

不應擴散的想子力場逐漸擴散。這不就是不可能存在的希望嗎？

十三束拚命繃緊自己開始浮躁的心。

正在對峙的對手，並非思考這種「無謂的事情」的狀態下還能打贏的對手。

他決定打出王牌一決勝負。

想子充盈於十三束全身。不只是達也，觀看這場比試的所有人都感受到了。

十三束的身體急遽加速——只有達也與澤木知道這並非自我加速魔法使然。

原本只是如同無形雲朵般纏在十三束身上的想子粒子迅速被整理，在十三束的意志之下開始具備秩序，逐漸受到掌控。

十三束施展中段踢。精準程度更勝以往。

他的腳構築了「加熱」的魔法式。若是毫無防備挨了這一腳，受到的傷害將會等同於置身在微波爐的電磁波當中。達也以手肘當成術式解體的發動點，試圖擋下帶有加熱魔法的一腳。

然而，十三束的右腳卻在即將接觸達也左手肘時「不自然地」停止。

達也手肘施放的術式解體使得加熱魔法失效。但是十三束打從一開始就如此計畫。

十三束維持右腳踢到一半的姿勢揮出右勾拳——不對，不是勾拳。不是拳頭，是手掌。換句話說就是打耳光，而且還是在這種重心不穩的狀態下使出，不可能施展威力足夠的打擊。

即使如此，十三束這一巴掌卻兼具速度與威力。放低重心以防禦踢腿的達也，無法以這個姿勢迴避這記巴掌。

發出「砰」一聲洩氣的聲音。

「哥哥！」

響起裂帛般的悲鳴。

達也滾倒在地。

十三束維持著踢下右腳、揮出右手，只以左腳站立這種有點如同傀儡般的姿勢，疑惑地眨了眨眼睛。

「……十三束也意外地陰險啊。那個傢伙居然想瞄準司波兄的鼓膜。」

桐原看出十三束的耳光是將掌心內凹，使風壓集中在打擊點的攻擊方式。

「喔，原來是自己故意被打飛啊！居然以那種體術捱過了十三束的『自控傀儡』，司波學弟真有一套！」

達也在兩名三年級學生還在評論剛才的攻防時起身。正如澤木所看穿的，他是自己主動翻滾拉開距離。

十三束會擺出疑惑表情，是因為明明傳來堅硬的觸感卻沒有手感。要是對方朝脖子使力以免腦震盪，那他下半身應該也會一起使力，因而傳回強烈的手感；要是放鬆力氣順著打擊飛走，那傳回手掌的也應該是柔軟的觸感。換句話說，達也是一邊使力一邊放鬆力氣。

十三束決定擱置內心湧現的驚訝，再度發動「自控傀儡」。這是一種移動系魔法，是只以移動系魔法驅動自己身體的術式。需要盡可能放鬆肌力避免妨礙到魔法，還要謹慎構築魔法式以免超過關節的可動範圍。

這並不是能夠隨心所欲驅動身體的魔法。只能遵循現代魔法的架構，重現模組化的動作。不過就如同剛才的攻擊，這個魔法可以讓人施展出以人體構造與力學來說不可能做到的攻擊。

十三束以自己的身體為傀儡，成為操縱自己的傀儡師，以違反武術原理的動作襲擊達也——

達也觀察著附著在十三束身體上的想子變化。

十三束全身以單一魔法式包覆。這個術式過於複雜，即使是高階魔法師應該也難以重現。大概是為了避免妨礙這個魔法，原本毫無秩序地只在身體周圍循環的想子，經由組織化以及秩序化以後，重新構築為禁止自控傀儡以外的術式接近的情報體。

無秩序的混沌，變化為擁有秩序的世界。

秩序是形體，也就是構造。

達也的「分解」是破壞構造。雖然無法破壞無形的東西，但如果是有形的東西，即使是情報本身，他也可以「分解」。

包覆十三束身體的無形想子雲，依循他自己的魔法成形。

達也以視認情報體次元景色（形色）的能力——「精靈之眼」理解到了這一點。他「看出」這是千載難逢的勝機。

達也朝CAD注入想子。不是假裝使用CAD，而是真的要使用存有分解魔法的CAD。他選擇的魔法是「術式解散」。

扣下扳機。

達也用來破壞情報構造的魔法，拆除了十三束身上那套「得到構造」的鎧甲。

主體畢露的武鬥傀儡進逼達也。

達也在左手壓縮出了一塊想子塊。

更硬，還要更硬，硬到即使十三束的鎧甲復活也能將其貫穿。

不是為了隱藏實力，是為了奪取勝利。達也選擇的並非以半成品鎧甲也「可能」擋得住的得意魔法，而是能「確實」射穿半成品鎧甲的魔彈。

以非人類生物為對手習得的高壓高硬度發勁——「穿甲想子彈」（由八雲命名）從達也手中射出，貫穿化為武鬥傀儡的十三束。

這顆砲彈沒有實體，但被這顆砲彈打中的十三束卻自行往後飛。這是自控傀儡的副作用。「遭受來自前方的強烈衝擊」這個觀念，覆寫了魔法式的變數。以沒有整合性的指令執行的魔法式，因為邏輯錯誤產生破綻。

十三束被自己的魔法震到後方，就這麼躺成大字形動也不動。由於剛才放鬆肌肉力量，所以來不及做出防護措施，造成了輕微腦震盪。

「勝利者是司波。」

服部確認十三束的狀況之後宣布達也勝利。

「哥……」

深雪還沒有說完就低下頭。恐怕是差點要忘我地撲向達也時，在最後一刻回想起自己的職責而自重吧。

深雪抬頭時，達也投以笑容。

達也點頭回應妹妹如同大朵鮮花綻放的笑容之後，便轉過身去。

他將右手的ＣＡＤ收回槍套，走向還倒在地上的十三束。

「十三束，你站得起來嗎？」

十三束躺著以右手抓住達也伸出的右手。

「謝謝。」

十三束藉助達也的手起身。雖然走路還有點搖搖晃晃的，但腦震盪似乎沒有想像中嚴重。

十三束立刻站穩雙腳。

「司波同學，你正如我想像的厲害。」

「十三束也是。這一招很有效。」

十三束老實地認輸，而達也也露出紅腫的臉頰，以笑容回答。

一個人影跑過他們身旁。

「啊，喂，七寶！」

琢磨頭也不回地逃離了第三演習室。

◇　◇　◇

機研社機庫後方這塊和野外演習場相鄰的空地少有人影，是絕佳的密談場所。

但琢磨並不是因為知道這點而來到這裡。只是避人耳目跑著跑著就來到了這個地方。

這裡有一棵沒有什麼「戀愛魔法」的傳聞，但頗為高大的樹。琢磨佇立在樹下好一陣子。但他似乎是再也無法克制高漲的情緒，突然以右手毆打起樹幹。

「可惡，可惡，可惡！」

他不斷握拳毆打。

「住手，七寶。都流血了。」

咒罵聲開始顫抖時，他聽到後方有個聲音在叫他。

琢磨猛然轉身。

站在那裡的是表情傻眼的香澄。

「七草，妳……！」

香澄舉起雙手，朝狠瞪著自己的琢磨輕揮示意。

「啊~別誤會，我並不是跟蹤你。我出現在這裡完全是巧合。」

語畢，香澄便走向蹙著眉頭的琢磨。琢磨依然瞪著她，但她取出手帕摺成繃帶的形狀，牽起琢磨的手。

「妳要做什麼？」

「啊～真是的……都破皮了。」

琢磨為此感到慌亂。而香澄因為看見出血而蹙眉，以手帕包裹琢磨的右手。

「很抱歉，我還沒有獲准使用治療魔法。要乖乖去保健室接受治療喔。」

琢磨沒有回應香澄這番話，只是注視著滲出自己鮮血的手帕。

「啊，那條手帕不用還了。」

「…………」

琢磨依然沒有動作。香澄在他面前深深嘆了口氣。

「看來你輸得落花流水啊。」

「…………」

「高年級這道牆果然很厚嗎？」

「……為什麼？」

「嗯？什麼？」

琢磨的視線依然朝著下方。

但他終於有所反應，使得香澄不經意搭腔。

「那些傢伙為什麼那麼強！」

悲痛的吶喊。像是要吐血的聲音，應該就是指這種聲音吧。香澄如此心想——她覺得自己好像知道「那些傢伙」是指誰了。

「大家一樣是高中生吧？不是只差一年嗎？但那些傢伙為什麼那麼強？」

「應該沒有什麼原因吧？」

「什麼……？」

香澄心想對話終於成立了，但她當然沒有說出這種愚蠢的感想。

「一定是因為真的很強，所以很強吧。我想想……如果真要找理由的話，應該是因為有努力想變強吧？」

「我也……！」

「嗯，我想你應該也是一直努力過來的吧。我也很努力。不過，既然那些人比較強，不就代表那些人比較努力嗎？」

「…………」

「我不否定天分喔。因為我也覺得自己的實力，大部分是託天分的福。」

「…………」

「不過，會讓你受到打擊的『強』……一定來自天分以外的地方吧？」

琢磨抬起頭，和香澄目光相對。

他的眼角流下了一道不甘心的淚水。

「不過，我對『強』這種東西不太感興趣就是了。如果你想變強，那是你的問題。七寶的強一定只屬於七寶。」

香澄正如自己的話語般，很乾脆地轉過身去，從琢磨的視野中消失。

琢磨再度打向剛才宣洩怒火的樹幹。這次不是用拳頭，是用手掌。

◇　◇　◇

達也向服部領軍的社團聯盟成員道別之後回到學生會室，坐在自己的座位開啟通訊功能。他的手指以眼睛跟不上的速度敲打鍵盤輸入訊息，傳給在相同房間裡的某個對象。

『是，主人。』

這個對象使用只針對達也的主動型心電感應回應。

『資料篡改好了嗎？』

這是避免讓其他學生會幹部聽見的「筆談」。

『依照主人的命令，即時記錄假資料了。』

對方帶來他期望的答覆。

『主人，我是否成為您的助力了？』

『嗯，辛苦了。』

達也慰勞堅守他祕密的魔物。

『妳今天就休息吧。』

『是，主人。進入待命狀態。』

接著他命令人偶休眠，刪除通訊記錄。

〔終章〕

『那艘飛船是贓物，飛行計畫也是盜用代碼申請。這是電視台的說法。』

達也以自己房間的電話機接聽藤林的來電。

內容是關於那天晚上遭遇的飛船。是跟那天以自爆攻擊讓達也嚐到「皮肉痛」，那些不曉得是恐怖分子還是黑幫的傢伙的身分有關的調查結果。

『很遺憾，只知道似乎是華人黑幫的成員，查不出更詳細的情報。』

但如同藤林本人所說，調查結果不甚理想。

「您說是華人黑幫……這代表您已經查出他們的身分了？」

『嗯，但不是所有人。對方和你也有一段過節。』

「……難道是無頭龍？」

『——的餘黨。羅柏特．孫，無頭龍的首領——理查德．孫侄子的堂弟。已經確認就是他率人劫機。』

「侄子的堂弟……？」

這樣幾乎是外人吧？達也將湧上喉頭的這句話吞回肚子裡。因為他立刻回想起來，光是這樣也能讓血緣關係成立的案例，他自己身邊就有一個。

『幾乎是外人啦。所以無頭龍瓦解的時候，應該也只有少數拜把兄弟跟從他吧。』

不過，似乎所有人都這麼想。只是現在無暇一直在意這種小事。

『這種小勢力，當然不可能做出昨晚那種事件，應該有靠山或幕後黑手之類的，總之就是有人協助……』

「但是查不出身分？」

『嗯。』

看來事態比達也預料的嚴重。因為光是在東京都心策動恐怖攻擊未遂，就是件不容忽視的事情了，居然連用藤林的調查能力，也抓不到幕後黑手的尾巴。當然也得考量到現階段過度缺乏證據。即使如此，也無疑是絕對不能大意的對手。

此時掠過達也腦海的，不是「但願別變成麻煩事」，而是「但願麻煩事別牽扯到我與深雪」這種自私的願望。

◇ ◇ ◇

夜晚的鬧區。這間店位於距離主要道路不遠處的小巷。

名倉以不起眼的霓虹燈光確認店名。

這裡是他「現在」的主人——七草弘一指定的約見場所無誤。

如果不知道這裡有間店，想必會過門不入。名倉推開只有堅固可取的不顯眼合金門，沿著階梯上樓。冷漠的男店員帶他到某間包廂，而約見對象早已抵達此處。

「讓您久等了嗎？」

「不不不，我也剛到。」

如此回應並起身的是一名俊秀青年，整個人洋溢著名倉比不上的魅力與年輕活力。

「我是名倉。」

「敝姓周。來，請坐。」

包廂裡有一名和帶路男店員完全相反，既可愛又討喜的年輕女性待命。周向身穿女服務生制服的美女使個眼神，她就熟練地引導名倉到周的正前方，並幫忙拉椅子。周看到名倉毫不客氣地坐下之後也回座。

「要喝點什麼嗎？」

「這個嘛，那就白酒之類的。」

意外感使得周的眉毛一顫。就他所知，聽完剛才那句話真的點酒的客人很少見。

「……那麼，雖然老套，要不要喝茅台酒？」

「由您決定。」

酒在周點單之後立刻送到。蒸餾酒注入小小的玻璃酒杯，名倉與周配合彼此的呼吸，同時一鼓作氣地乾杯。

名倉將見底的玻璃杯放在桌子中央，注視周的雙眼。

「名倉大人。」

先搭話的是周。

「我的主子期望和名倉大人的主人締結友誼。」

「我的主人表示可以接受『周先生』的提議。」

名倉的回應，使周露出妖豔的笑容。

「不得了，承蒙信賴真是不敢當。那麼方便開始討論具體細節嗎？」

「我們這邊的基本條件就如之前所述。」

「我當然明白。我們這邊絕對不會做出不利於七草大人的舉動，而且我們和大亞聯盟沒有利害關係。」

「關於媒體操作呢？」

「這部分我也明白。針對『所有』魔法師的負面宣傳，我已經著手要求減少。」

「我知道了。那就請您說明細節吧。」

周再度向女店員使個眼神。

美麗的女服務生深深行禮致意之後，便離開了包廂。除了名倉與周之外，包廂裡進行的對話無人知曉。

〔終〕

後記

首先由衷感謝拿起本書的各位。初次見面的讀者請以此為機會多多指教，非初次見面的讀者則請您繼續關照。

這一集是晉升到二年級的達也、深雪與同伴們，以及他們學弟妹新生的劇情，不曉得各位喜歡嗎？因為這部作品是描述主角兄妹入學就讀高中到畢業的經歷，所以少不了晉升年級的事件，人際關係也必然會隨之更新。各位看過這一集就知道，角色們並非畢業之後就沒有戲分，但新角色也必須大顯身手，否則就沒有登場的意義。

所以，在此就必須要思考新登場人物的角色定位。本次登場的新生，其實設計起來沒有很辛苦。因為我當初開始寫這部作品的時候，就已經大致完成了他們的造型。其中當然有好幾個地方做過中等規模的修正。而改變最大的，大概就是賢人原本是男扮女裝這個部分吧。這樣實在不太好，所以我在建構雙七篇大綱的階段就將這個設定作廢了。

令我頭痛的是明年的新生。老實說，角色構想還是一張白紙啊……不過，劇中世界明年的劇情就像是世事般難以預料，等到這部作品真的走到那一步的時候，再請各位嘲笑作者絞盡腦汁的痕跡吧。

換個話題，如各位所知，本次的雙七篇是在電擊文庫Magazine連載的內容。用意是希望盡早將全新劇情獻給各位書迷……但這是有點魯莽的嘗試，我有為此反省。

因為是在把當時應該存在的要素無視掉的狀態下構築劇情，所以我早就明白會處處受限，卻沒想到會成為那麼不清不楚的成品……我在改稿時徹底體認到，背後發生的事情完全沒有說明清楚。我自認在出書時完成了必要最底限的補足，各位覺得如何呢？

本書上市時，各位應該已經聽到某個大消息了。其實在這部雙七篇的連載過程中，我為各位工作人員造成了沉重的負擔，但我想今後將會更加勞煩大家。非常抱歉。

不過這始終只是後台的祕辛。為了讓各位書迷更加享受《魔法科高中的劣等生》，包含作者在內的全體工作人員將會全力以赴，所以本系列作品今後也請各位多多指教。

（佐島 勤）

國家圖書館出版品預行編目資料

魔法科高中的劣等生．12，雙七篇／
佐島勤作；哈泥蛙譯．-- 初版．-- 臺北市：臺灣
角川，2014.05-
　冊；　公分

譯自：魔法科高校の劣等生．12，ダブルセブン編
ISBN 978-986-325-936-7（平裝）

861.57　　　　　　　　103006088

Kadokawa
Fantastic
Novels

魔法科高中的劣等生 12
雙七篇

（原著名：魔法科高校の劣等生12 ダブルセブン編）

2014年5月20日 初版第1刷發
2023年9月22日 初版第8刷發

作　者：佐島 勤
插　畫：石田可奈
日版設計：BEE-PEE
譯　者：哈泥蛙

發 行 人：岩崎剛人
總 編 輯：蔡佩芬
編　輯：黎夢萍
設計指導：黃永漢 ）、張凱棋
印　務：李明修（主任）

發 行 所：台灣角川股份有 23號3樓
地　址：104台北市
電　話：（02）2515-
傳　真：（02）2515
網　址：www.kadoka
劃撥帳戶：台灣角川股
劃撥帳號：19487412
法律顧問：有澤法律
製　版：巨茂科技
ISBN：978-986